예지몽으로 히든랭커 11

2021년 10월 13일 초판 1쇄 인쇄
2021년 10월 18일 초판 1쇄 발행

지은이 이현비
발행인 김정수 강준규

기획 이기헌 왕소현 박경무 강민구
책임편집 백승미
마케팅지원 배진경 임혜솔 송지유 이영선

발행처 (주)로크미디어
출판등록 2003년 3월 24일
주소 서울시 마포구 성암로 330 DMC첨단산업센터 318호
Tel (02)3273-5135 **편집** 070-7863-8595 **Fax** (02)3273-5134
홈페이지 rokmedia.com **E-mail** rokmedia@empas.com

ⓒ 이현비, 2021

값 8,000원

ISBN 979-11-354-6411-9 (11권)
ISBN 979-11-354-9382-9 04810 (세트)

ROK
MEDIA

로크미디어

예지몽으로
히든랭커

이현비 게임 판타지 장편소설 〈11〉

CONTENTS

새로운 의뢰

　다음 날 아침, 버리와 배틴터치를 한 가온은 새벽 수련을 마치고 대원들과 식사를 했다.

　그 후 차를 마시며 돌아가면서 대원들의 부족한 부분을 짚어 주었다. 물론 자신이 직접 익히고 있는 스킬의 주인공들이 대상이었다.

　그런데 얘기가 끝나 갈 때쯤에 마론이 어제 말했던 의뢰인들이 찾아왔다.

　의뢰인들은 총 여섯 명으로 한 명은 40대 중반의 무표정한 얼굴이 인상적인 중년 남자였고, 다른 다섯 명은 3남 2녀로 20대 중후반으로 보였다.

　"반갑습니다. 온 클랜의 온 훈입니다."

"만나서 영광입니다. 온 대장님과 온 클랜의 소문은 익히 들어 잘 알고 있습니다. 칼 융이라고 합니다. 이쪽은 제 일행입니다."

칼 융은 굳이 동행을 소개하지 않을 모양이었다.

잠시 후, 샤나가 차를 준비해서 내오자 손님들의 눈빛이 달라졌다.

"엘프?"

이동 중이 아니었고 요즘 그녀에게 구애를 하는 패터가 큰 맘을 먹고 구입해서 선물한 옷을 입은 샤나의 모습은 게임에서나 볼 법한 미모를 자랑했다.

"순혈은 아니지만 엘프의 피가 섞이기는 했지요."

손님들을 유심히 지켜보던 세르나가 사람들의 관심이 견디기 힘든지 얼굴이 발갛게 달아오른 샤나를 대신해서 대답해 주었다.

"혹시 정령사이십니까?"

칼 융이 세르나를 보고 물었다.

"정확하게는 정령 검사예요."

"과연!"

대체 온 클랜에 대해서 뭘 듣고 온 것인지 모르겠지만 칼 융과 그의 동료들은 감탄한 얼굴로 고개를 끄덕였다.

"의뢰를 하고 싶다고요?"

"그렇습니다. 이 아이들을 데리고 던전에 들어가서 클리어를 해 주십시오."

아이들이라고 표현한 것으로 봐서 칼 융은 초랭커가 아니라 그들의 뒤를 봐 주는 세력에서 파견한 인물로 보였다.

"혹시 버스를 태워 주어야 합니까?"

"……그런 말을 어떻게?"

가온의 질문에 칼 융을 비롯한 사람들의 눈이 휘둥그레졌다. 그건 쩔을 받는다는 말과 동의어로 플레이어들이나 쓰는 용어였다.

"우리 클랜원 중에도 이계인들이 있습니다."

"아! 듣긴 했습니다. 굳이 그러지 않으셔도 되지만 가능하다면 레벨업에 도움을 주시면 좋겠습니다."

"우리 측 이계인들의 존재는 괜찮겠습니까?"

"네. 상관없습니다. 동행해서 던전을 클리어하고 차원석만 넘겨주시면 됩니다."

칼의 대답에 가온은 잠시 고민했다.

'콜 일행은 차원석에 대한 말은 없었는데 괜찮을까?'

만약 그들도 차원석이 필요하다면 이 의뢰는 수락할 수 없었다. 차원석은 생명의 아공간을 확장하기 위해서 반드시 필요했다.

"음, 아무래도 힘들 것 같습니다. 우리도 차원석이 필요하거든요."

생명의 아공간을 확장시키려면 차원석이 필요했다.

"차원석을 말입니까? 혹시 차원석을 어디에 쓰려는 건지 알 수 있을까요?"

차원석을 언급하는 칼 융의 눈이 매섭게 빛났다.

사실 그가 속한 그룹에서는 많은 연구 인력을 이곳까지 파견해서 마정석과 차원석에 대해서 연구를 해 오고 있었다.

하지만 이쪽 세상의 마탑과 연금 길드에서 이미 오랜 연구를 통해 많은 것이 알려진 마정석과 달리 차원석에 대해서는 알아낸 것이 거의 없었다.

"굳이 알려 드릴 필요는 없지만 말씀을 드리지요. 실은 신생 마탑 한 곳으로부터 의뢰를 받았습니다."

가온은 자신이 직접 사용하려고 한다는 사실을 감추기 위해서 마탑을 언급했다.

세상에 던전이 출현하면서 차원석도 큰 관심을 받았다. 차원석이 던전을 생성하고 유지하는 에너지원이라고 생각한 것이다.

그래서 많은 마탑에서 오랫동안 차원석을 연구했지만 눈에 띄는 결과는 없었다.

마나석이나 마정석과 달리 에너지를 추출할 수도 없었고, 차원석의 본질은 물론 다른 용처도 밝혀낼 수 없었다.

그럼에도 불구하고 많은 마탑에서는 꾸준히 차원석을 연구하고 있었다.

만약 어떤 성과가 나온다면 난립한 마탑 사이에서 순식간에 치고 나갈 수 있는 기회를 얻을 수 있었다.

"그럼 차원석 얘기는 없던 것으로 하겠습니다."

다른 용처가 있어서 차원석을 원한 것은 아닌지 칼 융은 쉽게 차원석을 포기했다.

"그렇다면 얘기가 다르지요. 보수는 어떻게 하시겠습니까?"

보수에 대한 자세한 내용은 마론조차 듣지 못했다고 했다.

"이번 의뢰에 대한 보수는 5만 골드이며 사냥에 따른 전리품은 모두 귀측의 소유입니다. 더불어 던전 공략 과정에서 소요되는 식재료와 포션 등의 물품도 중하급 정도라면 종류별로 50개까지 지원해 드리겠습니다."

포션까지 고려하면 굉장히 좋은 내용의 보수였다.

그래서 가온은 칼융의 말을 듣자마자 상대의 의도를 짐작할 수 있었다.

'혹시 던전 클리어에 따른 명예 포인트 때문인가?'

콜 일행도 갓상점과 명예 포인트에 대해서 알고 있었으니, 이들 역시 그럴 가능성이 높았다. 그리고 오우거 던전 정도라면 꽤나 많은 명예 포인트를 줄 것이 틀림없었다.

"조건은 나쁘지 않군요. 그런데 귀하도 들어갑니까?"

다섯 명과 달리 칼의 경우 느껴지는 기도가 그리 강하지 않았다.

"그럴 생각입니다. 그런데 굉장히 미안한 말씀이지만 이

다섯 명의 안전을 위해서 실력을 한번 확인하고 싶은데, 무례일까요?"

가온과 온 클랜에 대한 소문이 워낙 무성하기 때문에 의뢰할 생각을 했지만, 실력 확인은 필수였다. 그러니 기분이 나쁠 일은 아니다.

"무례는 당연히 아닙니다. 그쪽에서 우리에 대해서 들은 이야기가 과장된 것인지에 대해서 확인 과정은 꼭 필요하니까요. 그런데 그 전에 던전에 들어갈 다섯 분의 레벨을 알고 싶습니다."

"레벨을요?"

"네. 오우거 던전에서 적극적으로 사냥을 하지 않는다고 해도 최소한 검광 완숙자가 아니라면 우리가 보호를 해야 하기 때문입니다."

"……107에서 111까지 다양합니다. 그리고 트롤까지는 집단으로 사냥해 본 이력이 있습니다."

초랭커들이 100레벨을 넘겼다는 말은 들었지만 이들의 실력은 생각보다 높았다.

'초랭커들 중에서도 선두권이겠네.'

공식적인 세계 최강의 초랭커 그룹은 열다섯 명 정도로 매일 순위가 바뀔 정도로 레벨 차이가 근소한데 현재 1위가 117이라고 들었으니 이들의 실력은 굉장히 높은 편이다.

그 정도 레벨이라면 팀을 짜서 사냥을 했을 테지만 트롤을 잡았다면, 검광 실력자임은 확실했다. 방어력과 재생력이 극도로 높은 트롤을 사냥하려면 그 정도는 되어야 했다.

"그 정도 실력이라면 과보호를 할 필요는 없을 것 같군요."

가온의 담담한 말에 초랭커임이 분명한 다섯 명은 얼굴이 벌겋게 달아올랐지만, 칼 융이 차가운 얼굴로 한번 돌아보자 눈을 내리깔았다.

"긍정적으로 생각해 보겠습니다. 우리도 고려할 것이 있으니 수락 여부는 내일 길드 쪽으로 전해 드리겠습니다."

"네. 그런데 실력은……?"

그러고 보니 이쪽 실력을 확인시켜 주지 않았다.

가온의 시선이 타람과 로에니 쪽을 향하자 두 사람은 각자의 무기를 통해 빠르게 선명한 검기를 생성시켰다. 검기의 빛깔이나 형태 그리고 생성 속도로 보아 검기 실력자라고 해도 과언이 아닐 정도였다.

세르나와 달쿤은 금방이라도 폭발할 것 같은 검광을, 퍼슨과 패터 그리고 샐리는 선명한 검광을 보여 주었다.

스톤은 강철 화살에 마나를 주입해서 검광을 발현했고 샤나와 라쟈는 각자의 무기에 희미한 검광을 피워 냈다.

마론은 순식간에 파이어 볼을 만들어 냈다가 해제시켰고, 랄프는 기대하지도 않았는데 가만히 있기가 그랬는지 한눈에도 엄청나게 무거워 보이는 중병기들을 한 손에 그러모아

가볍게 들었다.

"마지막으로 우리 온 클랜의 이계인 대원들은 검광 완숙자 실력자 네 명에 80대 후반 레벨의 마법사, 사제, 버퍼 겸 힐러가 각각 한 명씩입니다."

레벨을 확실히 알고 있는 헤븐힐 일행과 달리 콜 일행의 경우 그 부분에 대해 얘기를 나눈 적이 없어서 확실한 레벨은 알지 못했다.

그렇게 말한 가온은 검대에 꽂아 두었던 흑검을 꺼내 순식간에 선명한 검기를 생성시켰다가 거두었는데, 그 수발이 놀랍도록 빨랐다.

'최소한 검기 완숙자!'

칼 융과 그의 일행은 온 클랜원들이 선보인 실력에 경악했는지 입만 벌리고 있다가 잠시 후 정신을 차렸다.

"정보 길드에서 알려 준 추정 실력보다 훨씬 더 강하군요. 이 정도면 믿을 수 있겠습니다. 온 클랜이 아니면 현재 수도 근처에서는 던전을 제대로 공략할 전력은 없는 것 같습니다."

칼 융은 상대의 무력 시연에 진심으로 감탄했다.

'소문보다 훨씬 더 강해!'

자신이라도 실력을 모두 내보일 상황이 아니니 지금 온 클랜이 보인 실력은 그야말로 최소치일 것이다.

오우거가 비록 최소한 검기 실력자들이 아니면 사냥할 수 없는 몬스터라지만, 이 정도 실력을 가진 헌터들이라면 충분히 사냥할 수 있을 것 같았다.

사실 정보 길드에서 구입한 정보에는 온 클랜이 이미 트롤을 생포한 경력이 있으며, 기사들도 토벌하지 못했다는 레드 스네이크라는 변종 마수조차 말끔하게 토벌해 버렸다는 내용이 있었다.

마지막으로 오크라강의 지배자와 오크라강의 폭군이라는 이명을 가진 콰르라는 마수들과 수천 마리 규모의 후와라는 몬스터까지 몇 차례 걸쳐 토벌을 했다는 내용이 있었지만, 그 부분은 확인되지 않았다는 언급이 있었다.

그래서 내심 걱정을 했었다. 정보 길드의 정보는 어느 정도 신뢰할 수 있지만, 소문보다 실력이 안 좋은 용병단이나 용병대는 정말 흔했으니 말이다.

애초에 전력이 높은 용병단이나 헌팅 그룹은 씨가 말랐다. 왕실에서 직접 관리하는 초대형 던전 때문이다.

사정은 기사들도 마찬가지였다. 그는 이 세계의 실재하는 루 여신으로부터 왕실과 교섭할 수 있는 지위를 가졌지만, 왕실에 부탁도 하지 못했다. 이미 아그레시아 왕국도 가용한 전력 대부분을 동원해서 초대형 던전을 공략하는 중이었다.

"정식으로 의뢰를 하겠습니다!"

그렇게 말하는 칼 융과 동행들의 얼굴에는 강한 확신이 실려 있었다.

"언제 던전을 공략하면 됩니까?"

"그게, 필요한 절차가 있어서 한 달 정도는 걸릴 것 같습니다."

칼이 말한 시기는 콜 일행이 말한 것보다 훨씬 늦었다. 아마 늦게 신청한 모양이다.

"결정은 내일이나 모레로 넘기지요. 오우거 던전인 만큼 우리 대원들과 의논을 해 봐야 하니까요."

굳이 콜 일행을 언급할 필요는 없었다.

칼 융도 흔쾌히 받아들였다. 오우거 던전이라면 피해는 필수적인 만큼 심각하게 고려해 보는 것이 정상이었다.

사실 사나흘의 휴식을 주었기에 이틀 후에나 모습을 드러낼 줄 알았는데, 바로 다음 날 아침에 콜 일행과 헤븐힐 일행이 거의 동시에 접속했다.

헤븐힐 일행은 별반 반응이 없었지만 초랭커인 콜 일행은 크게 흥분했다. 바로 따로 얘기를 하고 싶다고 했다.

"칼 융이라고 했습니까?"

"그렇습니다. 매부리코와 날카로운 눈매가 인상적인 중년의 백인 남자였습니다."

인물 묘사에 대해 들은 콜 일행의 얼굴은 일그러졌다.

"그럼 롬벨그룹?"

드골의 말에 콜이 고개를 끄덕였다.

"세계적인 그림자 그룹들이 움직이기 시작하는 거군."

그렇게 말하는 무조 역시 상대에 대해 알고 있는 것 같았는데, 가온은 내심 크게 의아했다. 그가 알기로 그런 그룹의 이름은 들어 본 적이 없었기 때문이다.

'그림자 그룹이라······.'

아마도 세상에 알려지지 않았지만 암중에서 막강한 영향력으로 세상을 움직이는 세력들일 것이다.

잠시 후 콜이 심각한 얼굴로 가온을 주시했다.

"그럼 대장님은 그 의뢰를 어떻게 처리하시려고 합니까?"

콜 일행은 다른 초랭커 그룹이 끼어드는 것이 싫었다.

세 사람의 눈빛에는 자신들도 지원을 받기는 했지만, 차원이 다른 지원을 받아서 순조롭게 성장한 초랭커 그룹들에 대한 본능적인 적의와 혐오가 느껴졌다.

그 눈빛을 본 가온은 마음속으로 이미 결정을 내린 의뢰를 거부할 각오를 했다.

'조금 아깝기는 하지만 어쩔 수 없지.'

오우거 던전에 관해서는 콜 일행이 우선권을 가지고 있었다. 공략 신청도 이들이 해 두었으니 말이다.

가온은 바로 마음을 비웠다.

"그대들과 의논을 한 후에 결정을 하려고 보류를 해 둔 상태입니다. 어디까지나 오우거 던전은 그대들에게 우선권이 있으니까요."

가온의 대답에 콜 일행의 얼굴은 밝아졌다.

"혹시 그들이 말한 보수를 알 수 있을까요?"

가온이 칼 융이 말한 보수에 대해 알려 주자 그들의 얼굴은 더 밝아졌다.

"5만 골드라…… 엄청난 돈이기는 한데 별로 감흥이 없네."

"하긴, 세이런에서 여기로 오는 동안 받은 의뢰 대금만 생각해도 그 정도는 아무것도 아니니까."

무조의 말에 콜과 드골도 잠깐 생각을 하더니 피식 웃었다. 그 정도의 돈은 온 클랜의 능력으로는 그렇게 큰돈이 아니었다.

막말로 대장이 홀로 사냥한 콰르와 후와 보스의 마정석만 처분해도 그것보다 훨씬 더 많았다.

"대장님, 그 의뢰를 받아들이십시오. 저희야 그들처럼 대장님께 의뢰를 한 것도 아니고 전리품도 우리 것이라고 했으니, 이참에 가외 수입을 챙기죠."

가온은 마나를 늘릴 수 있는 영약을 수시로 제공하면서 의뢰 건당 1%의 수당을 지급했다. 물론 마정석은 알아서 챙겨도 별말을 하지 않았다.

그럼에도 불구하고 따로 마정석을 챙기는 대원은 없었다. 모두 로에니에게 주어 클랜 자금으로 사용하고 있었기 때문이다.

"정말 상관없습니까?"

"네. 저희에게 오우거 던전을 클리어하는 건 아그레시아 왕실에서 관리하는 초대형 던전에 입장할 수 있는 자격을 얻는 것에 불과합니다."

콜의 대답을 들은 가온은 이 조건이 탄 대륙 사람들이 대상이 아니라 이계인들에게만 적용되는 것이라고 생각했다.

'이런 게 있다면 퍼슨이나 타람이 알았겠지.'

모험가 길드나 용병 길드에도 알려져 있지 않다는 얘기였다.

"그럼 던전을 클리어했다는 건 누구에게 증명하면 되는 겁니까?"

"왕국에서 던전을 관리하고 있으니 클리어를 하면 당연히 알 수 있을 겁니다."

"좋습니다. 그럼 그렇게 하지요. 어차피 공략하려던 던전이었고, 따로 챙길 필요도 없으니 우리에게는 잘된 일이군요."

콜 일행처럼 버스를 태워 달라는 조건이었다면 한번 생각해 봤겠지만 그런 부담도 없었다.

"그런데 그쪽은 뒷배가 있는 모양인데 그대들은 프리랜서로 뛰는 겁니까?"

"아쉽게도 저희도 소속이 있기는 한데 힘이 약해서 제대로 지원을 못 해 줍니다."

대답을 한 콜은 물론 드골과 무조도 쓴웃음을 지었다.

그들 역시 밀어주는 세력이 있기는 한 모양이다.

"대체 그 초대형 던전에 뭐가 있는 겁니까?"

예지몽을 통해 나중에 플레이어들에게 개방되었다는 사실까지는 알고 있었지만, 아무리 생각해도 초대형 던전과 얽힌 거대한 비밀이 있는 것 같았다.

그런 생각은 당연한 것이다.

초대형 던전은 다양한 레벨의 마수와 몬스터가 서식한다는 점이 사냥을 꼭 해야만 하는 플레이어들에게 장점은 있었지만, 굳이 실력도 되지 않는 초랭커들이 막대한 돈을 들여 오우거 던전까지 클리어해 가면서 들어갈 정도로 당장 메리트가 있는 던전은 아닌 것이다.

"큰 던전이 저희와 같은 이계인이 성장하는 데 큰 도움이 된다는 사실은 이미 알고 계실 테고, 핵심적인 건 저희들도 확실히는 알지 못합니다. 다만 저희를 지원하는 그룹이 알려 준 바에 의하면 저희 행성, 그러니까 지구의 미래와 아주 밀접한 무엇인가가 있다고 합니다."

"그게 혹시 차원 통로입니까?"

"……그걸 어떻게?"

콜 일행은 경악했다. 설마 현지인이 가온이 그런 개념까지 알고 있을 줄은 몰랐기 때문이다.

그건 그동안 벼리를 통해 들은 것들과 수많은 차원을 관할

하는 것으로 보이는 갓상점 시스템, 그리고 차원 융합에 관계된 지식 등을 통해 가온이 홀로 추론한 결과였다.

"차원을 건너가서 뭘 하려고요?"

"……그건 저희도 잘 모르겠습니다. 저희를 지원해 주는 세력이 말하길 차원을 건너가면 아르테미라는 이름의 세상이 나오는데, 그곳으로 건너가서 활동을 해야 한다고 했습니다."

'아하!'

이제야 군데군데 나사가 빠진 듯 이해가 되지 않았던 것들이 어느 정도 맞춰지는 것 같았다.

'아르테미 차원은 최소한 뛰어난 실력을 가진 용병이 필요한 상황이겠네.'

하지만 막강한 세력을 가진 지구의 그룹들이 단순히 돈과 같은 재화를 얻기 위해서 초랭커들을 양성하고 다른 차원으로 보내려는 것은 아닐 것이다.

항간에 퍼져 있는 소문에 따르면 어나더 문두스와 같은 가상현실 게임을 개발하는 데 최소한 100조 달러가 필요하다고 한다.

또한 과학자나 기술자의 의견으로는 최첨단 기술들이 적용된 캡슐의 현재 가격은 원가에 비해서 굉장히 낮아서 팔릴수록 천문학적인 적자가 쌓일 거라고 했다.

'뭔가 더 있어!'

가온은 한 가지 가설을 떠올렸다.

현재 아르테미 차원은 멸망 직전에 몰려 있는 상황이고, 그곳을 그렇게 만든 원인이 조만간 이곳 탄 차원은 물론 종국에는 지구에까지 영향을 미칠 예정이라면 말이 된다.

'만약 그게 사실이라면 그 원인은 틀림없이 타 차원에서 넘어온 마수나 몬스터이겠지.'

그래서 어떤 식으로든 차원을 여행할 수 있는 능력을 지닌 아르테미인들은 지구에 도움을 요청해서 영혼 여행이 가능한 캡슐을 개발하는 데 각종 지원을 아끼지 않은 것이리라.

다만 직접 육신을 가지고 아르테미 차원으로는 건너갈 수 없는 관계로 이곳 탄 차원을 경유하는 것이 아닐까 싶다.

아직 규명되지 않은 부분도 있기는 하지만 흘러가는 상황은 대강 이해할 수 있었다.

아무튼 확실한 것은 일부 플레이어들이 세계적인 비밀 세력에 의해 선발되어 다양한 지원을 받으며 차원을 건너가려고 한다는 점이다.

'차원을 넘어가서 사냥을 해야 하는 건가?'

그런데 갑자기 한 가지 의문이 더 들었다.

"그래서 그대들이 얻는 이익은 뭡니까?"

일반 플레이어들과 달리 이들은 게임을 즐기는 것이 아니다. 그야말로 미친 듯 레벨업에만 매진해 왔을 것이다.

"돈과 생존입니다."

돈은 이해가 가지만 생존이라는 단어는 도무지 관계가 없는 것 같았다.

"생존? 누가 협박이라도 하고 있습니까?"

"그게 아니라 가족과 지인을 포함해서 우리가 속한 사회를 구해야만 합니다. 우리가 아니면 안 되니까요."

"그러니까 누가 그것을 정한 겁니까?"

"전에는 우리를 선발하고 교육을 시켜 준 국가라고 생각했는데, 지금 와서 생각하면 세계정부인 것도 같습니다."

"세계정부?"

"그건 우리 지구에서만 쓰는 용어입니다. 한 국가가 아니라 전 세계, 전 인류 공동의 정부를 말합니다."

가온은 내심 깜짝 놀랐다.

'세계정부라고? 그건 음모론자들이 주장하는 내용인 줄 알았는데…….'

"내가 아는 이계인 친구와 사회 전반에 대한 대화를 꽤 자주 나누었는데, 처음 듣는 얘기네요. 지구는 그런 정치 체제가 아니라고 들었는데……."

"이계인 친구라면? 아! 대장의 사제를 말씀하시는군요."

헤븐힐 일행만 아는 줄 알았는데, 이들에게도 그 사실이 알려진 모양이다.

"그분의 말씀이 맞긴 하지만 그건 일반인들이 아는 상식입니다. 사실 저희 세계는 수백 년에 걸쳐서 지하 금융을 움직이는 몇 개의 가문과 대대로 강력한 정치적 영향력을 가진 가문들, 그리고 범세계적인 대형 그룹들이 주축이 되어 결성된 수십 개의 세력에 의해서 움직이고 있습니다. 우리는 그들을 그림자 그룹으로 부릅니다. 그 그룹들의 수장들은 정기적으로 만나서 지구의 현안을 논의하면서 체계적인 조직체를 갖추었는데, 그 조직을 세계정부라고 합니다."

가온이야 세계정부는 음모론에서나 등장하는 존재로만 생각해 왔지만, 만약에 그런 단체가 존재하고 전 세계에 막강한 영향력을 행사하고 있다면 충분히 이런 일을 벌일 수도 있을 것 같기는 했다.

흥미로운 이야기였지만 세 사람이 더 이상 말하고 싶지 않아 하는 얼굴을 하고 있어서 그에 대한 언급은 그만하기로 했다.

"뭐, 이해가 안 가는 부분이 꽤 있기는 하지만 대충 돌아가는 상황은 알 것 같습니다. 그리고 어쨌거나 그대들과 같은 이계인 덕분에 우리 세상에도 큰 도움이 되고 있으니, 나도 힘이 닿는 한 그대들의 성장을 돕겠습니다."

"감사합니다!"

"부탁드리겠습니다!"

"감사해요! 온 클랜원으로 활동하는 동안 저희도 최선을 다할게요!"

그렇게 말하는 콜과 드골 그리고 무조는 감격한 얼굴이

었다.

　　인근 여관에 묵고 있는 칼 융은 의뢰를 수락한다는 가온의 연락에 바람처럼 달려와서 계약금 2만 골드를 내고 계약서를 작성했다.

　　계약을 끝낸 그의 얼굴은 희색이 가득했다.

　　믿을 만한 전력을 갖춘 온 클랜에서 의뢰를 수락했을 뿐 아니라 던전 공략 시기까지 앞당겨진 것이다.

　　그런데 그날 밤, 예기치 않은 상황이 생겼다.

　　"또 다른 이계인들이 동일한 의뢰를 해 왔다고요?"

　　이번에는 로에니가 물고 온 의뢰였다.

　　"네. 용병 길드를 통해서 저희 온 클랜을 대상으로 들어온 지정 의뢰라고 해요."

　　"내용은 비슷하고요?"

　　"네. 의뢰 대금은 6만 골드이며 이계인들을 데리고 던전에서 들어가서 클리어시켜 주면 된다고 해요. 그리고 용병 길드 측에 내야 하는 수수료는 자신들이 부담하기로 했고요."

　　포션 지원과 같은 내용을 고려하면 칼 융 측의 의뢰와 보상은 비슷했다.

　　"일단 만나 보지요."

어차피 콜 일행은 현재 온 클랜원 신분이고 칼 융의 팀이 한 의뢰까지 용인했으니, 동일한 내용이라면 더 받아들여도 되는 상황이다.

"안 그래도 밖에서 기다리고 있어요."

마음이 어지간히 급한 모양이다.

"모셔 와요."

급히 나갔던 로에니가 다섯 명의 이계인을 데리고 왔다.

반쯤 센 콧수염이 인상적인 중년 거한이 인솔자인 모양인데 심안이 아니더라도 상당한 실력자로 보였다.

"반갑습니다. 온 클랜의 온 훈입니다."

"반 홀랜드라고 합니다."

중년 거한은 인사를 하면서 투기를 가온 쪽으로 방출했다.

'기세 싸움을 하려는 것은 아니고 아직 투기를 조절하지 못하는 건가?'

가온은 별생각 없이 상대가 투사하는 기운을 부드럽게 받아서 주위로 흩어 버렸다.

그러자 반 홀랜드가 흡족한 얼굴로 고개를 끄덕였다.

"홀랜드 씨는 S급 용병으로 주로 알카스 산맥 쪽에서 활동을 하는 붉은곰 용병단의 단장이에요."

로에니가 작은 소리로 상대에 대해서 알려 주었다.

'호오!'

용병단이라면 적어도 수백 명의 단원을 보유했으며, 본인이 S급 용병이니 생각보다 거물이었다.

그렇다면 반 홀랜드는 탄 차원의 용병이고, 젊은 네 명이 초랭커들이다.

"온 클랜에서 오우거 던전의 공략 신청을 해 두었다고 들었습니다."

반 홀랜드는 칼 융과 달리 던전 공략 순서까지 파악하고 있었다.

"그렇습니다."

"사실 이 사람들은 제게 던전 공략에 대한 의뢰를 했습니다. 급하게 공략 신청을 했는데, 이미 두 건이나 신청이 접수되어 있더군요."

그것이 S급 용병이 이끄는 붉은곰 용병단이 급하게 자신을 찾은 이유였다.

가온은 말없이 그의 말을 경청했다.

"의뢰를 접수하자마자 신청을 했기에 우리 측 잘못은 아니지만, 의뢰인들은 우리의 역량과 관계없이 하루라도 빨리 던전을 공략하고 싶어 합니다. 그래서 온 클랜으로 의뢰를 넘기려고 찾아왔습니다. 가능하겠습니까?"

"귀측에 손해가 가는 건 아닙니까?"

"아닙니다. 본래 7만 골드에 받아들인 의뢰이고, 단장인 내가 이들의 호위를 맡는 조건으로 귀측에 6만 골드로 의뢰를 하는 것이니 손해라고 할 건 없습니다."

일종의 하청에 해당하는 상황이었다.

"여러분의 의뢰 내용을 다시 확인하겠습니다. 그냥 공략 명단에만 올려 주면 되는 겁니까? 다른 원하는 건 없고요?"

"네! 저희가 필요한 건 정보 던전에 대한 입장 권한입니다. 소개가 늦었습니다. 마크 웨런이라고 합니다."

플레이어들을 대표해서 대답한 남자는 근접 딜러 같았는데, 상당히 날카로운 기도에 체형이 굉장히 날렵해 보였다.

"좋습니다. 그 의뢰 받아들이지요."

S급 용병인 반 홀랜드가 호위까지 해 준다니 걸리는 것이 전혀 없었다.

"하하하! 역시 화통하군요. 사실 온 클랜에서 이 의뢰를 받아 주지 않을까 봐 걱정을 했습니다."

바로 계약서에 사인을 한 후 계약금에 해당하는 2만 골드를 주는 반의 얼굴은 밝았다.

"어차피 공략할 던전입니다."

"그런데 정말 공략할 수 있겠습니까? 벌써 8차에 걸친 공략이 실패했다고 들었습니다."

그런 내용은 듣지 못했기에 좀 관심이 갔다.

"그 던전에 대해서 잘 알고 있습니까?"

"이번 의뢰를 받고 정보 길드 측에 알아봤습니다. 뭐, 저희야 시간이 있으니 정식으로 정보를 구매한 건 아니지만 대충은 알려 주더군요. 오크 전사 3천여 마리와 오우거 한 마리가 서식하는 던전으로, 한두 달 더 방치하면 던전 브레이크가 발생할 거라는 정도까지만 들었습니다."

"오우거는 사냥해 본 적이 있는데, 오크의 숫자가 많아서 좀 신경이 쓰이는군요."

오크 전사만 3천 마리라면 굉장한 전력이다.

"……그렇습니까?"

온 클랜에 대해서 들은 게 있는 반 홀랜드였지만 오우거까지 사냥할 정도의 능력을 가지고 있는 줄은 몰랐는지 놀란 얼굴이 되었다.

'채 스무 명도 안 되는 클랜으로 오우거를 사냥했다고? 허어! 놀랍네.'

검기 완숙자인 자신이 이끄는 400명의 용병단 전력으로도 오우거는 사냥할 수 있다고 자신할 수 없었다.

가능하다고 해도 최소한 절반 이상은 죽거나 폐인이 될 정도로 다칠 것이 뻔한데, 온 클랜은 채 스무 명도 안 되는 전력으로 오우거를 사냥했다니 기가 막혔다.

'나크 훈의 제자이고 소문의 절반만 사실이라고 해도 헛소리를 할 사람은 아닌데……. 이번에 동행하면 제대로 확인해야겠네.'

사실 반 홀랜드는 용병 길드 총본부로부터 따로 지시를 받은 사항이 있어서 굳이 동행을 하려는 것이다.

'길드의 판단이 맞아. 저 실력에 아직 기사 서임을 받지 않았다면 어딘가에 매이는 것을 싫어하는 성격이겠지. 그럼 끝내 기사 서임을 받지 않고 용병 생활을 계속할 수도 있어.'

실력은 의심하지 않았다. 자신이 투사한 기세를 너무나 자연스럽게 받아넘기는 것만 봐도 자신의 아래가 아니다.

용병들 중에서도 자신처럼 S급들은 제대로 기사 수업을 받았다. 다만 개인적인 사유로 기사 서임을 받지 않았거나 서임을 거부한 경우가 대부분이다.

안 그래도 마수와 몬스터의 창궐 사태로 인해서 일거리는 넘치는데 뛰어난 실력을 가진 용병이 부족한 상황이니, 용병 길드에서도 신경을 쓸 수밖에 없었다. S급들은 대부분 총본부를 통해서 의뢰를 받으니 말이다.

'만약 이 친구가 용병이 된다면 몇 없는 SS급 용병이 될 수도 있겠군.'

겉보기에는 중년이지만 반 홀랜드는 육십이 넘었다.

하지만 눈앞에 있는 온 클랜의 클랜장은 20대 중후반의 나이에 자신과 비슷한 기도를 가지고 있으니, 만약 용병으로 활동한다면 용병 길드에 막강한 영향력을 행사하는 SS급이 될 가능성이 높았다.

던전으로

반 일행이 물러나자 가온은 고민에 빠졌다.

키가 8미터가 넘는 거대한 몸집의 오우거를 상대하는 방법은 그리 많지 않다.

트롤 사냥에 효과적인 사슬로 만든 그물은 사용할 수가 없다. 놈의 무지막지한 괴력은 그 정도는 가볍게 찢어 버릴 수 있기 때문이다.

세간에 알려진 오우거 사냥법은 이렇다.

일단 검기를 자유롭게 사용할 수 있는 이들이 놈을 상대하면서 발목을 중점적으로 공격해서 놈의 움직임을 제한한다.

그리고 창이나 화살에 마나를 담을 수 있는 수십 명이 놈을 포위한 상태로 투사 무기를 던지는 것이다.

하지만 그렇게 해도 사냥 성공률은 극히 낮다. 일단 놈을 포위하는 것부터가 쉽지 않았다.

오우거는 그 거대한 몸집과 달리 엄청나게 민첩하다. 감각도 예민해서 놈이 눈치채지 못하게 접근을 하는 것조차 쉬운 일이 아니다.

설사 포위를 한다고 해도 검기로 치명상을 입히는 건 거의 불가능했다. 다른 마수나 몬스터도 생체보호막이 있지만, 오우거의 경우 검광 정도로는 어찌할 수 없을 정도로 견고한 생체보호막을 가지고 있었고 검기가 아니면 생채기조차 낼수 없는 가죽을 가지고 있었다.

문제는 던전의 보스인 오우거는 그동안 그가 사냥했던 놈들과는 차원이 다를 거라는 사실이다. 그저 그런 오우거였으면 여덟 번에 달하는 공략이 실패했을 리가 없었다.

'사실 오우거 한 마리라면 나 혼자 어떻게든 사냥할 수 있을 것 같은데…….'

하지만 거대화 스킬은 아직 대원들에게 공개한 적이 없기도 하고, 사용 제한 시간이 있어서 오크라는 변수가 있는 던전에서는 사용할 생각이 없었다.

그렇게 거대화 스킬을 제외하니 마땅히 놈을 상대할 방법이 없었다.

온 클랜에 검기 실력자가 셋이나 된다지만 타람과 로에니의 경지로는 놈의 공격을 막아 내거나 피하는 것은 어려웠다.

　가온이 직접 경험한 오우거는 거대한 몸집에 어울리지 않게 엄청나게 민첩한 데다 지능도 꽤 높았다.

　그렇다고 투사체 공격이 크게 유효한 것도 아니다. 오우거는 제대로 된 생체보호막을 피부 위에 두르고 있었고, 가죽은 마나가 주입된 화살이나 창에도 쉽게 뚫리지 않을 정도로 방호력이 높았다.

　'방법은 놈을 유인해서 몸을 제대로 움직이지 못하게 만든 후 한순간 화력을 집중하는 것이 최선이야.'

　물론 오우거를 유인하는 것과 마무리 공격은 미리 생각해 둔 바가 있었다.

　'높은 상공에 대기하고 있다가 집중 공격을 받는 놈을 향해 정확하게 철심목 창을 던지는 것으로 마무리를 하면 돼!'

　문제는 놈의 움직임을 어떻게 제한시킬 것이냐 하는 것이다.

　'그 부분은 정령사들에게 맡겨야지.'

　필요하다면 마법사들도 가세해야만 한다.

　하루 동안 고민을 거듭해서 오우거를 사냥할 수 있는 전략을 짠 가온은 사람들을 소집했다.

　먼저 대원 중 일부는 가온으로부터 한 가지 스킬을 전수받았다. 대상은 이계인 대원들과 마법사 대원들을 뺀 나머지 전부였다.

빠르게 이동하는 데에만 중점을 둔 '쾌보'는 D등급 스킬로 가온이 갓상점에서 무려 5천 명예 포인트나 주고 구입했다.

거대한 몸집과 어울리지 않게 민첩한 오우거를 상대하기 위해서는 무엇보다 놈과 비슷한 속도를 내는 것이 중요했기에 무리가 되더라도 구입한 것이다.

다만 이계인을 위한 스킬이 아니었기 때문에 스킬북 형태로 쉽게 익힐 수 없어서 직접 몸으로 체득을 해야 했다.

쾌보의 요체는, 마나를 발은 물론 발바닥 중앙에 있는 용천혈로 움직여 빠르게 이동하는 것으로, 해당하는 마나로드가 열려 있고 의지로 마나를 이동시킬 수 있어야 했다.

가온의 경우, 이미 질주 스킬도 있었고 높은 등급이 아니었기에 서너 시간 쾌보 수련만 했더니 3레벨로 올라갔다.

이젠 대원들을 가르칠 시간이다.

가온은 이질적인 마나의 침입에 격렬하게 반응하는 마나의 성질을 고려해서 상대의 신체에 아무런 손상을 주지 않는 청기를 이용해서 대원들의 해당 마나로드를 일일이 뚫어 주었고, 마나 운용은 물론 발과 다리의 상세한 움직임까지 개별적으로 지도를 했다.

랄프를 제외하고는 모두 마나를 익숙하게 운용할 수 있는 실력이었기에 그런 가온의 조치만으로도 빠르게 이동할 수 있었지만, 문제가 있었다.

예전에 가온이 한 번에 민첩 스텟을 급격히 높였을 때처럼 대원들 역시 자신이 움직이는 속도에 적응을 하지 못한 것이다.

속도를 제어하지 못해서 나동그라지기 일쑤였다.

그에 대한 해결책은 하나밖에 없었다. 적응할 때까지 몸이 고생하는 수밖에 없었다.

그런데 뜻밖에도 마법사들과 이계인 대원들까지 모두 쾌보를 익히길 희망했다.

평소보다 두 배나 빠르게 이동할 수 있다는 쾌보 스킬의 가치를 알아본 것이다.

결국 온 클랜원들은 다른 수련을 제쳐 놓고 꼬박 이틀에 걸쳐서 쾌보를 수련했다.

당연히 마나 운용력이 높은 순서로 쾌보에 적응했고 다들 쾌보의 효과에 탄성을 질렀다.

그래서 시간은 걸렸지만 수련 후에는 기존보다 두 배 이상 빠르게 움직일 수 있게 되었는데, 랄프도 얼마나 수련에 집중했는지 다른 대원들보다는 조금 느리지만, 평소 자신의 움직임보다 두 배 이상 빨리 이동할 수 있게 되었다.

그렇게 쾌보에 어느 정도 적응이 되자 다른 수련이 추가되었다.

헤븐힐 일행과 마론은 속박, 혼란, 슬립, 슬로 마법을 집중적으로 파고들었다.

저서클 마법이지만 메모리얼 마법이 아니더라도 언제 어느 상황에서도 순식간에 발현시킬 정도로 숙달하는 것이 목표였다.

정령사 대원들도 대지의 정령을 이용해서 오우거와 같은 거대 몬스터의 발을 붙잡는 것과 바람의 정령을 이용해서 독을 목표에 정확하게 살포하는 수련이 추가되었다.

그동안 콜 일행을 포함한 나머지 대원들도 따로 훈련을 해야만 했다.

그들은 가온이 공방에서 대량으로 주문한 강철 창으로 투창 훈련에 집중했다.

단순히 창을 던져 목표를 맞히는 것이 아니라 마나를 최대한 빠르게 창에 주입해서 창광이 발현되도록 하는 과정이 포함되었기 때문에 쉬운 훈련이 아니었다.

물론 투창 스킬북이 따로 있었기에 플레이어 대원들은 기초는 그걸로 잡은 후 부단한 투창 훈련으로 스킬 레벨을 높이는 데 주력했다.

그렇게 던전 공략일까지 나흘이 남았을 때 대원들은 가온을 따라 강을 건너 마수의 숲으로 들어갔다.

그리고 이틀 후 다시 강을 건너 아보린 시티로 돌아온 온 클랜원들의 얼굴에는 강한 자신감이 드러났다.

오우거 던전은 수도에서 말을 타고 3시간 거리에 있는 거대한 산맥의 기슭에 자리하고 있었다.

"산세가 아주 웅장하군요."

자신들이 온 방향을 제외하고는 모두 거대한 산들로 시야가 가려졌다.

"알카스 소산맥입니다. 스파인 산맥에 비하면 규모가 작지만, 그래도 높고 험준한 산들이 수백 개에 달하는 산맥입니다. 다섯 개나 되는 왕국의 경계이기도 하지요."

오는 동안 가온과 나란히 말을 달린 반 홀랜드가 설명을 했다.

"붉은곰 용병단은 저 안에서 사냥을 하고 있겠군요."

"그렇습니다. 트롤 열 마리를 사냥하는 의뢰를 수행하고 있지요. 위험한 일이지만 그간 해 온 것이 있어서 잘하고 있을 겁니다."

자신의 용병단에 자부심이 느껴지는 말이긴 했지만 가장 강한 자신이 빠진 상황이다 보니 단원들에 대한 걱정이 묻어나왔다.

"저쪽에 도시가 하나 있군요."

일행이 도착한 곳은 해발 300미터 정도 되는 지점이었다. 그래서 말로 30분 정도 거리에 있는 분지에 위치한 도시를 볼 수 있었다.

"테라스 시티입니다. 알카스 소산맥을 주 무대로 활동하는 다양한 사람들이 근거지로 삼는 도시로 상주인구가 5만에 유동인구는 세 배 정도로 규모가 큽니다. 만약 오우거 던전을 공략하지 못해서 던전 브레이크가 발생한다면 가장 먼저 큰 피해를 입을 수 있습니다."

생각보다 사태가 심각했다. 이미 8차에 걸친 공략이 실패한 만큼 언제 던전 브레이크가 발생해도 이상한 상황이 아니었다.

"최선을 다해야겠네요."

"인원을 좀 보충했어야 하는 게 아니었는지……."

출발할 때 합류한 반 홀랜드는 그 점이 아쉬웠는지 오는 내내 낯빛이 안 좋았다.

"손발이 안 맞는 사람들이 추가되면 오히려 공략에 방해가 될 것 같아서 말입니다."

물론 반 홀랜드도 그 말에는 적극 동의를 했지만 의뢰인들까지 합해도 채 서른 명도 되지 않는 인원을 생각하면 한숨만 나왔다.

'그래도 온 대장이 자신 있는 얼굴이니 믿을 수밖에.'

마음 같아서는 한창 사냥을 하고 있을 단원들을 이쪽으로 부르고 싶었지만, 온 클랜에 의뢰를 넘겼으니 그건 포기해야만 했다.

"던전이 어디에 있는지 혹시 아십니까?"

"저쪽입니다."

반이 가리키는 곳은 제법 높은 두 산 사이의 계곡이 자리하고 있었다.

"그럼 저곳은요?"

계곡과 조금 떨어진 곳에는 통나무 목책으로 둘러싸인 작은 요새가 있었다.

"던전을 관리하는 행정관들과 유사시 여러 곳으로 소식을 전할 전령들이 머물고 있는 임시 요새입니다."

"가지요."

예정했던 공략일은 이틀 후지만 오우거 던전에 대한 자세한 정보를 알아내기 위해서 먼저 행정관들부터 만나 보려는 것이다.

가온 일행이 4미터 높이의 목책 앞에 도착하자 목책 위로 기사 복장을 한 사람의 상체가 올라왔다.

"수고하십니다. 온 클랜입니다!"

퍼슨이 앞으로 나서며 외쳤다.

"오! 온 클랜. 안 그래도 기다리고 있었소."

얼마 후 작은 문이 열리며 기사 한 명이 병사 네 명과 함께 밖으로 나왔다.

"누가 온 훈 경이오?"

잘 다듬어진 콧수염이 인상적인 30대 중반의 기사가 호기심 가득한 눈으로 대원들을 훑어볼 때 가온이 말에서 내려 앞으로 나갔다.

"접니다. 온 훈이라고 합니다."

"반갑소. 나는 왕실 3기사단의 로헤트라고 하오. 트롤 슬레이어에 레드 스네이크와 오크라강의 폭군을 사냥한 영웅을 직접 만나다니, 내가 운이 좋은 것 같소."

진심으로 반기는 로헤트의 태도에 살짝 긴장했던 대원들의 몸이 풀어졌다.

"소문이 여기까지 퍼졌습니까?"

"나크 훈 님의 제자라는 소문이 맞는 것이오?"

"그렇습니다."

가온이 훈 가문의 문양이 새겨진 검갑을 들어 보였다.

"맞군. 나 또한 짧은 기간이지만 훈 님께 사사했소. 왜 서임을 받지 않고 용병처럼 활동하는지는 알 수 없지만…… 잘 왔소."

풍기는 기도로 보아 이제 막 2급이 된 듯한 로헤트 기사는, 같은 스승에게 사사한 가온에게 큰 호감을 드러내며 목책 위의 병사들에게 신호를 해서 문을 열도록 했다.

"오우거는 사냥해 봤소?"

"그렇습니다."

"하하하. 자신이 있으니 도전을 했을 텐데 내가 당연한 것을 물었군. 그래도 조심하시오. 3천에 달하는 오크 전사도 골치지만, 얼마 전에 스무 마리의 오우거가 던전으로 들어갔소. 그래서 꽤나 많이 준비했던 8차 공략대가 일주일도 안 되어 막심한 피해를 입고 나왔다오."

로헤트의 말에 온 클랜원들은 물론 칼 융과 반 홀랜드가
이끄는 이계인들의 얼굴이 창백해졌다.

"그게 사실입니까?"

한 마리가 있다고 알려진 오우거가 스무 마리가 넘는다니
경악할 수밖에 없었다.

"그렇소. 던전에 있는 오우거가 암컷인 모양인데 발정이
라도 났는지 7차 공략대가 빠져나온 지 얼마 되지 않아서 여
섯 무리의 오우거들이 몰려오더니 던전 안으로 들어가 버리
고 말았소."

상황이 아주 골치 아프게 되었다.

'아니지. 오우거보다 더 처리하기가 골치 아픈 오크들을
생각하면 오히려 상황이 더 나을 수도 있어.'

오우거를 사냥하는 건 충분히 준비를 했지만 3천여 마리
나 된다는 오크 전사에 대한 대비는 미처 하지 못했다. 일단
던전에 들어간 후 어떻게든 해볼 생각만 하고 있었던 것
이다.

"던전 브레이크의 징후가 있습니까?"

"그런 건 아니지만 오우거들의 식성을 고려하면 던전 브레
이크까지 별로 시간이 많이 남지 않은 것 같소. 이런 상황인
데도 던전에 들어갈 생각이오?"

로헤트의 말을 듣던 가온의 눈빛이 순간 이상해지더니 제

모습을 찾았다.

"이왕 왔으니 들어가려고 합니다."

"내가 들은 소문이 사실이라면 이런 상황이라도 능히 클리어할 수 있을 거라고 생각하오. 일단 들어가서 던전을 관리하는 행정관들부터 만나 보시오."

"그런데 던전에서 나오는 건 제한이 없습니까?"

라지드맨 던전의 경우 출입에 아무런 제한이 없었지만, 수중 던전의 경우에는 들어가는 것은 쉬웠지만 나오려면 클리어를 해야 했다.

"그렇소. 덕분에 많은 공략대가 전멸을 피할 수 있었소. 안 그래도 오우거와 오크가 나올까 봐 우리 3기사단의 두 개 지대가 대기를 하고 있는데, 오우거가 스무 마리가 추가되었으니, 던전 브레이크가 일어나면 우리도 도망을 쳐야 할 상황이라오. 테라스 시티도 이미 비상 태세에 들어가서 성벽을 높이고 강화하기 시작했소. 부디 경이 오우거들을 몰살시켜서 던전을 클리어해 주었으면 좋겠소."

"최대한 노력해 보겠습니다."

애초 생각했던 것보다 오우거의 숫자가 스무 마리나 추가되었지만, 가온은 공략에 도전했던 다른 팀들처럼 전멸을 하거나 중도에 던전 밖으로 도망쳐 나올 일은 없을 거라고 생각했다.

'준비는 끝났다. 거기에 방금 떠올린 전술을 고려해서 행

동한다면 충분히 클리어할 수 있어!'

대원들은 벌써 사기가 확 떨어졌지만 가온의 신색은 변화가 전혀 없었다.

그런 가온의 낯빛과 태도를 살펴보던 로헤트는 작게 고개를 끄덕였다.

'소문이 과장된 것이 아니라면 온 클랜이 정말 던전을 클리어할 수도 있겠군.'

로헤트는 이전에 들어갔던 여덟 개의 팀이 공략에 실패하며 던전 브레이크가 머지않았다는 진단이 내려진 이 위험한 던전을 온 클랜이 클리어해 주기를 간절하게 바라며 온 클랜을 목책 안으로 들였다.

라이라

　목책 안에는 열 동이 넘는 거대한 목조건물이 있었다. 행정관들은 물론 왕실 3기사단의 두 개 지대가 주둔하고 있으니 당연한 시설일 것이다.

　로헤트가 안내한 곳은 그중에서도 공을 들여서 지은 건물이었다.

　"던전을 관리하기 위해서 왕실에서 파견된 행정관들이 머무는 곳이오."

　그렇게 설명한 로헤트가 문을 열고 안으로 성큼성큼 들어갔다.

　로헤트를 따라 안으로 따라 들어간 가온은 어둠침침한 실내에 대충 만든 긴 탁자 주위에 대여섯 명이 앉아 있는 것을 볼 수 있었다.

"헤튼 경, 공략대가 도착했소."

로헤트가 얘기를 건넨 사내는 다듬지 않아서 지저분한 턱수염을 기른 중년 남자로 구겨진 제복을 입고 있었다.

"보자…… 이번 공략대는 온 클랜, 정말 온 클랜이구나!"

의자에 삐딱하게 앉아 있다가 서류를 확인하고 벌떡 일어난 헤튼은 꽤나 단련된 건장한 체격이어서 기사 수련을 한 것 같았다.

"누가 온 훈 경이오?"

"접니다. 만나서 반갑습니다."

"오! 소문대로 꽤나 젊으시구려. 나는 왕실 내무부의 2급 행정관 헤튼 에비스라고 하오."

그 역시 온 클랜에 대한 소문을 들었는지 꽤나 호의적이다.

"차 한잔하겠소?"

"감사합니다."

내심 좀 귀찮았지만 뻣뻣한 왕실 관리가 차까지 대접한다는데, 거부할 필요는 없었다.

가온은 다른 행정관으로 보이는 자가 내주는 의자에 앉았고 다른 대원들은 그 뒤에 도열한 채 서 있었다.

"그래, 오우거는 사냥해 봤소?"

헤튼이 강한 호기심을 드러내며 물었다.

"그렇습니다."

사실이니 대답도 거침이 없었다.

"오오! 역시! 그런데 정말 나크 훈 경의 제자시오?"

세상에 알려진 나크 훈은 가르치는 데는 탁월한 능력을 가지고 있었지만, 1급을 끝내 넘지 못한 비운의 기사였다.

검기 숙련자 정도로는 오우거를 상대할 수 없으니 일면 이해가 가는 질문이었다.

"그건 틀림없는 진실입니다."

가온이 검갑을 내밀며 대답했다.

지구나 이곳이나 배경이 잘 통하는 것은 마찬가지였다. 제법 이름이 알려지긴 했지만 아직 가온의 인지도가 그리 높지는 않은 것 같았다.

"그건 믿어 의심치 않소. 다만 나이도 그렇고 서임도 받지 않은 상태인 데다가 훈 경을 사사한 이들 중에 오우거를 사냥할 정도의 훌륭한 기사가 출현한 것이 신기해서 확인해 본 것이오."

"꼭 1급 경지에 올라야만 오우거를 사냥할 수 있는 건 아닙니다."

"듣고 보니 그럴 수 있을 것 같소. 그런데 최근 다른 오우거들이 던전에 들어갔다는 얘기는 들었소?"

"네. 로헤트 경이 알려 주셨습니다."

"오우거가 한 마리밖에 없을 때도 다들 공략에 실패하고 패

잔병처럼 도망쳐 나왔는데…… 벌써 여덟 번이나 공략에 도전했다가 모두 실패해서 참으로 골치가 아프오. 이번 공략이 실패하면 바로 던전 브레이크가 일어날 수도 있을지 모르오. 아무튼 이렇게 심각한 상황이 되었는데도 도전을 하겠소?"

"이왕 왔으니 도전해 보려고 합니다. 클리어도 클리어지만 숫자를 좀 줄여 놓아야 혹시 모를 던전 브레이크에 대비할 수 있을 테니까요."

당장 던전 브레이크가 일어난다면 당장 이곳부터 박살이 나겠지만 가까운 테라스 시티가 위험했다. 왕실에서도 그런 이유로 던전을 따로 관리하는 것일 테고.

"장한 일이오. 내 뭐든 도울 테니 던전을 공략해 주시오."

"혹시 던전에 대한 자세한 정보를 들을 수 있겠습니까?"

오우거가 보스이기는 하지만 오크들도 있고 최근에는 상황이 변했다니, 내부 사정을 좀 더 깊이 알 필요가 있었다.

"그거라면 우리보다는 라이아를 찾아가면 될 것이오."

"라이라요?"

"정보 길드의 전대장 출신으로 첫 공략대에 참여했다가 심각한 부상을 입고 간신히 살아 돌아온 인물인데 길드에서도 꽤나 인정을 받았던 인물이라고 들었소. 치료가 되지 않을 정도로 심한 내상을 입는 바람에 길드에서 은퇴를 하고 이곳에 눌러앉아 지내는 중인데, 공략대에 필요한 정보를 제공하고 있소."

이름과 설명을 듣는 순간 예지몽에서 들었던 소문 하나를 떠올릴 수 있었다.

"알려 주셔서 감사합니다. 일단 그 친구에게 던전에 대한 정보를 들은 후 바로 던전에 입장하도록 하겠습니다."

"알겠소. 그나저나 신청서에 기재된 인원과 좀 차이가 있는 것 같은데, 맞소?"

"네. 여섯 명이 더 추가되었습니다."

"좀 더 인원이 많았으면 좋으련만…… 아마 실력자들을 구하기 힘들었을 것이오."

다행히 헤튼은 인원이 추가된 부분은 전혀 신경을 쓰지 않고 있었다. 그 역시 현재 수도의 상황을 알고 있었다.

"추가된 인원의 신상을 알려 주시오. 알다시피 내 임무가 이런 거라서 말이오."

"알겠습니다."

"그리고 쉴 곳은 빈 건물 아무 곳이나 고르면 될 거요. 공략대들이 머물렀던 곳이라서 좀 지저분하지만 기본적인 가구들이 갖추어져 있으니 하루 정도는 무리 없이 쉴 수 있다고 들었소."

직접 가서 확인한 건 아닌 모양인데 그 정도면 충분했다. 모레 새벽에 던전에 들어갈 생각이니 말이다.

대원들이 본관 건너편 건물로 여장을 풀러 들어갔을 때 가온은 로헤트를 따라 구석에 있는 작은 건물로 향했다. 이곳에 주둔하는 기사와 병사를 대상으로 간단한 식사와 술을 파는 그곳에 정보 길드 출신의 라이라가 있었다.

'이런 사람이 정보 길드원이었다고?'

라이라를 처음 본 순간 가온은 깜짝 놀랐다. 로헤트 기사에게 그녀에 대해서 대충 들었던 내용과는 인상이 전혀 달랐다.

라이라는 30대 초반으로 5년 전에 검기에 입문했을 정도로 뛰어난 실력을 가지고 있으며 미모까지 뛰어나서 정보 길드의 무력을 대표하는 인물이라고 들었다.

그런데 지금 본 라이라는 이마에서 목까지 이어지는 자상으로 인한 큰 흉터가 있어 길드를 대표하던 미모는 전혀 찾아볼 수가 없었고, 기세조차 느낄 수 없어서 평범한 일반 여성으로 보였다.

수련을 하지 못해서 근육이 많이 빠진 상태일 텐데 굉장히 육감적인 몸매를 가지고 있는 것으로 봐서 내상을 입기 전에는 굉장히 탄탄한 근육질의 몸이었을 것 같았다.

"온 클랜의 온 훈이라고 합니다."

"명성은 익히 들었어요. 저는 라이라라고 해요."

"명성은요."

"아니에요. 나크 훈 경의 제자라는 사실로도 유명하지만 트롤 슬레이어에 레드 스네이크를 토벌하시고 오크라강의 폭군과 너무 빠르게 증식해서 골칫거리인 후와 무리까지 사냥하신 것으로 유명하시잖아요."

"그게 여기까지 전해졌습니까?"

왕도라면 모를까 이곳은 던전을 관리하기 위해서 급조한 산채나 다름없는 곳이었다.

"지금은 은퇴를 했지만 그래도 나름 정보 길드의 수뇌부였어요. 아직 이어지고 있는 정보선도 있고요."

"그렇군요."

"절 찾아오신 건 던전에 대한 정보가 필요해서이시죠?"

"맞습니다."

"혹시 제가 던전에 동행해도 될까요? 아! 이건 제가 던전에 대한 정보를 드리는 것과 무관한 부탁이에요."

심각한 내상으로 인해서 마나 능력은 물론 육체 능력까지 일반인 수준으로 약화된 라이라를 던전에 데리고 간다니 안 될 일이다.

바로 부정적인 대답을 하려고 했던 가온은 뭔가 이상한 점을 느꼈다.

첫 공략대에 속했었다는 점을 고려하면 이전에 이곳에 들른 공략대들을 대상으로 동일한 부탁을 했을 것 같다는 생각이 먼저였고, 그녀 정도면 위험성을 충분히 인지하고 있음에도 이런 부탁을 한다는 것이 이해가 가질 않았다.

"지금 몸 상태로 들어가면 위험하다는 사실은 잘 알고 있을 텐데, 그렇게 던전에 들어가려는 특별한 이유가 있습니까?"

"네. 동료 절반을 죽인 짝귀에게 어떻게 해서든 한 칼을 먹이고 싶어서요."

라이라의 대답을 들은 가온의 입가에 슬쩍 미소가 떠올랐다.

마나를 사용할 수 없는 건 물론이고 일반인처럼 움직이기도 힘들 것 같은 몸으로 그런 얘기를 한다는 건 뭔가 방법이 있다는 것이 아닐까 싶었다.

"위력이 대단한 마도구라도 가지고 있는 모양이군요."

"……어떻게 아셨어요?"

"뭐, 그게 중요한 건 아니고 던전 안쪽 상황에 대해서 자세히 듣고 싶습니다. 지리적인 부분까지 모두 다요."

"당연히 말씀드려야지요. 그런데 오우거 스무 마리가 던전 안으로 들어갔다는 얘긴 들으셨죠?"

"그렇습니다."

"그 점을 감안해서 들어 주세요."

가온은 라이라가 설명하는 내용을 머릿속에 새겨 넣었다.

"도움이 될지 모르겠지만 여기까지가 제가 아는 모든 것이에요."

"얘기해 주셔서 감사합니다."

그렇게 인사를 하고 돌아서려던 가온은 라이라의 눈빛에서 느껴지는 강인한 의지가 신경 쓰였다.

보통 심각한 내상으로 마나 능력을 잃게 되면 절망에 빠지기 마련인데 라이라의 눈빛은 힘이 느껴졌다. 의지가 그만큼 강하다는 뜻이다.

'녹스.'

－왜?

'이 여자의 몸속으로 들어가서 상태를 확인해 줄 수 있겠니?'

진화를 통해 치료 능력을 개화했다는 사실을 기억한 가온이 녹스에게 그렇게 물었다.

－당연히 가능하지.

"라이라 씨."

"네. 말씀하세요. 혹시 절 데리고 던전에 들어가시려는 건가요?"

기대가 가득한 얼굴을 실망시키는 건 싫었지만 가온은 고개를 저었다.

"그럼요?"

"잠시 이상한 기분이 들더라도 참으십시오."

"무슨?"

"세상에 알려지지는 않았지만 내겐 특별한 진단 능력이 있습니다. 대상에게 해롭지 않은 마나를 주입해서 당신의 내상이 어느 정도인지 확인하려고 합니다."

"그걸 확인할 수 있다고요?"

"그렇습니다."

정보 길드의 정보 라인이 아니라 전대에서 일하긴 했지만, 라이라는 아직도 연결이 되는 이들을 통해서 많은 정보를 수집해 왔다.

당연히 지금 눈앞에 있는 온 훈에 대해서 많은 것을 안다고 생각했다.

'지금 온 훈 대장만큼 뜨거운 화제의 대상은 없지.'

정보 길드에서도 이 사람에 대한 정보를 많이 수집하고 있었다.

나크 훈 기사의 애제자이며 검기 완숙자일 가능성이 높은 천재 검사로 1급 기사들도 세우기 힘든 일들을 성공리에 완수했다는 소문이 모두 사실이라는 것도 알고 있다.

그게 전부가 아니다.

일반인들에게는 잘 알려지지 않았지만 그는 얼마 전 알력 문제로 마탑에서 은퇴한 볼코트 한 마법사의 제자로 마법을 배우고 있기도 하다.

'제자라기보다는 후원자 쪽일 가능성이 높기는 하지만……'

하지만 그가 치료와 관련된 능력을 가지고 있다는 것은 전혀 몰랐다.

그래서 좀 망설여졌다. 아무리 심한 내상으로 마나를 사용하지 못하는 육체가 되었다고 해도 순화된 마나는 본래 이질적인 마나에 강하게 배척한다는 사실을 알고 있었기 때문이다.

하지만 고민은 오래가지 않았다.

'더 이상 망가질 게 뭐 있다고! 이 사람의 소문을 믿어 보자!'

고지식하고 융통성이 거의 없는 성향이 아니기 때문에 기사라기보다는 용병과 같은 행보를 보여 주고 있는 온이지만, 그는 돈도 챙기면서 사람을 궁휼히 여기는 것만은 분명했다.

세이런의 주민들을 위해서 가진 것을 모두 내놓았을 뿐 아니라 며칠 동안 수많은 주민들을 치료했다는 것만 봐도 알 수 있었다.

"제 내상에 대해서는 들으셨죠? 중상급 치료 포션으로도 치료가 되지 않았어요."

길드에서 내상을 입은 그녀에게 지원해 줄 수 있는 최고 한도가 바로 중상급 포션이었다.

"중상급 포션이 잘린 팔다리를 제대로 붙게 할 정도로 대단한 효과를 가지고 있기는 하지만 내상으로 인해 마나로드가 엉망이 된 것까지 치료해 주지는 않습니다."

물론 당연히 상급 포션이라면 그녀의 내상을 어느 정도는 치료할 수 있었다.

하지만 마수와 몬스터의 창궐 이후 상급 포션은 돈이 있어도 구할 수 없는 물건이 되었다. 상급 포션에 필요한 희귀한 재료들을 제대로 확보할 수 없기 때문이었다.

물론 이런 상황이 아니더라도 그녀에게 1만 골드 이상을 호가하는 상급 포션을 구입할 수 있는 돈은 없었다. 고아인 그녀를 거두어서 오랜 시간 동안 교육을 해 준 길드에서는 전대원이 된 후에도 제대로 된 급료를 지급하지 않았기 때문이다.

　　내상을 입기 전 검기 실력자에 올랐기에 그녀는 자신의 내상이 어느 정도인지, 그리고 중상급 포션으로도 치료할 수 없다는 사실을 알았기에 길드의 지원을 거부했다.

　　'중상급 포션을 먹어 봐야 겨우 일반인 수준으로 회복되는 건데, 얼마가 될지도 알 수 없는 기간 동안 길드에 매여서 노예 생활을 할 수는 없지.'

　　다행히 길드에서는 그녀의 존재보다 중상급 포션이 더 귀중하다고 생각했는지 은퇴를 흔쾌히 받아들였다. 그녀가 아니더라도 길드가 거둔 고아들 중에서 치고 올라오는 길드원들은 많았다.

　　"대체 저에게 왜 이리 신경을 써 주세요?"

　　자신을 도우려고 하는 사람에게 이렇게 날 선 반응을 보이면 안 된다는 사실은 잘 알지만 너무 궁금했다.

　　자신은 날개가 꺾이는 정도가 아니라 아예 잘려 버린 새와 같은 신세였기 때문이다.

　　"이런 상황에서도 절망하지 않고 반드시 동료들의 복수를 하겠다는 당신의 모습이 너무 인상적이어서 가능하면 치료를 해 주고 싶습니다."

"……."

라이라는 진심이 가득한 가온의 말에 잠시 아무 말도 하지 않고 고개를 바닥에 떨어뜨리고 있었다.

얼마 후 다시 고개를 든 그녀의 눈은 젖어 있었지만 한결 강렬해져 있었다.

"만약 제가 다시 힘을 갖게 되면 온 클랜을 위해 평생 봉사를 하겠어요."

"그건 치료가 가능한 경우이니 지금은 생각할 필요가 없습니다. 하지만 온 클랜에 들어온다면 당연히 환영입니다. 설사 내상을 치료할 수 없다고 하더라도 당신을 영입하고 싶습니다. 이번 오우거 던전도 그렇지만 다음에 들어갈 던전을 위해서라도 그대의 능력이 절실하게 필요하거든요."

"……정말 그렇게 생각하세요?"

정보 길드에서 나름 잘나가던 그녀였지만 온 클랜의 대장이 이 정도로 신경을 쓸 정도는 아니라고 생각하기에 의아할 수밖에 없었다.

"그렇습니다. 우리처럼 소수 정예를 표방하는 단체의 경우 정보가 그 어느 것보다 중요합니다. 라이라 씨는 우리 온 클랜이 부족한 퍼즐 조각이라고 확신합니다."

무력이 아니더라도 그녀의 정보 관련 능력은 대단했다.

예지몽 속에서 그녀의 치료를 위해 만금을 아끼지 않았던

부활 길드는 그녀의 존재로 인해서 중상위권에 속하던 길드에서 단숨에 최고 그룹으로 뛰어올랐을 정도다.

"만, 만약 절 치료해 주신다면 평생 온 님에게 무료로 봉사할게요! 루께 맹세하겠어요!"

가온의 말과 태도를 통해서 자신이 치료될 수 있는 가능성을 어느 정도 엿본 라이라가 간절한 얼굴로 외치듯 말했다.

"평생까지는 필요 없습니다. 그저 마음이 가는 대로 하면 됩니다."

언제까지나 어나더 문두스를 플레이할 것도 아니니 그런 맹세까지는 필요하지 않았다. 그저 자신이 원하는 대로 던전에 대한 확실한 정보만 구해 주면 된다.

하지만 그것도 라이라를 치료할 수 있어야만 가능했다. 마나를 사용하지 못하는 상태로는 그의 기대를 완벽하게 충족시켜 줄 수 없을 테니 말이다.

얼마 후 녹스가 라이라의 몸을 빠져나왔다.

─상태가 아주 심각해. 무엇보다 혈관이 엉망이네. 금방이라도 끊어질 것같이 불안한 상태의 혈관이 하나둘이 아니야. 게다가 마나로드 역시 끊기고 잘못 이어진 부분도 많고. 그래도 정상인처럼 움직일 수는 있지만, 온몸으로 흩어진 마나를 수습하지 못하고 오래 살지 못할 거야.

'마나오션은 어때?'

─마나가 흩어진 상태지만 부서진 것은 아니야.

다행이다. 마나오션이 부서졌다면 내상을 치료하는 건 사실 불가능에 가까웠다.

마나오션만 제대로 기능한다면 나머지는 시간문제에 불과했다.

'치료는 할 수 있지?'

가온은 누워서 그를 말똥말똥 쳐다보고 있는 라이라의 손을 맞잡고 눈을 지그시 감은 채 그렇게 의념을 보냈다.

─당연하지. 시간이 좀 걸리겠지만 가능할 것 같아.

'치료 방법은?'

─일단 전신으로 흩어져서 체내에서 독으로 작용하고 있는 변질된 마나들부터 밖으로 배출을 해야 해. 그리고 나서는 망가진 혈관이나 마나로드를 재생하고 잘못 이어진 곳은 잘라서 다시 붙이는 작업이야. 마지막에는 온몸으로 흩어져 있는 마나를 다시 마나오션으로 모아야 해.

대충 알 것 같았다.

'얼마나 걸릴 것 같아?'

─일주일 정도는 걸릴 거야.

심각한 내상이라는 점을 고려하면 그리 오래 걸리는 건 아니지만 왠지 좀 아쉬웠다.

─허니비의 로열젤리와 꿀이 있으면 치료하는 시간이 많이 단축될 거야.

허니비의 로열젤리와 꿀은 먹는 사람의 체내에 바로 흡수

될 정도로 순수한 마나를 가지고 있을 뿐 아니라 재생력을 가지고 있어서 치료하는 데 많은 도움이 되긴 할 것이다.

'치료 시간을 더 앞당길 수 있는 방법은 없는 거야?'

─그야 당연히 있지. 홀리큐어의 경우 혈관과 마나로드의 재생에 효과가 크니, 온이 도우면 더 시간이 줄어들 거야. 아! 파워 드레인 스킬로 지금 상태에서는 환자에게 해로운 마나도 흡수해 줘. 그리고 내게 정령력을 몰아 줘. 아! 마누도 필요해. 지지거나 태워 버려야 하는 부위도 있으니까. 그럼 치료 시간을 대폭 줄일 수 있어.

원하는 건 많았지만 모두 가능한 것들이다.

'좋아. 그렇게 하자.'

시간이 없었다. 가능하면 라이라와 함께 오우거 던전으로 들어가고 싶었다.

허니비의 로열젤리 재고가 그리 많지는 않지만 라이라가 복용할 정도의 양은 된다.

'지금도 생명의 아공간에서는 허니비가 열심히 꿀을 모으고 로열젤리를 만들고 있을 테니까 다 써도 돼.'

그렇게 치료를 결정한 가온이 눈을 떴다.

"어, 어때요? 가능할까요?"

잡고 있는 손이 축축할 정도로 잔뜩 긴장한 라이라가 상체를 일으키며 떨리는 목소리로 물었다.

"다행히 내상을 입은 지 오래되지 않아서 가지고 있는 상급 포션과 몇 가지 비약을 사용하면 가능할 것 같습니다."

정령을 이용해서 치료를 한다고 말할 수는 없으니 그렇게 대답했다.

"절 위해서 상, 상급 포션을 사용하신다고요?"

그렇게 묻는 라이라의 큰 눈이 꼭 튀어나올 것 같았다.

상급 포션의 정가는 대략 5천에서 1만 골드 사이였지만 지금처럼 수요는 많은데, 재료를 모으기 힘들어서 연금술 길드에서도 거의 만들지 못하기 때문에 몇 배를 주어도 구하기가 어렵다.

중상급 포션도 마찬가지다. 그래서 정보 길드에서도 그녀를 포함한 생존자들에게 쉽게 사용하지 못했다. 그 정도의 귀물은 길드의 요인들을 위해 비축해 두니 말이다.

정보 길드에 있어서 자체적으로 양성한 전대원은 중상급 이상 등급의 포션을 사용할 가치가 없었다.

또 하나 그녀에게 중상급 포션을 사용하지 않은 이유는 그녀가 복용을 한다고 해도 정상인 정도로 회복될 뿐 마나를 사용할 수 없을 거라는 판단 때문이었다.

자신의 성장을 위해서 그동안 번 돈의 전부를 투자했던 라이라에게는 상급은커녕 중상급 포션도 구입할 여유가 없었다. 구할 수도 없었지만 말이다.

라이라도 그 점을 충분히 이해했다. 그래서 자신이 몸을 담았고 최선을 다했던 길드 측의 처사에 불만을 제기하지는 않았다.

하지만 마음속 깊은 곳에는 아쉬움과 조직에 대한 원망이
있었다.

만에 하나 그녀가 완치될 가능성도 없지는 않은데 길드에
모든 것을 바친 그녀에게 너무 무심하다는 생각이 들었다.

어쨌거나 그 일로 인해서 정보 길드에서 은퇴를 한 그녀는
길드에 아무런 미련도 남지 않았다.

길드에서는 행정적인 일이라도 맡기려고 했지만 말이다.

그런 상황이었는데 생면부지의 가온이 자신의 치료를 위
해서 기꺼이 그 귀한 상급 포션을 사용한다고 하니 감동하지
않을 수 없었다.

"제, 제가 다시 예전 실력을 되찾는다면 맹세코 평생 온
클랜과 대장님을 위해 살게요! 목숨을 포함해서 모든 것을
다 바쳐서라도 말이에요!"

눈물기가 잔뜩 묻어나는 그녀의 맹세에는 그 어떤 것도 깨
뜨릴 수 없는 단단함이 느껴졌다.

"그런데 언제 치료를 시작할 수 있나요?"

라이라가 마음이 급한 모양이다.

'왜 안 그렇겠어?'

치료될 수 있다는 희망이 생겼으니 마음이 급할 수밖에 없
었다.

"일단 대원들부터 챙긴 후 치료를 하도록 하지요. 가능하

면 모레 라이라와 함께 던전에 들어가고 싶으니까…….”

“……그렇게 빨리 치료가 될 수 있다고요?”

“가능합니다.”

녹스와 마누의 능력에 재생력과 치료 효과에 있어서는 상급 포션에 버금가는 허니비의 로열젤리도 있고 자신도 가세할 테니 반나절 정도면 가능할 것이다.

주르륵.

가온의 말을 들은 라이라의 눈에서 굵은 눈물이 얼굴을 대각선으로 가로지르는 깊은 흉터를 따라 목까지 흘러내렸다.

와락!

그녀가 소리 없이 우는 모습이 너무 짠해서 쳐다보고 있는데 갑자기 그녀가 가온의 품에 안겨들었다.

가온은 그녀의 상태를 생각해서 가만히 안고 등을 두드려 주었다.

그녀가 진정한 건 한참 눈물을 흘린 후였다.

라이라는 불현듯 자신이 가온의 품에 안겨 있다는 사실을 깨닫고 얼굴이 터질 듯 붉어지더니 밀듯이 그의 품에서 벗어나서 벌떡 일어났는데 이내 다시 그의 앞에 엎드렸다.

“그저 짝귀에게 한 방 먹여 줄 생각뿐 아무런 희망도 없었는데…… 감사해요! 정말 감사합니다!”

“그런 인사는 완치가 된 후에 받도록 하지요. 나는 대원들을 챙겨야 하니, 일단 이것을 마신 후 몸과 마음을 편안하게 하고 있어요."

가온은 면역력과 육체의 활력을 증강시켜 주는 허니비 꿀을 희석시킨 비약을 넘겨주고 그곳을 빠져나왔다.

저녁을 먹고 시작한 라이라의 치료는 어렵지 않았다. 물론 가온의 기준에서였다.

이런 식의 치료는 처음이었기 때문에 녹스는 마누와 함께 고군분투를 해야만 했던 것이다.

가온은 녹스가 요청할 때마다 홀리큐어와 파워 드레인 스킬을 시전하면 되었고, 정령력 소모는 치환 반지도 있고 허니비 꿀로 감당했다.

대략 5시간이 지난 후 녹스가 지친 얼굴로 마누와 함께 슬립 마법에 걸려 있는 라이라의 몸에서 빠져나왔다.

'둘 다 수고했어!'

가온은 둘에게 허니비 로열젤리를 한 스푼씩 직접 먹여 주었다.

─호호호. 단번에 기력이 돌아오는 것 같아.

─이거지!

마나는 물론 짙은 자연의 정수를 함유하고 있는 로열젤리를 오물오물 먹는 두 정령의 얼굴이 무척 귀여웠다.

'다 치료는 된 거야?'

─응. 마누와 온 덕분에 혈관과 마나로드는 완벽하게 재생

되었어. 이제 전신에 흩어져 있는 마나만 다시 모으면 돼.

'혹시 다음에도 부탁할 수 있을까?'

콜 일행은 오우거 던전까지만 동행하고 그 이후에는 독자적으로 움직이기로 했다.

그러니 다른 대원들을 영입해야 했는데 라이라를 통해 구해 볼 생각이다.

―이런 애가 또 있어?

'응.'

―한번 해 봤으니 다음에는 더 쉬울 것 같아.

―저도 도울게요!

마누가 앙증맞은 주먹을 불끈 쥐며 외쳤다.

'고마워. 이젠 좀 쉬어.'

두 정령이 사라지는 것을 지켜본 가온이 라이라를 가볍게 흔들어서 깨웠다.

"으으음."

그동안 제대로 잠도 못 잤는지 슬립 마법에 걸린 라이라는 무척이나 달게 잤다. 그래도 경지가 있어서 살짝 흔들었는데 바로 깨어났다.

"대장님!"

"다 됐습니다."

"버, 벌써 끝난 건가요?"

눈을 뜬 라이라는 황당한 얼굴이었다.

"익힌 연공법이 있으면 빨리 연공을 하십시오. 온몸으로 흩어진 마나를 다시 모아야 합니다."

"네!"

정말 치료가 된 건지는 알 수 없지만 라이라는 내상이 완치되었다는 사실을 어느 정도 확신할 수 있었다. 잠들기 전과 달리 불편한 곳이 전혀 없었기 때문이다.

치료를 받던 상태 그대로 누운 채로 조심스럽게 연공을 시작한 라이라의 얼굴이 일그러지더니 눈물을 흘렸다. 실망해서가 아니라 너무 기뻐서였다.

'마나가 제대로 움직이고 있어!'

내상을 입기 전과 비교하면 얼마 안 되는 양이지만 사라진 줄 알았던 마나 일부가 연공을 시작하자 사방에서 안개처럼 모여들어 마나로드를 따라 이동하기 시작한 것이다.

그렇게 세 번을 연속으로 연공을 끝낸 라이라의 눈에서 굵은 눈물이 주르르 흘러내렸다.

내상을 입기 전과 비교하면 4분의 1 수준에 불과하지만 마나를 회복한 것은 물론이고 마음먹은 대로 마나를 움직일 수 있게 된 것이다.

손실이 생긴 근육도 다시 만들어야 하고 더 많은 시간을 연공에 할애해서 마나의 양도 늘려야 했지만 그건 시간문제에 불과했다.

'다시 태어났어!'

어릴 때부터 무술을 수련했고 할 줄 아는 것이 싸움과 사냥밖에 없는 그녀에게 지금은 다시 태어난 것이나 다름없는 소중한 시간이었다.

그런데 감격에 겨워 눈물을 흘리는 라이라를 보는 가온의 얼굴이 조금 이상했다.

'미안하네.'

가온은 내상으로 인해 몸 전체로 흩어져서 해당 부위에 좋지 않은 영향을 주고 있던 라이라의 마나를 체외로 배출하는 과정을 돕다가 거의 500에 가까운 마나를 자신의 것으로 만들었다.

'정말로 타인의 마나를 흡수할 수 있다니 대박이네.'

아무리 변질이 되어 오히려 주인인 라이라에게 해가 된다고 해도 마나였고, 무작정 체외로 배출시키는 과정이 위험하다고 해서 파워 드레인 스킬을 사용했던 가온은 연공을 통해서 500이나 되는 마나를 자신의 것으로 만들 수 있었다.

그동안 마수와 몬스터를 대상으로만 스킬을 사용했기 때문에 잊고 있었지만, 레벨업이 된 파워 드레인 스킬은 원하는 마나만 흡수할 수 있었다.

이미 1만을 훌쩍 넘긴 마나지만 500이라는 숫자는 적은 것이 아니다.

가온이 그런 생각을 하고 있을 때 누워서 눈물을 흘리던 라이라가 벌떡 일어나더니 가온 앞에 무릎을 꿇고 이마를 바닥에 댔다.

"제가 비록 기사는 아니지만 온 대장님을 주군으로 모시겠어요. 평생 주군을 따르며 제 목숨을 바칠게요! 루의 이름으로 맹세해요!"

쿵! 쿵! 쿵!

라이라는 세 번 연속 바닥에 이마를 박은 것으로 자신의 마음이 얼마나 확고한지 알렸다.

"주군이라니요? 남들이 들으면 웃습니다. 이러면 안 됩니다."

"아니에요! 짝귀에게 동료들을 잃고 엉망이 된 몸으로 겨우 살아났지만 그동안 살아도 산 것이 아니었어요. 매일 죽고 싶고 생각에 실행에 옮기려다가 멈춘 것이 여러 번이에요. 다시는 예전으로 돌아갈 수 없고 동료들의 복수도 할 수 없다는 절망에 빠져 몸도 돌보지 않고 살았어요. 그러니 죽은 것이나 다름없었어요. 그런 저를 주군, 아니 대장님이 살려 주신 거예요. 당연히 제 목숨은 대장님의 것이나 다름없어요!"

라이라는 가온이 주군이라는 단어를 불편하게 받아들인다고 생각했는지 대장으로 호칭을 바꾸긴 했지만 완강한 태도를 견지했다.

"허어. 라이라, 진정해요. 앞으로 인생은 깁니다. 굳이 이렇게까지 하지 않아도 됩니다."

"아니에요. 어차피 이런 일이 없었으면 선배들처럼 제대로 대우도 받지 못하면서 평생 정보 길드에 묶여 살았을 삶이에요. 길드가 고아인 저를 키워 주고 가르쳐 주었거든요. 하지만 대장님은 제게 새로운 생명과 삶을 주셨어요. 이제 제 목숨은 대장님의 것이에요!"

이런 캐릭터가 아닌 것 같은데 고집스러운 눈빛이나 진심이 가득한 말을 들어 보니 어릴 때부터 기사 교육을 받은 이들처럼 고지식한 성격인 모양이다.

"그건 그대의 마음일 뿐 나는 받아들일 수 없습니다. 라이라의 인생은 라이라의 것입니다. 이제 내상을 치료했으니 적당히 날 돕다가 언제고 자유롭게 살면 됩니다. 굳이 그런 맹세는 하지 않아도 됩니다."

"대장님이 그렇게 말씀하시니 더욱 확신이 생겼어요. 어쨌든 저는 제 심장이 시키는 대로 하겠어요."

표정이나 태도를 보니 아무래도 단시간 내에 설득하기는 힘들 것 같았다.

"그건 나중에 다시 얘기하기로 하고 이 비약을 먹은 후에 다시 연공을 하세요. 사라진 마나를 어느 정도는 회복시켜 줄 겁니다."

가온은 혹시 몰라서 로열젤리가 함유된 허니비 꿀이 담긴 포션병을 주었다. 물론 전혀 희석되지 않았기에 연공을 통해 꽤 많은 마나를 흡수할 수 있을 것이다.

"네, 대장님."

가온은 난데없이 주군 운운하는 라이라의 태도에 조금 식겁했다. 이렇게 나올 거라고는 전혀 상상도 하지 못했던 것이다.

그래도 처음 만났을 때와 달리 활력이 넘치는 라이라를 보자 무척 뿌듯했다. 폐인이 된 사람을 고친 것이 아닌가.

허니비의 로열젤리와 꿀은 겨우 내상을 치료한 라이라에게 큰 도움이 될 것이다. 마나는 물론 전반적인 육체 능력과 면역력까지 올려 줄 테니 말이다.

몇 시간 후.

여느 때와 마찬가지로 아침 수련을 끝내고 아침 식사를 준비하고 있을 때 라이라가 합류했다. 물론 콜 일행과 헤븐힐 일행도 진즉에 접속한 상태였다.

"새로운 대원을 소개하겠습니다."

가온의 말에 대원들의 시선이 라이라에게 쏠렸다.

"에엣?"

대원들은 황당한 얼굴로 가온과 그 옆에 선 라이라를 쳐다보았다.

어제 오후부터 밤늦게까지 따로 볼일이 있다고 하더니 새로운 대원을 영입해 왔는데, 외모가 여자치고는 엄청나게 강렬하니 황당할 수밖에 없었다.

"라이라라고 해요. 얼마 전까지 정보 길드 본부 직속의 전투단에서 3대장으로 일했고 이 던전을 처음으로 공략했던 공략대의 멤버였어요."

"아!"

대원들은 가온이 왜 뜬금없이 새로운 대원을 영입해 왔는지 이해할 수 있었다.

여덟 번에 걸친 공략이 실패한 이 오우거 던전에 대한 귀중한 정보를 지니고 있을 것이 틀림없었다.

"반가워요. 나는 온 클랜의 회계를 맡은 로에니라고 해요. 혹시 나이가?"

얼굴을 가로지르는 깊은 흉터로 인해서 나이를 종잡을 수가 없었다.

"서른세 살이에요."

"홋! 내가 언니네. 앞으로 잘 부탁해요."

"네!"

로에니는 자진해서 다른 대원들을 소개했다.

"여기는 타람. 개인적으로는 내 오빠이기도 하지만 좀 얼빠진 곳이 있는 양반이니까 라이라가 챙겨 줘."

"반가워! 나는 타람이야. 온 클랜에서 가장 강력한 근거리 딜러지."

타람이 웃으며 라이라를 반겼다.

비록 흉터로 인해서 인상이 굉장히 험악했지만, 타람은 라이라가 풍기는 기세를 보고 자신과 비슷한 부류라는 사실을 알아차린 것이다.

로에니가 한 명씩 소개를 해 주자 대원들은 외모에 대한 편견 없이 그녀를 받아들였다.

그들이 아는 온 대장은 아무나 클랜에 받아들이는 사람이 아니니 클랜에 꼭 필요한 인재일 거라고 생각한 것이다.

그동안 클랜의 규모에 비해 버거울 정도로 큰 의뢰들을 연달아 수행하면서 인원 부족을 절감한 대원들은 온 대장이 직접 스카우트해 온 대원을 진심으로 반겼다.

그렇게 라이라는 아주 순탄하게 온 클랜에 녹아들 수 있었다.

그런데 대원들을 소개받으면서 그녀는 크게 놀랐다.

그녀도 온 클랜에 대한 소문을 들었지만 업적과 온 대장에 대한 얘기만 들었을 뿐 자세한 내용은 알지 못했다.

그런데 막상 온 클랜원이 되어 내부 사정을 파악하자 놀랄 수밖에 없었다.

'랄프라는 어린 친구를 제외하곤 전원 검광 실력자 이상이야.'

풍기는 기도로 보아서 타람과 로에니 남매는 내상을 입기 전의 자신과 비교해도 뒤떨어지지 않는 검기 실력자들이었고, 나머지도 랄프라는 소년을 제외하면 전원 검광 실력자였다.

라이라가 놀란 것은 극히 희귀한 정령사가 무려 넷이나 있다는 사실인데, 보아하니 세상에서 사라진 지 오래인 엘프와 드워프 혼혈로 보였다.

그리고 특이하게도 온 클랜에는 이계인 대원들이 많았는데 그녀가 알고 있는 정보와 달리 굉장히 실력들이 뛰어났다.

'분명히 내가 아는 이계인들은 극히 소수만 검광 단계에 입문했을 텐데……'

그냥 검광 실력자도 아니고 한눈에도 굉장히 많은 실전을 거친 태가 났다.

'숫자는 적지만 구성이 아주 조화로운 것 같네.'

근거리 딜러만 무려 아홉 명이다.

대장부터 시작해서 타람과 로에니 남매, 퍼슨과 패터 부자, 그리고 샐리라는 중년 여인과 콜, 드골, 무조라는 세 이계인이 바로 전위로 근접 전투를 담당하고 있었다.

서포터 겸 원거리 딜러도 화려했다.

버퍼 겸 피료사인 헤븐힐을 시작으로 사제인 매디 그리고 마법사인 바로와 마론이 근거리 딜러들을 지원하는 한편 버프와 치료를 담당했다.

세상에서 보기 힘든 네 정령사들은 물론이고, 마나 궁술을 익혔다는 스톤과 커다란 방패를 들고 있는 랄프도 있었다. 그들은 원거리 딜러인 동시에 동료들을 보호하는 포지션을 맡고 있었다.

특히 랄프라는 소년은 탱커라는 생소한 개념의 전위로 키우고 있다는데, 자신도 마나를 사용하지 않으면 들기 어려울 정도로 크고 단단한 강철 방패와 중병기를 몸에 지니고 있었다.

라이라는 자신이 근접 딜러 역할을 할 것이라고 생각했지만 가온의 생각은 달랐다.

"당분간 라이라는 우리 클랜의 정보와 외부 활동을 담당하게 될 겁니다."

"정보 길드 출신이니 그런 일은 당연히 잘하겠지요. 기대가 큽니다."

뭐라 반응을 하기도 전에 퍼슨의 말을 시작으로 여기저기에서 기대한다는 격려가 쏟아졌다.

'그런 건 잘 못 하는데…….'

그녀는 정보 길드를 대표하는 무력을 담당해 왔을 뿐 정보에 대해서는 잘 알지 못했다. 어릴 때부터 배워 온 것도 있고 정보 길드에 인맥이 있기 때문에 어느 정도 도움은 되겠지만 말이다.

라이라는 그 점을 피력하면서 다른 역할을 맡으려고 했지만 행동이 늦어 버렸다.

"자, 일단 식사부터 합시다!"

가온의 말에 대원들이 다시 각자 맡은 일에 집중했다.

예지몽으로
히든랭커

아그레시아 왕국 전체에 퍼진 소문의 주인공들은 어떻게 수련을 하는지 궁금했던 라이라는 또 한 번 정해진 자신의 역할에 대해 의견을 낼 기회를 놓치고 말았다.

'그나저나 손님들도 있네. 던전에 함께 들어가려는 건가? 아니면 의뢰인들?'

한쪽 구석에 모여 있는 열한 명은 복장이나 외모만 봐도 이계인들로 보였는데, 식사라는 말에 큰 관심을 보이고 있었다.

식사 후 잠깐의 휴식을 한 온 클랜은 다시 수련에 들어갔다.

라이라가 처음 본 온 클랜의 수련은 굉장했다.

'어떻게 저렇게 빠르게 움직이는 거지?'

마나를 사용하는 스킬 같았는데 다들 엄청난 속도로 움직이고 있었다.

마치 방향성이 없이 짧은 거리지만 순간적으로 이동하는 점멸 마법과 비슷했다.

온 클랜원들이 사방팔방에 나타났다가 사리지기를 반복했다. 그 정도로 빨랐다. 눈이 좇아가기도 힘들 정도였다.

라이라는 그 모습이 너무 부러웠다. 그녀가 익힌 스킬 중에는 저렇게 빠르게 이동할 수 있는 이동기가 없었기 때문이다.

"라이라도 쾌보를 익혀야 합니다."

"쾌보요?"

"빠르게 이동하는 데 특화된 스킬입니다. 오우거 사냥에 필수적인 스킬이지요."

가온은 직접 라이라의 몸 안에 청기를 주입해서 쾌보를 펼치는 데 필요한 마나로드를 뚫어 주고 상세하게 스킬을 전수했다.

처음 수련하는 것이라 라이라는 수없이 넘어졌지만, 아픔보다 조금씩 빨라지고 있는 자신을 확인하면서 엄청난 수련 의지를 불태웠다.

'이런 뛰어난 스킬이 있다니!'

굉장히 수준이 높은 스킬이었는데 무엇보다 놀란 것은 타인의 마나가 주입되었음에도 자신의 마나가 전혀 배척하지 않는다는 사실이었다.

거기에 마나로드까지 뚫어 주다니 충격의 연속이었다.

'대체 대장님의 마나는 어떤 속성을 지녔기에 이게 가능한 거지?'

하지만 궁금한 것도 잠시 그녀는 쾌보 수련에 푹 빠졌다.

'이 정도면 소실된 마나에도 불구하고 예전보다 더 빠르게 이동할 수 있겠어!'

너무나 만족스러운 수련이었다.

1시간 정도 지나자 온 클랜원 모두가 함께하는 쾌보 수련이 끝났다.

"이제부터는 실전 대련을 시작합니다. 라이라는 몸이 완전히 회복될 때까지 지켜보고 지루하면 쾌보 수련을 해도 좋습니다."

그렇게 시작된 수련은 참관하는 라이라는 물론이고 플레이어들에게는 큰 충격이었다.

'이건 실전이잖아!'

개인적으로 몸을 푸는 시간이 지나자 실력이 비슷한 이들끼리 대련을 시작했는데, 너무 살벌해서 라이라는 내심 크게 놀랐다.

던전 진입

그냥 대련은 절대로 아니었다. 대원들은 상대의 급소는 물론이고 얼굴이나 성기 등 대련이라면 공격해서는 안 될 부위까지 과감하게 검을 찔러 넣는 공격을 감행했다.

더 놀라운 사실은 단순한 무기술을 사용하는 대련이 아니라는 사실이다. 검광과 검기를 사용했고 상대를 진심으로 죽이겠다는 각오로 상대의 치명적인 부위를 노리는 공격들이 감행되었다.

당연히 부상이 속출했다. 살이 베이고 구멍이 뚫려 피가 철철 흘러나왔다.

하지만 더 놀랄 일이 벌어졌다. 헤븐힐이라는 치료사와 매디라는 사제가 상처 부위에 손을 대는 순간, 포션을 마시지도 않았는데 원래 부상을 입지 않았던 것처럼 말끔하게 치료가 된 것이다.

'저 정도면 상급 치료사나 수석급 사제에 해당할 텐데…….'

정말 놀라웠다. 이계인 대원들의 치료 능력이 이 정도일 줄은 상상도 하지 못했다.

만약 라이라의 동료 중에 저런 치료 능력을 가진 사람이 있었다면 짝귀 놈의 손톱으로 인해 얼굴을 가로지르는 깊은 흉터는 남지 않았을 것 같았다.

그래서 더욱 든든했다. 대원 중 누구도 실전과 같은 대련을 두려워하지 않은 것이다.

그렇게 실전처럼 대련을 할 수 있는 이유가 하나 더 있었다.

'헙! 보이지도 않았는데!'

오늘 진행된 실전 대련 중에서 유일하게 치명상이 발생할 수 있는 상황이 벌어졌을 때 가온이 개입했는데, 움직임이 눈에 보이지 않을 정도로 빨랐다.

'이런 대련이라면 내 실력도 빨리 올라갈 수 있어!'

기량이 어느 정도 올라가면 대련만으로는 실력을 높일 수 없었다. 행여 상대나 자신이 크게 다칠 수 있어 마나 사용을 금지해야만 했던 것이다.

상대를 죽이지 않으면 내가 죽는다는 필사의 각오로 싸워야만 실력이 올라간다는 건 상식이다. 적당히 힘을 빼고 룰을 지키면서 하는 대련은 마나를 사용하지 못하는 이들이 아니면 큰 도움이 되지 못했다.

그런 의미에서 라이라는 이 피 튀기는 치열한 대련이 크게 마음에 들었다.

정보 길드에서 정기적으로 거두는 고아들 중에서도 발군의 성장세로 주목을 받았고, 검기에 입문한 후부터는 길드의 무력을 대표하는 자리까지 올라왔지만 그녀는 자신이 정체되었다는 사실을 잘 알고 있었다.

더 높은 수준의 검술을 익히거나 목숨을 건 전투나 사냥이 필요했다. 수련이나 대련으로는 한계가 있었다.

그런데 마음에 드는 건 대련뿐이 아니었다.

'온 대장님이 직접 가르침을 내리고 있어!'

온 대장은 대원 간의 대련이 끝나고 치료를 받고 나면 대련을 했던 이들에게 대련 내용을 복기해 주면서 어떻게 대응을 해야 하는지, 어떻게 마나를 운용해야 하는지에 대해서 상세하게 가르쳐 주었다.

그런데 그 설명이 얼마나 가슴에 와 닿는지 지켜보던 라이라의 가슴이 뛰었다.

그녀도 교관인 선배 전대원들에게 가르침을 받기는 했지만 이렇게 상세하고 이해하기 쉬운 가르침은 받은 적이 없었다.

특히 검기에 입문한 후로는 거의 가르침을 받지 못하고 혼자 수련해야만 했다.

그녀에게 가르침을 줄 정도로 현격하게 실력이 높은 선배 전대원이 별로 없었다.

그래서 늘 가르침에 목말라 있던 라이라는 가온의 존재 때문이라도 온 클랜을 절대로 떠나지 않겠다고 다짐했다.

'나도 지금보다 더 발전할 수 있어!'

자신은 그저 폐인으로 살다가 결국 자살로 삶을 마감할 자신의 운명을 돌려준 은혜에 보답하기 위해서 목숨을 바칠 각오밖에 없었는데, 온 클랜원이 되었다.

온 대장은 자신이 주군으로 모시는 것에 대해서 부담스러웠는지 받아들이지 않았지만 그녀는 평생 자신이 루의 이름을 걸고 맹세한 것을 지킬 생각이었다.

그래서 온 클랜이 소문과 달리 그저 그런 그룹이라고 해도 아무런 불만이 없었다.

그런데 직접 본 온 클랜의 저력은 대단했다.

검기 완숙자라고 해도 무방할 정도의 뛰어난 실력자들이 둘이나 있었고, 내상을 입기 전의 자신과 싸워도 지지 않을 실력의 검광 완숙자들도 많았다.

자신의 기량을 최대로 펼칠 수 있는 실전에 가까운 대련을 마음 놓고 치를 수 있는 치료사들도 있었다.

하지만 무엇보다 마음에 드는 것은 지금 시점에서 꼭 필요한 내용을 알아듣기 쉽게 가르쳐줄 수 있는 스승이 있다는 점이다.

그 증거로 온 대장의 가르침을 듣고 혼자만의 수련에 들어간 이들은 대련할 때보다 조금은 더 강해진 모습을 보였다.

강한 것에는 다 이유가 있었다.

그리고 온 클랜원들이 강한 데에는 클랜장의 적절한 가르침이 있었다.

비록 수많은 고아 출신 길드원 중에서 발군의 성취를 바탕으로 대우를 받는 전투 길드원이 되었지만 그래 봐야 길드의 수족에 불과했다.

고아 출신에 제대로 된 가르침도 받지 못하는 환경에서 20대 초반에 검기에 입문하는 놀라운 성취를 달성했지만, 길드에서는 자의로 할 수 있는 것이 거의 없었다. 제대로 된 스승도 붙여 주지 않았고, 길드에서 시키는 어떤 일이라도 해야만 하는 신세였다.

하지만 지금은 다르다. 자신의 마음은 달랐지만 온 대장은 클랜원으로서 지켜야 하는 몇 가지를 제외하고는 자의로 결정하고 행동할 수 있는 자유를 주었다.

무엇보다 강해지는 것에 거의 모든 관심을 쏟으며 살아 온 그녀에게 온 클랜은 자상한 스승과 경쟁자와 자극이 되어 줄 동료들이 있는 최고의 환경이었다.

'드디어 내 인생에도 봄이 오는구나!'

라이라는 정보 길드원이었을 때는 한 번도 느껴 보지 못한 진정한 소속감을 벌써부터 느끼고 있었다.

　다음 날 새벽.
　"벌써 들어가시오?"
　"네. 굳이 시간을 끌 필요가 없을 것 같아서요."
　"부디 다들 몸조심하고 꼭 던전을 클리어해 주시오."
　로헤트 기사가 바람을 담아서 건승을 기원했다.
　"좋은 결과가 있을 겁니다."
　대장을 필두로 한 명씩 목책을 나서는 온 클랜원들의 얼굴
은 비장해야 하는데, 이상하게 긴장감이 없었다.
　아니, 긴장한 이들이 있기는 했다.
　'이계인들이네.'
　온 클랜에 이계인 대원들이 있다는 얘기는 들었는데 그들
인 것 같았다.
　그렇게 온 클랜원들이 요새를 떠나는 모습을 지켜보던 로
헤트의 눈이 어느 순간 커졌다.
　"라이라!"
　트롤 가죽으로 제작한 온 클랜 전용 방어구를 갖추어 입
었지만, 여자치고 건장한 체구에 얼굴을 대각선으로 가로지
르는 깊은 흉터를 지닌 그녀를 몰라볼 로헤트가 아니다.
　'어, 어떻게?'
　분명히 그녀는 이틀 전에 봤을 때만 겨우 걸어 다닐 정도

의 폐인이었다. 폐인이 된 자신은 오우거에 복수할 수 없기에 길드에서 은퇴하고 이 요새에 머물면서 던전에 관련된 정보를 공략대에 알려 주는 일을 자진해서 맡은 그녀였다.

그런데 지금은 너무나 가벼운 발걸음으로 요새를 걸어 나가고 있었다. 언제 내상으로 인해 폐인이 되었냐는 듯 예전에 봤을 때 느꼈던 강한 기세까지 풍겨 가면서 말이다.

로헤트는 도저히 믿을 수가 없어서 자신의 눈을 비볐다.

이미 지나갔기 때문에 전면이나 옆면은 볼 수 없었지만 뒷모습은 틀림없이 라이라다, 한때 정보 길드를 대표하는 실력자였던.

'대체 뭐가 어떻게 돌아가는 거지?'

로헤트는 지금 할 수 있는 일은 라이라가 머무르고 있었던 작은 통나무집으로 달려가는 것밖에 없었다.

─500인 입장 제한이 있는 오우거 던전에 입장했습니다. 한번 입장하면 20일 동안은 나갈 수 없습니다. 총 열 번에 걸친 공략에 실패하면 던전 브레이크가 발생하니 최선을 다해서 클리어를 하세요!

던전에 첫 발을 내디뎠을 때 들려온 안내음이다.

'이번에 클리어하지 못하고 던전 브레이크는 불을 보듯 뻔하네.'

던전을 관리하는 이들도 던전 브레이크가 얼마 남지 않

았다는 사실은 짐작하고 있었지만 이계인들에게만 들리는 내용이라 정확하게는 알지 못했다.

가온은 그 안내음 때문에 더욱 클리어에 대한 의지를 불태웠다.

먼저 던전의 내부를 눈에 담았다.

"넓군!"

오우거 던전의 첫인상은 다들 같았다.

던전은 굉장히 크고 넓었다. 필드형 던전은 맞았지만 마치 새로운 세상으로 들어온 것처럼 느껴질 정도로 컸다.

"수도도 넓다고 느꼈지만 이곳은 적어도 두세 배는 더 큰 것 같네요."

자연 던전을 몇 번 들어가 본 경험이 있는 퍼슨도 처음 접하는 대형 던전이었다.

"이곳을 남쪽이라고 정한다면 동쪽과 서쪽은 숲이고 북쪽 끝에는 거대한 호수가 있어요. 그리고 중앙은 초지고요."

라이라가 바로 던전에 대해 설명하기 시작했다.

"중앙의 초지에는 수많은 초식동물들이 서식하며 차원석이 있는 것으로 추정되는 동쪽과 서쪽의 숲에는 여섯 무리의 오크들이, 북쪽에 있는 호수의 동쪽 암석지대에 이 던전의 보스인 오우거가 있어요."

그 얘기는 북쪽의 호수를 제외하고 초지를 중심으로 양쪽 숲을 각각 세 무리의 오크들이 나누어 영역을 설정했다는 것

예지몽으로
히든랭커

이다.

"그럼 중앙의 초지를 따라 쭉 직진만 하면 오우거의 서식지까지 갈 수 있겠군."

타람이 눈앞에 펼쳐진 광활한 초원을 보며 말했다. 던전 자체는 수도의 몇 배나 될 정도로 컸지만 의외로 보스를 찾는 것은 쉽다는 생각이 들었다.

"이론적으로는 그래요. 하지만 눈으로 보는 것보다 멀어서 호수까지 가려면 걸어서 하루 정도는 걸릴 거예요. 게다가 초지로 이동하는 건 그리 쉽지 않아요. 방금 설명했듯 초지에는 수많은 초식동물들이 서식하는데, 양쪽 숲 가장자리에는 전사 500마리를 포함해서 1천 마리 규모의 오크가 여섯 무리나 자리를 잡고 있거든요. 오크들을 사냥해야 한다는 점을 감안하면 호수에 도착하는 데 적어도 사흘은 걸려요."

"던전의 밤은 바깥보다 오히려 더 밝으니 차라리 밤 시간을 이용해서 은밀히 이동하면 어떨까?"

로에니가 물었다.

"던전에는 오크와 오우거를 제외하면 포식자는 없지만, 제대로 된 길도 없거니와 숲이 워낙 울창해서 바닥은 나뭇잎으로 살짝 덮여 있을 뿐 사실 진창인 곳이 굉장히 많았어요. 게다가 독물들도 많았고요. 숲을 통해 호수까지 가는 것도 쉽지 않을 거예요."

비록 쾌보를 익혔다지만 숲이라는 지형 때문에 스킬의 활용도가 떨어졌다. 그리고 사냥이나 혹은 다른 목적으로 숲에 잠복하고 있는 오크가 아예 없다고 장담할 수도 없었다.

만약 그런 경우가 발생하면 인간보다 오크의 감각이 훨씬 더 예민하니 놈들의 이목을 피하긴 힘들었다.

어쨌거나 오크들과 맞닥뜨리면 싸움은 당연했다. 영역에 민감한 오크들이 인간을 보고 가만히 있을 리가 없었다. 희한하게 마수와 몬스터는 다른 동물들에게도 마찬가지지만 인간에 대해서는 본능적이면서도 굉장한 적의를 품고 있었다.

양쪽 숲 가장자리에서 먹잇감을 항상 주시하고 있을 오크들의 눈을 피해서 초지를 가로질러 호수까지 가는 건 불가능에 가깝다. 초지는 점처럼 보이는 관목 숲을 제외하고는 풀이라고 해 봐야 무릎 높이에 오는 정도였다.

"게다가 지난번 던전에 들어왔다는 이십여 마리의 오우거도 문제예요. 8차 공략대가 초반에 오우거에게 큰 피해를 입고 내내 숨어 있다가 나오는 바람에 지금은 어디에 자리를 잡았는지 알 수도 없는 노릇이니…… 그래도 다행한 건 오크와 오우거가 평소에는 던전 입구 쪽으로는 오지 않는다는 거예요."

전사만 해도 최소한 3천여 마리나 되는 오크 전사는 물론이고 이십여 마리에 달하는 오우거들을 뚫어야 보스가 있는 곳에 도착할 수 있다는 라이라의 말에 사람들이 심각해졌다.

미리 듣기는 했지만 막상 던전을 확인하니 막막했다.

심각한 얼굴을 하고 있는 건 가온도 마찬가지였다.

방금 라이라는 차원석이 있는 위치와 보스가 있는 위치가 다르다고 얘기했다. 즉, 차원석만 부숴서는 클리어할 수 없다는 뜻이다.

"라이라, 이 던전의 클리어 조건이 어떻게 됩니까?"

그런 생각과 함께 예지몽에서 들었던 던전에 대한 소문 하나를 떠올린 가온이 물었다.

보통 등급이 낮은 보스가 있는 던전은 차원석을 부수면 클리어가 된다. 하지만 보스는 물론이고 던전에 서식하는 마수나 몬스터를 일정한 숫자까지 처리해야만 클리어되는 던전도 있었다.

예지몽이 큰 도움이 되기는 했지만 사실 가온도 들어가 본 던전은 두 개밖에 되지 않았고, 클리어 조건이 어떤 것이었는지 잘 몰랐다.

"확실한 건 아니지만 이 던전에 서식하는 오우거는 물론이고 오크들까지 어느 정도 처리를 해야 클리어가 되는 것 같아요."

"그렇게 생각하는 근거는요?"

"당시에 정찰을 제가 직접 한 것이 아니라서 확실하지는 않지만, 차원석이 오우거가 있는 북쪽의 호수가 아니라 동쪽 숲의 중앙에 있었어요. 오크들이 숭배하는 조상신의 제단에요. 심지어 오크들이 신성시하다고 생각해서인지 별 무리 없이 제단까지 접근할 수 있었다고 해요."

"그럼 차원석을 확보한 겁니까?"

"아뇨. 가까이 접근하는 순간 오크들이 몰려왔고 싸우다 지쳐 도망을 쳤다고 했어요. 그때는 경황 중이라서 미처 생각을 못 했는데, 클리어 조건이 차원석을 부수는 것이었다면 그렇게 방치했을 리가 없을 것 같아요."

라이라의 추론이 맞는 것 같았다. 리자드맨 던전이나 수중 던전의 경우 보스의 지척에 차원석이 있었으니 말이다.

"그렇다면 오우거는 물론이고 오크들을 전부 죽여야 클리어되는 거 아닐까요?"

"재수 없는 소리 하지 말라고! 그게 사실이라면 총 6천 마리는 가볍게 넘길 오크들과 스무 마리가 넘는 오우거를 다 죽여야 한다는 건데, 그걸 무슨 수로 클리어를 해!"

로에니의 말에 타람이 역정을 내며 소리쳤다.

그때 뭔가 곰곰이 생각을 하던 퍼슨이 입을 열었다.

"그러고 보니 생각나는 게 있습니다."

"뭡니까?"

"보통 던전은 차원석만 없애면 클리어가 되지만 던전 안에서 사냥한 마수나 몬스터의 비율에 따라서 다시 생성되거나 완전히 소멸한다고 합니다. 물론 제가 경험한 던전의 경우 유적 던전을 빼고는 대부분 다시 생성되었습니다."

"저희 길드에서도 꽤 많은 던전을 공략했는데 지금 생각해 보면 퍼슨 씨의 말이 맞는 것 같아요. 물론 차원석과 함께 일정 비율의 마수나 몬스터를 사냥해야만 던전이 클리어되는 것도 맞고요."

가온은 라이라의 말을 듣고 문득 수중 던전이 떠올랐다.

'설마 수중 던전의 경우 서식하던 세 종류의 마수를 거의 다 사냥했기 때문에 완전히 소멸한 건가?'

그럴 가능성이 농후했다.

하지만 그가 처음으로 공략했던 리자드맨 던전의 경우에는 거의 모든 리자드맨을 사냥했음에도 반복해서 생성되는 던전이었으니, 확신할 수도 없었다.

"이거 골치 아프게 됐군요."

만약 퍼슨이나 라이라가 말한 종류의 던전이라면 20일 안에 클리어하는 건 거의 불가능했다.

전사만 무려 3천이 넘는 오크와 스무 마리가 넘는 오우거 중 많은 숫자를 처리해야만 하니 말이다.

"클리어 조건이 너무 까다롭습니다. 차라리 포기하지요. 대장님이 가지고 계신 안전텐트라면 20일을 버티는 건 어렵지 않을 거 아닙니까. 일단 나갔다가 사람을 더 모아서 다시 들어오지요."

마론의 의견을 필두로 대원들이 하나둘 포기하자는 의사를 밝혔다. 안 그래도 들어오기 전부터 자신들의 숫자가 너무 적다고 생각했는데 필드까지 이렇게 넓으니 암담했기 때문이다.

'어렵네.'

가온의 미간도 찌푸려져 있었다. 아무리 그래도 20일 동안 6천에 달하는 오크는 물론이고 스무 마리나 되는 오우거 대부분을 사냥할 자신은 없었던 것이다.

이전에 사냥했던 오우거들도 단독 생활을 하는 놈들이라서 사냥할 수 있었지만, 이곳의 오우거들은 다를 것이다.

무엇보다 오크의 경우 유인을 해서 해치울 수밖에 없는데, 그것도 한두 번이지 몇 번 반복되면 눈치를 챌 것이다.

'정말 마론의 말대로 일단은 나간 후에 사람들을 더 모아서 다시 들어와야 하나?'

자신 혼자라면 모르겠지만 대원들의 목숨이 걸린 일이다. 대원들의 의견도 중요했다.

하지만 그것도 현실성이 떨어졌다.

7차에 걸친 공략대 중에서 플레이어 출신이 있었는지 지난 8차 공략대는 무려 500여 명이나 되었다는데도 실패했으니 그보다 더 모아야만 하는데, 초대형 던전에 실력자들이 투입되는 바람에 실력이 있는 사람들을 모으는 것도 쉽지 않았다.

초랭커들이 자신에게 의뢰를 할 수밖에 없었던 이유를 알 것 같았다.

예가동으로
히든랭커

돈이 아무리 많아도 지금과 같은 상황에서는 던전을 클리어할 수 있는 집단을 아예 고용할 수 없었다.

　'돈을 퍼부어서 사람들을 모은다고 하더라도 시간이 너무 많이 걸려.'

　예지몽에서 들은 소문에 의하면 대략 10월경에 초대형 던전이 공개된다. 지금이 8월이라는 점을 감안하면 얼마 남지 않았다는 뜻이다.

　물론 초대형 던전을 완벽하게 클리어한 상태에서 공개한 것이 아니었다. 플레이어들은 일부 층에만 들어갈 수 있다는 소문을 들었으니 말이다.

　일단 이곳에서 버티다가 나가서 다시 들어와 클리어에 성공한다고 해도 걸리는 시간은 최소한 두 달이다.

　'게다가 던전 공략도 마음대로 할 수가 없지.'

　신청한 순서대로 공략한다는 점을 고려하면 더 많은 시간이 걸릴 수밖에 없었다.

　예지몽대로 상황이 전개된다면 이 오우거 던전을 다시 공략하는 것보다 차라리 기다렸다가 초대형 던전에 들어가는 것이 더 빠를 수도 있었다.

　고심하던 가온은 결국 결론을 내렸다. 그리고 자신의 결정을 기다리고 있는 사람들 앞에 그 내용을 말해 주었다.

던전 입구와 가까운 곳에 마련한 숙영지.

안전텐트가 쳐진 숙영지 안에는 많은 사람들이 불안한 얼굴로 앉아 있었다.

대원들은 네 정령사만 끌고 초지로 향한 가온의 행보에 걱정을 하고 있었지만 동시에 기대도 하고 있었다.

"불가능한 일 아닐까?"

"그렇긴 한데 이제까지 대장님이 허투루 말한 적이 한 번도 없으니 일단 믿어 봐야지."

"휴우! 정말 대장님과 정령사들만으로 오크들과 오우거들이 먹을 수 있는 모든 동식물을 전부 없앨 수 있을까?"

"불가능한 일이긴 한데 난 왠지 믿어 보고 싶네. 우리 대장님은 자신이 없으면 아예 얘기를 꺼내지 않는 성격이거든."

"대체 뭘 어떻게 하시려는 건지……."

대장의 능력은 믿지만 그것도 상식 내의 일이어야 믿을 텐데 이번 일은 전혀 예측을 할 수가 없었다.

"아무튼 금방 끝낸다고 했으니 우리는 수련이라도 하면서 기다립시다."

마론의 말에 대원들은 수련할 준비를 했다.

특이했던 건 반 홀랜드가 대원들과 섞여서 수련할 준비를 갖추었다는 점이다.

그때 칼 융이 눈치를 보며 다가왔다.

"저⋯⋯."

"네. 말씀하십시오."

"저희는 어떻게 해야 하는 겁니까?"

그러고 보니 가온이 떠나면서 열한 명이나 되는 이계인들에 대해서는 아무 말도 해 주지 않았다.

"대장님이 돌아올 때까지 이곳에서 기다리셔야 하지 않을까요? 어쨌거나 던전 안에서는 우리 클랜원이니까요."

"⋯⋯알겠습니다."

더 이상 할 말이 없었다.

마론에게 항의를 해 봐야 그가 할 수 있는 일도 없거니와 이런 던전에서 자신들끼리 따로 움직인다는 것은 그야말로 섶을 지고 불길 속으로 뛰어드는 꼴이니 말이다.

"그런데 정말 이곳은 안전합니까?"

던전 입구와 가깝기는 하지만 사방이 뻥 뚫린 개활지에 텐트를 쳤다. 당연히 근처를 지나는 오크들이 있다면 발견될 수밖에 없었다.

"정말 괜찮습니다. 오우거라면 몰라도 오크 정도라면 텐트를 기준으로 사방 20미터 밖으로 나가지 않는 이상 놈들이 감지할 수 없습니다. 이래 봬도 우리 대장님이 고대 유적 던전에서 얻은 귀한 유물입니다."

"아, 네!"

마침 그때 숙영지 근처에 몸집이 제법 큰 사슴 몇 마리가 다가왔는데, 이쪽을 경계하는 눈치가 전혀 안 보였다.

원래 사슴 종류는 굉장히 예민하고 경계심이 강해서 근처에 포식자는 물론이고 다른 생물이 있으면 일단 도망치고 보는데, 뻔히 보이는 숙영지임에도 방만한 태도로 풀을 뜯어먹고 있었다.

게다가 더 신기한 것은 이쪽을 향해 똑바로 접근하던 사슴들이 뭔가에 홀린 듯 옆으로 이동한다는 것이다. 마치 보이지 않는 막이 가로막고 있는 것처럼 말이다.

그런 현상을 확인한 칼 융 등 플레이어들은 비로소 안심할 수 있었다.

'일단 기다리는 수밖에 없네.'

온 클랜이 이 던전을 공략하든 안 하든 그들도 어차피 이 던전에서 20일은 지내야만 한다.

칼 융을 포함한 이계인들은 온 클랜원들이 수련을 시작하자 멀뚱멀뚱 쳐다보다가 이내 자신들도 수련을 시작했다.

한편 가온은 네 정령사들과 함께 따로 길을 잡았다.

"대장님의 정령이 저희 모두를 은신시켜 줄 수 있다고요?"

"그렇습니다."

가온의 말을 들은 세르나 등 네 정령사 대원의 눈은 찢어질 듯 커졌다.

"어, 어떻게?"

"대체 어떤 정령이기에?"

"시간이 없으니 그건 나중에 확인하고 내가 생각한 작전부터 설명하겠습니다."

네 사람은 여전히 혼란스러운 얼굴이었지만 상황이 심각하다는 건 인지하고 있었기에 이어지는 가온의 설명을 진지한 얼굴로 들었다.

"그러니까 바람의 정령과 대지의 정령들을 활용해서 대장님이 미리 던져 둔 물체 쪽으로 몰기만 하면 짐승들을 대장님이 처리하겠다는 거죠?"

"맞습니다."

"그럼 그 동물들은 어떻게 되는 거예요?"

가온은 벌써 몇 차례에 걸쳐서 확장한 결과, 거의 무한에 가까운 자신의 아공간에 대해서 설명을 하려다가 믿기 힘들거라고 생각하고 약간의 거짓말을 하기로 했다.

"시도해 본 적은 없지만 그 아이템은 이론상 차원석을 이용한 간이 게이트를 생성시키는 것이기 때문에 나도 알 수 없는 공간으로 이동할 겁니다. 최근에 나도 특별한 기회를 통해 구입했을 뿐 사용해 본 적이 없으니 일단 시도해 봅시다."

"아!"

네 사람은 가온이 6서클 마도사인 스승을 통해서 귀한 마법 아이템을 구입했다고 이해했다.

"그러니까 달쿤과 라쟈가 대지의 정령으로 대지를 흔들어서 동물들을 놀라게 하면, 양옆에서 세르나와 샤나가 소환한 바람의 정령들이 동물들을 아이템이 있는 방향으로 도망가게 하면 됩니다. 어려울 것 같으면 목표를 무리의 우두머리로 정하면 됩니다."

"일단 한번 해 볼게요."

아직 네 정령을 활용해서 협력을 하는 것은 시도해 보지 않았지만, 세르나는 불가능할 것 같지 않다고 생각했다.

달쿤과 세르나는 중급 이상의 정령과 계약을 했지만 샤나와 라쟈는 하급 정령들과 계약을 했기 때문에 사실상 두 사람의 정령이 큰 역할을 해야만 했다.

은신한 채 이동하던 가온 일행은 수십 마리의 사슴 떼가 작은 시냇가에서 풀을 뜯어먹고 있는 것을 발견했다.

"사슴들이 이동해야 할 방향은 동쪽입니다. 저 나무가 있는 곳입니다. 자, 시작합시다!"

가온의 말에 네 정령사가 각자 계약한 정령들을 소환했다.

먼저 달쿤과 라쟈가 국지적인 지진을 일으키자 사슴들은 본능적으로 안전한 건너편으로 도망치기 시작했다.

하지만 방향은 각기 달랐는데 그때 대기하고 있던 바람의 정령들이 양쪽에서 소용돌이치며 마치 위협을 하듯 거리를 좁혔다.

그러자 사슴들은 가온이 말한 나무가 있는 곳을 향해 달리기 시작했다. 사슴 무리는 놀란 가운데서도 우두머리인 수컷 사슴을 따라 도망치기 시작했다.

'될지 모르겠네.'

멀리 떨어진 지점에서 아공간의 입구를 여는 것은 한 번도 해 보지 않았다. 단지 막연하게 가능할 것 같다는 생각이 들어서 시험을 해 보려는 것이다.

가온은 의지력을 발휘해서 영혼과 연결된 아공간의 입구를 수컷 사슴의 진로 앞에 위치했다.

'커져라!'

이제까지 아공간의 입구가 얼마나 큰지, 어떻게 크게 벌리는지 별 관심이 없었지만 이번 시도로 밝혀질 것이다.

'됐다!'

나무의 바로 앞쪽에 생성된 아공간의 입구가 마치 아귀의 입처럼 쩍 벌어졌다.

'높이는 대략 3미터이고 폭은 10미터까지 확장되는구나!'

그리고 얼마 후 아공간 입구 쪽으로 달려가던 사슴들이 거짓말처럼 사라졌다.

앞에서 달리는 사슴들의 꽁무니를 따라 달리던 사슴들은 순식간에 아공간으로 사라진 것이다.

"세상에!"

대장이 시켰기 때문에 하기는 했지만 정말로 사슴들이 사라져 버릴 줄은 몰랐던 네 정령사 대원들의 입이 떡 벌어졌다. 정말로 눈앞에서 생생하게 사슴들이 어떤 공간으로 사라져 버린 것이다.

"이럴 거라고 예측은 했지만 정말 놀랍군요."

"……"

지시를 내린 가온도 놀랐으니 정령사들이야 당연히 큰 충격을 받았다. 더 이상 반응을 하지 못할 정도로 말이다.

"자, 가능하다는 것이 확인되었으니 힘들겠지만 시작해 봅시다!"

"……네."

반쯤 정신이 나간 정령사들은 가온을 따라 다시 이동하기 시작했다.

던전의 초지는 엄청나게 넓었지만 동물들은 무리를 지어 일정한 장소에 있었다.

물가나 사방이 훤히 뚫린 개활지 그리고 연한 풀이 많이 자라는 곳이었다.

네 종의 사슴, 여섯 종류의 설치류, 두 종의 들소, 다섯 종의 파충류, 세 종류의 새, 네 종의 염소와 양은 이 던전의 초지에서 번성하고 있었다. 모두 초식동물들이었다.

그런데 포식자는 오크와 오우거밖에 없었다. 놈들이 다른 포식자를 아주 철저하게 사냥해 버린 것이다.

넓은 초지에서 무리 지어 생활하는 초식동물들은 6천여 마리에 달하는 오크와 이십여 마리의 오우거의 먹잇감이 었지만, 수가 워낙 많고 번식률도 높았기에 던전의 생태계는 안정되어 있었다.

그런데 기이한 일이 벌어졌다. 동물들이 한 무리씩 빠르게 사라지기 시작한 것이다. 사체도 없이 그냥 사라졌다.

처음에는 사라지는 속도가 느렸지만 시간이 갈수록 초식 동물들이 사라지는 속도가 빨라졌다.

특히 땅에 굴을 파고 사는 설치류의 경우 한 구멍만 남기고 다른 구멍을 모두 막는 것만으로도 순식간에 아공간으로 밀어 넣을 수 있었다.

가온은 이 작전이 가능하다고 확인되자 바로 갓상점을 통해서 상급 정령석을 각각 다섯 개씩 구입했고, 정령사들은 그것들을 이용해서 소모된 정령력을 보충하면서 작업을 계속했다.

그들은 가온이 동물들이 모여 있는 곳을 찾아내면 정령들을 소환해서 동일한 일을 하기만 하면 되었기 때문에 갈수록 정령들도 제대로 임무를 수행할 수 있었다.

동물들을 찾아내는 데에는 마누와 녹스 그리고 카오스가 동원되었다. 그러니 놓치는 동물은 전혀 없었다.

초지가 비록 광활하기는 했지만 동물들이 무리 지어 서식하는 장소는 한정적이었기 때문에 그들의 이동속도는 무척 빨랐다.

　가온과 정령사 대원들이 한 팀으로 움직이기 시작한 지 사흘째.

　초원에는 더 이상 생명의 기척이 느껴지지 않았다.

　새가 지저귀는 소리도, 번식기를 맞이해서 암컷과 수컷이 서로를 부르는 울음소리도, 경계를 위해 동료에게 보내는 신호음도 모두 사라졌다.

　그러자 오크들이 굶주리기 시작했다.

　본래 오크는 수렵 생활을 하기 때문에 식량을 비축한다는 개념 자체가 없었다. 굳이 비축하지 않아도 먹을 것이 천지인 이 던전의 경우 특히나 비축할 필요가 전혀 없었다.

　사냥을 나온 오크 전사들이 계속 허탕을 치자 새끼들부터 굶주리기 시작했지만 초지에는 더 이상 먹을 것이 없었다.

　굶주린 오크 새끼들은 덜 익은 과일이라도 따먹으려고 했지만 얼마 안 되는 나무에는 열매조차 보이지 않았다. 가온이 모조리 다 따 버린 것이다.

　보다 못한 오크들은 물가로 몰려갔다. 물고기라도 잡아 보려는 것이다. 잡기는 어렵지만 초지를 흐르는 물길에는 수많은 물고기들이 서식하고 있었다.

　하지만 물고기도 보이지 않았다. 물고기는커녕 가재와 게 등 수생동물들조차 사라져 버렸다. 가온과 정령사들이 초식

동물들을 사냥하는 동안 마누가 전격으로 모조리 죽여 아공
간에 집어넣은 것이다.

결국 놈들은 숲으로 들어갈 수밖에 없었다. 숲에는 그나마
먹을 수 있는 과일과 사냥을 하다가 자신들도 다칠 수 있는
위험한 동물들이 있었다.

하지만 그런 시도도 허사로 돌아갔다.

세 정령과 앙헬까지 소환한 가온이 초지를 기준으로 양쪽
숲을 오가면서 먹을 수 있는 열매와 덩이뿌리를 가진 식물들
을 모두 채집했다.

애초에 그러려고 그런 것이 아니었다. 정령사 대원들을 던
전 입구 쪽으로 보낸 가온은 오우거들의 위치를 확인하려고
숲을 훑는 와중에 식용이 가능한 열매가 보이자, 그런 열매
들은 물론 오크들이 좋아하는 얌 등 덩이뿌리까지 모조리 캐
내어 버렸다.

혼자였다면 시간이 오래 걸렸겠지만 세 정령과 앙헬까지
나섰기 때문에 불과 이틀 만에 던전 안에서 오크들이 먹을
수 있는 거의 모든 것을 아공간에 챙겨 넣을 수 있었다.

던전의 혼란

던전에 들어온 지 7일째.

새끼의 숫자가 가장 많은 잿빛갈기 오크들은 더 이상 굶주림을 참지 못하고 얼마 전에 근처 숲에 자리를 잡은 세 마리의 오우거를 공격하기로 결정했다.

이젠 숲에서도 먹이를 찾을 수 없었다. 그 많던 열매들은 물론 가끔 간식으로 맛있게 먹던 덩이뿌리들까지 모조리 감쪽같이 사라져 버린 것이다.

이제 남은 건 던전을 나가거나 다른 동족 혹은 침입자인 오우거를 사냥하는 것밖에 없었다.

하지만 던전은 일정한 시간에만 열리기 때문에 나갈 수 없었고 동족들과는 오랫동안 평화롭게 지내 왔기에 오크들의 목표는 밖에서 들어온 오우거밖에 없었다.

원래 이곳에 있던 오우거는 도저히 자신들이 사냥할 수 있는 대상이 아니었지만 얼마 전에 밖에서 들어온 놈들은 달랐다.

처음에 처참하게 당하고 나서는 놈들에게 일족이 잡아먹힐까 봐 두려워서 며칠에 한 번씩 엄청난 숫자의 사슴이며 들소를 잡아다가 바쳤지만 이젠 상황이 달라졌다.

안 그래도 오우거의 숫자가 늘어나서 바쳐야 하는 양이 몇 배가 되면서 다들 불만이 팽배했었는데, 사태가 이렇게 되었으니 외부에서 유입된 오우거들을 오히려 사냥하기로 결정한 것이다.

마나를 다루는 능력을 개화한 전사들만 무려 500여 마리인 잿빛갈기 오크들은, 한 가족인 오우거들을 포위한 상태에서 무기에 오러를 만들 수 있는 능력을 가진 족장과 대전사장을 따라 놈들을 공격했다.

오우거들의 긴 팔이 휘둘릴 때마다 머리며 몸통이 터져 나가는 전사들이 속출했지만, 샤먼의 주술이 활활 타오르는 맹렬한 투기와 용기를 주었고 죽음에 대한 공포를 없애 주었으며 고통을 둔감하게 만들어 주었다.

지금 오우거들을 공격하는 오크들의 머릿속에는 오로지 놈을 죽이고 말겠다는 생각밖에 없었다. 그래야 자신과 암컷들 그리고 새끼들이 굶주린 배를 채울 수 있었다.

일반 전사들이야 오우거에게는 한 주먹거리에 불과했지만 전사장부터는 달랐다.

그동안 던전에 들어왔던 인간들에게서 획득한 철제 무기에 검광을 발현할 수 있었다.

오크 전사장들은 일반 전사들이 화가 난 오우거들의 주먹과 발길질에 몸이 으스러져 날아가는 가운데서도 목표에 접근해서 발목을 집중적으로 공격했다.

생체보호막도 그렇지만 가죽이 워낙 질겨서 검광으로도 쉬운 일은 아니었지만 대전사장들과 족장이 가세하자 오우거들은 차례로 아킬레스건이 잘렸다.

이제 절뚝거리는 오우거들은 사방에서 덮쳐 오는 공격을 제대로 대응하지 못했다.

발을 제대로 쓰지 못한다는 건 그만큼 빈틈이 많이 생긴다는 의미였다.

결국 두 발의 아킬레스건이 모두 잘린 오우거들은 바닥에 주저앉아서 오직 팔로만 오크들을 상대해야만 했는데, 그런 정도로는 검기까지 발현할 수 있는 일부 전사장들과 대전사장 그리고 족장의 공격을 막을 수 없었다.

마침내 족장의 대검이 오우거의 관자놀이를 파고들어 뇌를 엉망으로 만드는 것으로 길고 치열했던 싸움이 종지부를 찍었다.

비록 오우거 세 마리를 상대하는 와중에 200여 마리에 달하는 전사들이 죽거나 크게 다쳤지만 오크에게 있어 이 전투는 아주 의미가 컸다.

"췌에에액!"

승리의 로어가 울려 퍼지자 온 숲이 들썩였다.

환호성을 지르는 오크들의 머릿속에는 자신들의 포식자였던 오우거 세 마리를 처치한 것에 대한 기쁨과 이제 놈들과 죽은 동료를 통해서 굶주림을 해결할 수 있다는 생각밖에 없었다.

그 소식은 빠르게 주위로 전파되었다. 각 부족의 암컷들은 대개 이웃 부족에서 왔기 때문에 혈연 관계였다.

이웃 부족의 오우거 사냥 소식에 고무된 다른 오크 부족들 역시 얼마 전부터 자신들을 노예로 부리던 오우거들을 공격했다.

그렇게 오크 여섯 부족은 막대한 희생을 치르고 둘 혹은 셋의 오우거를 사냥하는 데 성공했지만, 식량 문제는 근본적으로 해결되지 않았다.

오우거의 몸이 거대하다고는 해도 살아남은 오크들의 숫자에 비하면 한 끼에 불과했던 것이다.

또다시 오크들은 굶주리기 시작했고 결국 오우거를 사냥하다가 죽은 동족의 사체를 먹기에 이르렀다. 물론 그것으로도 굶주린 배는 채워지지 않았지만 말이다.

가온은 그런 모든 정황을 세 정령을 통해서 실시간으로 파악하고 있었다.

던전에 들어온 지 11일 차.

그동안 수련만 하면서 시간을 보내던 사람들은 새벽 시간에 이동할 준비를 했다.

"자, 이제 출발합시다!"

가온의 말에 대원들은 물론 방금 전에 접속한 플레이어들도 내키지 않는 얼굴로 움직이기 시작했다.

'사실인 건가?'

가온의 말로는 오크 전사의 숫자가 3분의 1 정도 줄어들었고 오우거는 네 마리밖에 안 남았다고 했다.

그가 거짓말을 할 리는 없었지만 도저히 믿기지가 않았다. 가온과 네 정령사를 제외한 사람들이 던전에 들어와서 한 일이 전혀 없었던 것이다.

대원들이 가온의 인도에 따라 숲으로 들어선 지 1시간 정도 지나자 거목들로 둘러싸인 커다란 공터가 나타났는데, 그 안에는 오크 부락이 위치하고 있었다.

아직 한밤중이었지만 바깥과 달리 던전은 마나를 사용하는 이들에게는 별다른 광원이 없어도 대충 오크 부락 쪽을 자세히 살펴볼 수 있을 정도였다.

직경이 대략 50미터 정도인 공터에 자리한 오크 부락은 마른 나뭇가지를 얽어서 만든 허술한 목책으로 둘러싸여 있었는데, 안에는 나무와 마른 풀로 지은 움집들이 다닥다닥 붙어 있었다.

한밤중이라서 그런지 오크 부락은 조용했다. 고블린이나 오크는 인간처럼 주행성이라서 이런 밤에는 곤히 자고 있을 것이다.

좀 의아했던 것은 경계가 전혀 없다는 점인데 바깥과 달리 던전 안에 있는 오크 무리는 같은 부족일 가능성이 높고 오우거를 제외하면 굳이 경계할 대상이 없기 때문에 굳이 경계를 설 이유가 없어서인 것 같다고들 생각했다.

"전투조원들은 세 그루 간격으로 나무 위로 올라가십시오. 창은 이쪽에 있으니 각기 스무 자루씩 챙기십시오. 투창에 자신이 없는 사람들은 쇠뇌와 볼트를 챙기면 됩니다. 오크 부락이 전부 보이는 위치까지 오른 후 몸을 단단히 나무에 묶는 것을 잊지 말고 미리 말한 상황이 벌어질 때까지는 편하게 휴식을 하십시오."

가온의 말에 사람들은 묵직한 창을 챙겨서 공터를 둘러싼 거목 중 하나를 골라 오르기 시작했다.

나무가 워낙 크고 옹이가 많아서 오르는 것은 그리 어렵지 않았다. 마법사들도 어렵지 않게 오를 수 있을 정도였다.

그렇게 나무를 오른 사람들은 대략 10미터에서 15미터 높이에서 뻗어 나가는 가지 쪽에 자리를 잡았다.

오크 부락 쪽의 시야를 가리는 가지나 잎은 정리해 버리고 가온이 당부한 대로 밧줄로 나무에 자신의 몸을 단단히 묶었다.

다들 시키는 대로 하고는 있었지만 플레이어들은 출발하기 전에 한 가온의 말을 아직 믿지 못하고 있었다.

'정말 다른 오크 부족이 올까?'

라이라가 해 준 말에 따르면 여섯 개의 오크 부락들은 먹이를 두고 경쟁은 하지만 대체적으로 서로 상부상조한다고 했다.

이곳이 던전 안임을 고려하면 혈연관계로 얽혔을 것이 분명한데, 설사 가온과 네 정령사들이 오크들이 먹을 것을 모조리 없앴다고 해도 과연 동족을 공격할지 의심스러웠다.

'게다가 따로 정찰을 나간 사람도 없는데 어떻게 오늘 새벽에 다른 오크 부족이 이 부족을 공격할 거라고 확신을 하는 걸까?'

정령의 존재를 알지 못하니 그런 생각을 하는 건 당연했다.

'그래도 정말 던전에 동물이 싹 사라진 것을 보면 헛소리를 할 사람은 아니야.'

어떻게 그게 가능한지는 몰라도 얼마 전부터 던전에는 오크를 제외하고는 아무런 동물도 보이지 않았다. 사슴이나 들소 혹은 양이나 염소처럼 몸집이 큰 동물들은 물론 그 많던 설치류까지 전혀 보이지 않았다.

그래서 가온의 말을 믿고 아무런 불평도 없이 한밤중에 최대한 기척을 죽여 가면서 이곳까지 강행군을 한 것이다.

　'꼭 왔으면 좋겠네.'

　칼 융 등 던전 클리어를 의뢰한 플레이어들도 이번에 클리어하지 못하고 최소한 두 달은 더 기다려야만 한다는 사실을 잘 알고 있었다.

　사람들이 꼼짝도 하지 않고 나무 위에서 대기하길 거의 2시간이 지났을 때였다.

　-옵니다! 최대한 소리를 내지 않고 몸을 풀어 두세요!

　"헙!"

　머릿속으로 가온의 음성, 아니 의념이 들려온 순간 사람들이 경호성을 지르려다가 손으로 입을 막았다.

　귀로 전해지는 음성은 절대로 아니었다. 의념을 상대의 머릿속으로 직접 전달하는 일종의 심어(心語)였다.

　'대체 이런 건 어떻게 하는 거지?'

　온 클랜원들이야 놀라긴 했지만 온 대장이라면 능히 이런 능력을 가지고 있다고 생각하고 쉽게 받아들였지만 플레이어들은 달랐다. 어나더 문두스는 이제 막 마통기라는 통신수단이 나왔을 뿐 이런 식의 의사 전달 스킬은 전혀 알려지지 않았던 것이다.

　그러니 플레이어들은 가온이 갓상점에서 1만 포인트를 지

불하고 다중을 대상으로 한 심어 스킬을 구입해서 익혔다는 사실은 짐작조차 하지 못했다.

그런 와중에서도 사람들은 천천히 몸을 풀기 시작했다. 창을 정확하게 던지려면 근육을 적당히 풀어 주어야만 했다.

얼마 후 오크 특유의 바람 새는 소리가 미약하게 들리기 시작했다. 말소리는 아니고 호흡 소리인데 멀리 이동을 했는지 조금 거칠었다.

마침내 사람들의 눈에 오크들이 들어왔다. 적어도 300마리 정도 되는 오크들은 부락을 포위한 상태로 나무 사이를 빠져나와서 부락 쪽으로 은밀하게 움직이기 시작했다.

'정말이네!'

대체 오크의 움직임을 어떻게 파악했기에 이렇게 정확할 수 있는지 궁금했다.

그때 가온이 카오스에게 의념을 보냈다.

'지금이야!'

족장의 거처 근처에 대기하고 있던 카오스가 대지를 마구 흔들었다.

그때는 공격을 하려는 오크들이 오크 부락을 둘러싸고 있는 허술한 목책에 거의 접근한 상태였는데 지진에 놀란 족장이 깨어나서 돼지 멱따는 괴성을 질렀다.

조용했던 오크 부락이 깨어나는 것은 순식간이었다. 움집을 뛰쳐나온 오크들은 주위를 둘러보다가 침입자들을 발견하고 괴성을 지르기 시작했다.

　그러자 침략자들이 일제히 목책을 넘었다. 그리고 보이는 오크들을 몽둥이와 석기 그리고 안 되는 철제 무기로 공격하기 시작했다.

　오크 부락은 순식간에 찢어지는 비명으로 가득 차 버렸고 이웃 부족의 공격에 머리가 부서지고 뼈가 부러지는 오크들로 속출했다.

　허술하게 지은 움집들이 부서지며 새끼들과 암컷들이 비명을 지르며 뛰어나왔고, 전사들은 어떻게든 공격을 막아 내면서 안전한 마을 안쪽으로 도망을 쳤다.

　처음에는 당연히 침략자들이 유리했다.

　미처 대비를 갖추지 못한 상태에서 공격을 받았기 때문에 제대로 응전할 수 없어 대부분 안전한 부락 안쪽으로 도망을 쳤기 때문이다. 그러니 당하는 것은 아직 덜 자란 새끼들이 대부분이었다.

　침략자들의 공격에 꽤 많은 오크들이 피를 뿌리며 쓰러졌을 때 반격이 시작되었다. 공격을 받기 얼마 전에 일어났던 소란으로 인해서 감각이 예민한 전사 대부분은 잠이 깨어 밖으로 나왔다.

　그때부터 오크들은 순수한 힘과 기량으로 상대를 죽이는 데 집중했다. 공격을 가하는 쪽은 물론이고 받는 쪽의 숫자가 비슷했다.

20여 분이 지나자 완전히 난전이 되어 버렸다. 전사들끼리 엉켜서 상대가 죽을 때까지 치고받기 시작한 것이다.

상대의 목숨을 단숨에 끊을 수 있는 철제 무기의 숫자가 별로 없어서 몽둥이나 석기가 대부분이었고 오크 종족의 특성상 목숨이 끊어질 때까지 투쟁하기 때문에 싸움은 길어질 수밖에 없었다.

그렇게 오크들이 광기에 빠져서 서로 치고받는 사이에 미묘한 변화가 일어났다.

칼 융은 살벌한 오크들의 혈투를 지켜보다가 문득 이상한 점을 발견했다.

'저건 뭐지?'

어른 머리통 크기의 마른 덤불들이 숲에서 빠져나와서 목책을 넘어 오크 부락 안쪽으로 날아가고 있었다.

'바람은 안 부는데?'

물론 자신의 경우 지상에서 약 15미터 정도 높은 지점에 있기 때문에 지상에서 부는 바람은 느끼지 못할 수도 있었지만, 오크 부락 안쪽으로 날아가는 마른 덤불이 굉장히 많은 점은 이해하기 힘들었다.

마른 덤불들은 공교롭게도 오크 부락을 둘러싸고 있는 숲 전체에서 오크 부락 쪽으로 날아가고 있었다.

'혹시 남은 마법사와 정령사가?'

그럴 가능성이 아주 높았다. 나무 위로 올라온 것은 자신들과 전투조원들밖에 없었다.

　이제 오크 부락은 완전히 파괴가 되어 버렸다. 워낙 치열한 혈투였기에 그 와중에 나무와 마른 풀잎으로 지은 움집은 대부분 무너져 버렸고, 살아남은 암컷들과 새끼들은 부락 중앙에 모여 오들오들 떨었다.

　침략을 당한 측은 그래도 잘 버티고 있었다.

　본래 500마리 정도였을 전사들은 오우거를 사냥하는 과정에서 절반 정도가 죽고 기습을 당한 초기에 100여 마리가 죽어서 이제 100여 마리만 남았지만, 침략한 측 역시 그 정도 숫자만 남았다.

　그렇게 양측의 오크들은 부락 중앙을 기준으로 대치하고 있었다.

　희한한 것은 양측 모두 족장과 대전사장이 있었지만 전투에는 참여하지 않았다는 사실이다.

　강한 오크가 전투에 앞장서는 습성을 생각하면 굉장히 이상한 현상이었다.

　아무튼 이 싸움으로 죽은 숫자는 침략한 쪽이 150마리 정도였고 침략을 당한 측은 300마리 정도였다. 후자의 경우 암컷 일부와 굉장히 많은 새끼들이 죽임을 당한 것이다.

한쪽이 죽어야만 끝날 것 같았던 격렬한 싸움이 어느 순간 빠르게 멈추어 갔다.

양측의 족장 혹은 대전사장이 흥분을 가라앉히는 크라이를 지른 후였다.

싸움을 멈춘 양쪽은 마치 미리 짜기라도 한 것처럼 죽은 상대 부락의 오크 사체들을 챙기기 시작했다.

그것을 지켜본 가온은 고개를 끄덕였다.

'역시!'

벼리가 해 준 말이 사실이었다.

─고대 도서관에 있던 책에 기재된 오크의 습성에 따르면 먹을 것이 떨어지면 일부러 동족과 전쟁을 해요. 같은 부락 혹은 가까운 혈족은 차마 잡아먹을 수 없기 때문에 일부러 전쟁을 해서 다른 부락 혹은 혈족이 아닌 동족을 식량으로 사용하는 거죠. 만약 싸우기는 하는데 수뇌부가 나서지 않는다면 그런 경우가 틀림없어요.

카오스가 정찰한 바에 따르면 바깥에서 유입된 오우거 스무 마리 중 열일곱 마리는 이미 오크들에게 사냥당했다.

나머지 세 마리는 공교롭게도 젊은 수컷으로 암컷인 이 던전의 보스와 함께 있어서 오크들도 감히 공격할 엄두를 내지 못한 것이다.

그렇게 사냥한 오우거들과 오우거를 사냥하던 동족을 먹어 치운 오크들은 며칠이 지나자 극심한 허기를 참지 못하고 벼리가 말한 식량을 위해 동족과 전쟁을 벌인 것이다.

뭐 전쟁을 벌이지 않아도 허기로 인해 힘이 빠진 오크들을 기습하는 방법도 있었지만 놈들이 굳이 싸운다면 이용하지 않는 건 어리석은 짓이다.

그래서 오늘 작전을 나섰다.

이제 오크 부락 안쪽에서 벌어졌던 치열한 오크 간의 전투는 끝이 났다.

한동안 먹을 수 있는 식량이 확보되었으니 양측 수뇌부가 싸움을 멈춘 것이다.

'시작은 너희들이 했을지 모르지만 마무리는 내 허락을 받아야 해!'

가온은 오크들을 그냥 놔둘 생각이 전혀 없었다.

준비는 이미 끝났다. 정령사들을 이용해서 그동안 모아 온 마른 덤불들을 오크 부락 안쪽으로 날려 보내 놓은 것이다.

가온은 숲 가장자리에 자리를 잡고 있던 정령사와 마법사에게 심어를 보냈다.

ㅡ지금입니다!

가온의 심어를 전달받은 마법사들은 미리 준비한 화계 마법을 발동했다.

"파이어 볼!"

목표는 명확했다. 안쪽으로 날아간 마른 덤불들이 뭉쳐 있는 곳이나 부서진 움집이 그 대상이었다.

오크 부락으로 날아간 것은 파이어 볼 마법만이 아니었다. 달쿤과 라쟈가 소환한 불의 정령들이 마른 덤불 덩어리와 움집에 불을 붙였다.

그것만이 아니다. 세르나와 샤나가 불러낸 바람의 정령들이 맹렬하게 바람을 오크 부락 쪽으로 불게 해서 불길을 키웠다.

화르르.

불은 순식간에 오크 부락을 태우기 시작했다.

"취익?"

"추에애액!"

부락 바깥쪽에서 안쪽으로 불어오는 바람을 타고 거센 불길이 덮치자 양측 오크들이 혼비백산한 모습으로 비명을 지르며 어찌할 바를 몰랐다.

부서진 움집의 잔해들은 대부분 나무와 마른 풀이었기에 불길은 부락 중앙 쪽을 순식간에 덮쳤다.

강렬한 열기를 동반한 화염이 빠르게 접근하자 패닉에 빠진 오크들은 어찌할 바를 몰랐다.

본래 수컷에 비해서 숫자가 10분의 1 정도밖에 안 되는 암컷들을 매우 중요시하는 오크들이지만 이렇게 위태로운 상황이 되자 암컷들과 새끼들은 안중에도 없었다.

검기 실력자에 해당하는 오크 족장과 대전사장을 필두로

거센 화염 속으로 뛰어들었다. 그대로 있다가 타 죽는 것보다는 화상을 입더라도 불길을 빠져나가야 한다고 판단한 것이다.

다행히 화염의 범위는 그리 넓지 않았다. 전신의 털이 새까맣게 타 버렸지만, 대부분의 오크 전사들은 불길을 빠져나올 수 있었다.

그때 기다렸다는 듯 창과 볼트가 놈들을 향해 날아왔다. 정신을 차렸을 때는 이미 피하거나 쳐 내기가 어려울 정도로 가까워져 있었다.

제대로 숨도 쉬지 못하고 전력을 달려 나왔기 때문에 거친 숨을 몰아쉬기에 바쁜 오크들로서는 날아오는 창과 볼트에 제대로 대응할 수가 없었다.

퍽! 퍽! 빡! 빡!

마나를 사용할 수 있는 놈들이라서 투사체가 날아온다는 사실에 황급히 무기를 휘둘러서 쳐 내려고 했지만, 반응이 너무 늦었다. 창과 볼트는 놈들의 몸을 깊숙이 파고들었다.

오크들에게는 너무 긴 시간이 지나고 나서야 날아오던 창과 볼트 세례가 끝이 났다.

이제야 정신을 차린 오크들이 주위를 둘러봤을 때 바닥에는 새까맣게 털이 탄 동료들이 몸에 창과 볼트가 꽂힌 모습으로 신음을 하거나 죽어 버린 상태였다.

멀쩡히 살아남은 오크의 숫자는 대략 서른 마리. 대부분

전사장 이상으로 본능적으로 마나를 사용해서 날아오는 창과 볼트를 쳐 낼 정도의 강자들로 대부분 인간들로부터 획득한 철제 무기를 들고 있었다.

그런 놈들을 향해 달려오는 인간들이 있었다.

"추에에에엑!"

놈들은 열기와 분노로 붉어진 눈으로 달려오는 인간들을 향해 분노의 안광을 폭사하면서 마주 달려갔다.

하지만 너무 흥분한 나머지 오크들은 하늘에서 벼락처럼 내리꽂히는 창의 존재를 전혀 알아차리지 못했다.

푹! 푹! 푹! 푹!

부락 상공을 날고 있던 가온은 빠르게 원을 그리며 비행을 하면서 단 네 자루의 창만 던졌다.

양쪽이 맞닥뜨리기 전까지 그 정도의 시간밖에 없었기 때문이다.

하지만 그 결과는 엄청났다.

검기 완숙자의 경지에 해당하는 양측의 오크 족장들과 대전사장들이 제대로 능력을 발휘하기도 전에 하늘에서 떨어진 창에 꽂혀 버린 것이다.

양측이 붙기 전에 가온만 공격한 것은 아니다. 파이어 볼세 발이 분노에 휩싸여 거침없이 달리던 세 오크를 덮쳤다.

이제 남은 오크는 스물세 마리.

그중 네 마리는 갑자기 갈라진 땅속의 깊은 균열로 떨어지고 말았다.

남은 건 열아홉 마리로 플레이어들을 포함한 온 클랜의 근거리 딜러들의 숫자와 비슷했다.

가장 강력한 기세를 뿜어내는 오크 세 마리를 향해 타람과 로에니, 그리고 반 홀랜드가 달려 나갔고 나머지 사람들도 달려오는 오크들을 맞이했다.

꽈앙!

마침내 양측이 부딪히며 굉량한 충돌음이 도처에서 터져 나왔다.

가온은 공중에서 전황을 살펴보고 있었다.

타람과 로에니 그리고 반 홀랜드는 검기를 생성해서 각각 대전사장을 별 무리 없이 감당하고 있었다. 놈들의 철제 무기에도 유형화된 오러가 생성되었지만, 민첩 면에서 워낙 차이가 커서 충분히 이길 것이다.

콜 일행과 패터, 퍼슨, 세르나, 달쿤도 같은 검광을 발현한 오크 전사장을 상대로 우세를 점하고 있었고, 장기인 활 대신 검을 든 스톤과 방패와 철퇴를 들고 싸우는 랄프는 상대와 비등한 싸움을 벌이고 있었다.

칼 융을 제외한 열 명의 플레이어들도 우세하지는 않지만 다양한 스킬을 활용해서 오크 전사장들을 상대하고 있었다.

'역시 초랭커는 오크 전사장 정도는 충분히 사냥할 수 있군.'

전체적으로 인간 측은 빠른 발을 이용해서 상대의 공격을 맞받아치는 대신 빈틈을 노렸고, 오크들은 살기라고 표현할 수 있는 강렬한 투기와 마나로 강화시킨 힘을 바탕으로 인간들을 상대하고 있었다.

이대로라면 시간이 꽤 걸릴 것 같았지만 헤븐힐과 매디가 광역 버프와 축복을 사용하자 순식간에 전황이 바뀌었다.

지금 두 사람이 주는 버프는 본신의 2할에 해당하는 스텟을 높여 주기 때문에 인간 쪽의 능력이 한 단계 이상 올라간 것이나 다름없었다.

타람이 가장 먼저 오크 대전사장의 굵은 목을 반 이상 잘라 버리는 데 성공하자, 반 홀랜드가 대검으로 상대의 목을 잘랐고, 로에니도 레이피어를 상대의 미간에 박아 넣고 손목을 돌려 뇌를 엉망으로 만들었다.

그렇게 남은 오크 중 가장 강한 세 개체가 죽자 다른 사람들도 연이어 자신의 상대를 격살하는 데 성공했다.

엄청난 힘이 실린 도끼를 방패로 막는 것과 동시에 철퇴로 오크의 머리통을 박살 낸 랄프를 마지막으로 오크와의 싸움이 끝났다.

가온은 사람들이 뒤처리를 하는 것을 확인하고 이제 막 불이 꺼지고 있는 오크 부락의 중앙 쪽으로 날아갔다.

'역시 있었군.'

시커멓게 탄 움집 중 하나가 미세하게 들썩거리더니 체구가 작은 오크 두 마리가 조심스럽게 빠져나왔다.

동물의 뼈로 만든 목걸이와 지팡이를 착용한 놈들은 주술사였다.

가온은 놈들이 주위를 둘러보고 충격에 빠진 틈을 이용해서 창 두 자루를 던졌다.

푹! 푹!

마나 완숙자 경지인 오크 족장들과 대전사장들도 날아오는 것을 감지할 수 없을 정도로 빠르게 날아간 두 창은 목표를 놓치지 않았다.

그 직후 아래로 내려간 가온은 주술사들로부터 마정석을 적출하는 과정에서 늙은 오크로부터 의외의 수입을 거둘 수 있었다.

'마정석으로 목걸이와 지팡이를 만들었네.'

대체 어디에서 얻은 것인지는 모르겠지만 목걸이를 장식한 마정석은 상급이었고, 지팡이의 오브에 해당하는 마정석은 최상급이었다.

아마 이 늙고 추레한 행색의 주술사를 놓쳤다면 골치 아플 뻔했다. 오크의 복수심은 엄청나니 말이다.

그사이 정찰을 부탁받은 카오스는 무너지고 타 버린 움집 아래쪽에 숨어 있는 오크 십여 마리를 발견했다고 알려 왔다.

-어떻게 할 거야?

'굳이 처리할 필요 없어.'

던전이 클리어되면 자연스럽게 소멸될 테니 아직 열기가 사라지지 않은 잿더미를 뒤질 이유는 없었다.

아쉬운 건 이제는 오크를 사냥하는 것으로는 레벨이 아예 오르지 않는다는 사실이다.

가온은 대놓고 좋아하는 플레이어들을 보면서 입맛만 다셨다.

'뭐 그래도 마정석은 건질 수 있을 테니 아예 헛걸음을 한 건 아니지.'

그래도 마무리는 해야만 했다.

"자, 대충 마정석만 적출하고 움직입시다. 공격한 오크 부족을 마무리해야 합니다."

가온의 지시가 떨어지자 온 클랜원들은 빠르게 오크 사체에서 마정석을 적출하기 시작했다.

그런데 그 모습을 보던 칼 융이 조심스럽게 입을 열었다.

"그 부분은 저희에게 맡겨 주시면 안 되겠습니까?"

"할 수 있겠습니까?"

"네. 암컷들과 새끼들을 빼면 전사 몇 마리밖에 없을 테니 가능합니다."

칼 융은 자신이 이끄는 플레이어들이 투창으로 몇 마리를 죽이고 마지막에 적당한 상대와 싸워 죽인 것만으로는 만족할 수 없는 모양이다.

"위치를 알려 드릴 테니 그렇게 하십시오."

"온 대장님, 이쪽 의뢰인들도 같이하겠다고 합니다."

호위 대상들로부터 귀엣말을 들은 반 홀랜드가 그렇게 말했다.

"그럼 더 빠르게 처리할 수 있겠지요. 그렇게 하십시오. 라이라, 어딘지 알지요?"

"물론이에요. 빨리 다녀올게요."

오크 부족들은 라이라가 들어왔을 때부터 한자리에 계속 살아왔다.

가온의 허락이 떨어지자 플레이어들은 기쁜 얼굴로 라이라를 따라 움직였다.

⊰⊱

다른 네 무리는 가온 일행이 굳이 나설 필요도 없었다. 그놈들 역시 식량이 부족해지자 다른 부락의 동족과 전쟁을 선택한 것이다.

당연히 상대측을 완전히 전멸시키려는 의도는 없었지만, 전사의 숫자가 확 줄어든 것은 사실이다. 한 부족당 전사가 대략 오십 마리 정도로 줄어 버렸다.

그렇게 배를 곯지 않기 위해서 동족끼리 전쟁을 벌인 오크들은 던전에 남아 있는 오우거들의 존재를 잊어버린 대가를 톡톡히 치러야만 했다.

보스와 세 성체 수컷은 오크들이 곤히 잠든 새벽 무렵에 한 부락을 공격했고, 순식간에 오크들을 전멸시켰다.

　암컷들과 새끼들을 빼면 마나를 높은 수준으로 활용할 수 있는 전사들만 남았음에도 불구하고 압도적인 능력으로 오크들을 말살해 버렸다.

　용케 첫 공격에서 살아남은 주술사가 펼친 버서커 주술도 오우거들에게는 소용이 없었다.

　오크들은 싸움을 포기하고 사방으로 흩어져 도망을 쳤지만 그것도 굉장히 어려운 일이었다.

　네 오우거는 거대한 몸집에도 불구하고 엄청나게 민첩했고 오감이 예민했다.

　은신 스킬을 사용한 가온은 그 광경을 하늘에서 생생하게 살펴볼 수 있었다.

　'이제 남은 세 무리는 어떻게 대응을 하려나?'

　가온은 오우거에게 쫓기는 오크 몇 마리를 표 나지 않게 도와주었다. 아직 화후가 부족한 버프 스킬로 오크들의 능력을 높이는 동시에 오우거의 진로에 있는 나뭇가지를 부러뜨리거나 바닥에 디그 마법으로 구덩이를 파서 방해를 했다.

　당연히 이유가 있어서 오크들을 도운 것이다.

　'결과가 좋아야 할 텐데.'

　가온 일행의 능력만으로는 네 마리나 되는 오우거를 상대할 수가 없다.

특히 희미한 검강을 발현시킨 오크 족장의 공격을 가볍게 피한 후 주먹질 한 번으로 머리통을 날려 버린 오우거 보스는 가온이 거대화를 해도 만만찮은 상대였다.

당연히 다른 일행의 능력으로는 남은 세 마리의 오우거 수컷들을 어찌할 방도가 없었다.

은신을 S등급으로 올린다면 어떻게든 오우거를 유인하거나 암습을 해서 따로 처리를 할 수 있을 것 같은데, 남은 시간이 별로 없었다.

그러니 어떻게든 오크들을 이용하려는 것이다.

던전이 열리려면 일주일 정도가 더 지나야만 하기 때문에 오크들에게도 오우거를 어떻게든 처리를 해야만 했다.

싸움을 끝낸 오우거 네 마리는 암컷들과 새끼들까지 포함된 오크들을 짓이겨 겹겹이 쌓아서 커다란 입안에 집어넣고 있었다. 오크 수백 마리가 오우거들의 한 입거리가 되고 말았다.

오우거들은 트림을 하며 피가 흥건한 오크 부락에 자리를 잡고 앉거나 누웠다.

이제 쉬려는 모양인데 그냥 쉬는 건 아니다. 부푼 엉덩이가 붉게 변한 오우거 보스가 암내를 풍기자 수컷들이 홀린 듯 그쪽으로 향했고 곧 뜨거운 열풍이 불기 시작했다.

그 모습을 확인한 가온은 오우거들이 곧 다시 움직일 거라는 확신을 얻었다.

벼리가 고대 도서관에서 얻은 정보에 따르면 오우거 암컷은 수컷에 비해서 개체수가 적기도 하지만, 쉽게 임신할 수 없다고 했다. 그래서 번식기가 되면 먹는 시간을 제외하면 며칠이고 계속 성행위를 한다고 했다.

본래 오우거는 한껏 먹은 후에는 며칠이고 늘어지게 잠을 자고 배가 꺼질 때까지 게으름을 피운다고 들었다. 그런데 종족 번식을 위해 왕성하게 움직이고 있으니, 배가 쉽게 꺼질 것이다.

'일단 오크들의 동태를 살펴야겠구나.'

다행히 은신 스킬의 등급을 레벨업시켰고 투명날개가 있기에 그건 어렵지 않았다.

던전에 들어온 지 16일째, 가온 일행은 던전의 서쪽 숲에 있는 오크 부락 주위로 이동했다.

가온은 적당한 곳에 도착하자 즉시 안전텐트를 설치했다. 보스 오우거라면 이 안전텐트의 존재를 알아차릴 가능성이 높았지만, 놈의 진로와 반대쪽이기 때문에 놈이 이쪽에 신경을 쓸 여유는 없을 것이다.

"대장님, 진짜 오우거들이 기다리고 있는 오크들을 공격할까요?"

매디가 물었다.

세 오크 부족은 가온의 예상대로 힘을 모으기로 하고 한 부락에 집결했다. 암컷들과 새끼들을 제외한 전사의 숫자는 대략 230여 마리로 대전사장급만 무려 열둘이고 절반 이상이 전사장으로 구성된 막강한 전력이다.

아무리 오우거가 네 마리라고 해도 상당한 피해를 감수해야 하는 만큼 매디는 오우거들이 오크를 공격하는 대신 던전 게이트가 열리는 것을 기다리지 않을까 생각했다.

"암컷 보스의 발정 때문에 오우거들은 지금 배도 고프고 잠도 제대로 못 자서 아주 예민한 상태야. 게다가 오크 쪽에서 도발을 할 테니 던전이 열릴 때까지 기다릴 인내심은 없을 거야."

작전은 대충 세워 두었다. 그냥 오우거들과 오크들이 싸우는 것을 지켜볼 생각은 없었다.

비록 세 부락의 오크들이 힘을 모으겠지만 그것으로는 보스가 포함된 네 마리의 오우거들에게는 전력이 밀렸다. 그래서 고심 끝에 전력을 어느 정도 맞출 방도를 생각해 냈다.

가온은 오우거의 습격을 받은 부락터에 검과 도 등 철제 무기를 뿌려 두었다. 그중에는 앞서 전멸시켰던 두 오크 부락의 전사들이 사용하던 무기들이 다수 섞여 있어서 쓸데없는 의심을 피할 수 있었다.

남은 오크 족장들이 머리가 있다면, 아니, 주술사들이 있을 테니 상황 파악을 위해서 오우거들에게 무너진 부락터를 다시 살펴볼 거라고 추측했던 것인데 딱 들어맞았다.

이전에 던전에 들어왔던 인간들에게 획득한 철제 무기의 위력을 확실하게 깨달은 오크 전사들은 환호하면서 그 모두를 수거해서 돌아갔고, 전사장급은 모두 마나를 쉽게 받아들일 수 있는 철제 무기로 무장할 수 있었다.

자신감이 붙은 오크들은 오우거들을 기다리지 않기로 한 모양이다. 창을 서너 자루씩 챙긴 삼십여 마리의 오크들이 오우거들이 머무르고 있는 곳으로 접근해서 놈들을 습격하는 방식으로 화를 돋우어 유인을 하기 시작했다.

가온은 그 모든 것을 정령들을 통해 실시간으로 파악하고 있었다.

사람들이 방어구와 무기를 정비하는 동안 땅이 조금씩 울리기 시작했다.

"오우거다!"

오우거 보스는 키가 10미터에 체중은 1톤 가까이 나가기 때문에 걸으면 이렇게 땅이 진동을 한다. 그만한 덩치가 한 마리도 아니고 네 마리나 되니 모두가 그 진동을 느낄 수밖에 없었다.

"상황을 지켜보러 갈 테니 여러분은 이곳에서 대기를 하고 있다가 신호를 하면 미리 말한 것처럼 조별로 신속하게 움직이세요!"

안전텐트에 사람들을 남겨 둔 채 가온은 은신 스킬을 사용한 상태로 투명날개를 이용해서 거대한 나무 사이로 날아올랐다.

오크 부락은 걸어서 대략 10분 거리에 있었기 때문에 순식간에 도착할 수 있었는데, 하늘에서 보니 오우거 네 마리가 거목들을 몸통으로 들이박거나 통나무를 후려쳐서 부러뜨리고 있었다.

'화가 잔뜩 났군.'

오우거들의 흉흉한 안광이 향하는 곳에는 십여 마리의 오크들이 필사적으로 달리고 있었다.

'결국 성공했네.'

오크의 3분의 2는 오우거들을 유인하는 과정에서 잡아먹혔지만 임무는 완수한 것이다.

'녹스, 오크 쪽의 준비는 어때?'

오크 부락 쪽은 녹스가 맡아서 정찰을 하고 있었다.

─부러진 철제 무기를 거꾸로 박아 넣은 큰 구덩이들은 모두 나뭇가지와 나뭇잎으로 덮어 두었어. 그리고 오크들은 함정 근처에 작은 구덩이를 파고 숨어 있고.

'함정은 어느 정도 크기야?'

─굉장히 커. 오우거라고 해도 가슴 정도까지 빠질 거야.

오크의 작전이 성공한다면 오우거들은 몸이 구속될 수밖에 없을 것이다.

'독을 살포하는 건 조심해야 해. 보스 오우거가 만만치 않을 것 같으니까.'

한 번의 진화를 통해서 어느 정도의 물리력을 발휘할 수 있게 되었다지만, 오우거에게는 비빌 수가 없었다. 자연정령이기 때문에 자칫 잘못하면 소멸할 수 있었던 것이다.

—알았어. 아예 높은 상공에 올라가 있을 거야.

그렇다면 다행이다. 아무리 오우거라고 해도 높은 상공에 떠 있는 정령을 어떻게 할 수는 없을 테니 말이다.

그때 오우거 쪽을 따라다니던 카오스의 의념이 전해졌다.

—오우거들이 거의 도착했어!

'고생했어, 카오스. 그런데 부탁이 하나 더 있어.'

—뭔데?

'오크들이 오우거들을 상대하기 위해서 거대한 함정을 파 두었거든. 거기에 적당히 물을 채워 줘.'

—녹스를 활용하려는구나. 별로 어렵지 않은 일이네. 그럼 이쪽은 그만 지켜봐도 되는 거지?

'응. 그런데 보스가 널 알아보지 않았어?'

—내 존재에 대해서 눈치는 챈 것 같은데 온의 말대로 멀리 떨어져서 특별한 행동을 하지 않았기 때문에 지금은 별 신경을 쓰지 않는 것 같아.

역시 그럴 줄 알았다. 오우거 보스 정도라면 정령의 존재나 기척을 충분히 감지할 수 있는 능력을 가지고 있었다.

가온은 이번에는 앙헬에게 의념을 보냈다.

'앙헬, 대기하고 있다가 내가 신호를 보내면 바로 오우거

들을 대상으로 네 능력을 발휘해야 해.'

─상태 이상과 혼란을 유발하라는 말은 벌써 몇 번이나 들었다고요.

'좋아. 그리고 마누!'

─전 뭘 하면 되는데요?

'내가 신호를 하면 전력으로 전격을 대상에 쏘면 돼.'

─알겠어요.

이제 준비는 끝났다. 나서야 할 때를 기다리며 지켜보는 것만 남았다.

한창 번식 행위를 즐기다가 방해를 받은 오우거들은 잔뜩 화가 났다. 한 주먹도 안 되는 오크 놈들이 나무 뒤에 숨어 있다가 작은 꼬챙이로 발과 다리는 물론 사타구니 사이의 음부를 수시로 공격한 것이다.

일단 눈에 띄는 족족 잡아 죽이기는 했지만 놈들은 몸통 박치기로도 한 번에 부러뜨릴 수 없는 거대한 나무의 뒤쪽이나 위에 올라가서 기다리고 있다가 작은 꼬챙이를 던져 아프게 만들었다.

고통도 고통이지만 그동안 잡아먹히는 것이 두려워서 며칠에 한 번씩 먹을 것을 알아서 바쳐 온 놈들이 자신들을 공격한다는 사실에 열이 받았다.

특히 보스인 암컷 오우거는 더욱 화가 나 있었다. 그동안 번식 행위의 즐거움을 모르고 살다가 얼마 전에 나타난 젊은 수컷 오우거들과 즐거운 시간을 보내고 있는데 방해를 받은 것이다.

오크들은 번식 행위에 정신을 팔고 있을 때 꼬챙이를 던져 공격을 했는데, 한쪽 엉덩이에 꼬챙이가 박히는 수모를 당하기도 했다.

꼬챙이야 손바닥 길이에 불과했지만 깊이 찔리면 굉장히 아팠고 제대로 뽑히지도 않았다. 특히 부풀 대로 부푼 엉덩이에 찔렸을 때는 너무 아파서 저절로 비명이 나올 정도였다.

게다가 자신만 당한 것이 아니었다. 바깥에서 들어온 젊은 수컷들은 자신보다 약해서 꼬챙이에 더 많이 찔렸다. 꼬챙이에 찔린다고 어떻게 되는 건 아니지만 수컷들이 아파하는 것을 보니 화가 머리끝까지 치밀어 올랐다.

안 그래도 며칠 동안 계속 그 짓을 하느라고 배도 고팠는데 잘됐다는 생각이 들었다. 놈들을 따라가면 틀림없이 주린 배를 채울 수 있을 것이다.

마침내 오크가 여섯 마리로 줄었을 때 오우거들은 오크 부락을 발견할 수 있었다.

"크와아아앗!"

오우거들은 잇몸을 드러내며 일제히 환호성을 질렀다. 부락의 중앙 쪽에 엄청난 숫자의 먹이들이 집결해 있는 것을 본 것이다.

　안 그래도 배가 고팠는데 오크들이 잔뜩 모여 있으니 회가
동할 수밖에 없었다.

보스 사냥

오우거들은 쫓던 오크들은 아랑곳하지 않고 일제히 오크들이 모여 있는 쪽으로 달리기 시작했다.

쿵! 쿵! 쿵!

거대한 몸이 바닥을 박찰 때마다 땅이 요란하게 진동했다.

오크 전사들은 도망을 치는 대신 그런 오우거들을 향해 창을 던지기 시작했다.

오우거들은 기다렸다는 듯 날아오는 창들을 쳐 내거나 수컷 오우거처럼 창이 박히는 것은 무시하고 한 팔을 들어서 눈만 가린 채 오크들을 향해 달렸다.

그렇게 질주하던 오우거들이 어느 순간 차례로 비명을 질렀다. 밟은 땅이 푹 꺼지면서 몸이 아래로 추락한 것이다.

"끄왜애앳!"

가지런히 걸쳐 놓은 통나무 위를 나뭇가지와 잎으로 덮고 마지막으로 흙으로 가린 구덩이는 허술했지만 굉장히 크고 깊었다.

무엇보다 구덩이의 바닥과 벽면에는 부러진 철제 무기의 파편이 거꾸로 박혀 있었다. 생체보호막이 있었지만 거대한 몸집만큼이나 육중한 몸무게로 인해서 그 파편들은 발바닥을 포함한 몸에 박혔다.

물론 그 정도로는 오우거에게 큰 피해를 줄 수 없었지만 고통이 문제였다. 자연계의 최상위 포식자인 오우거들은 이렇게 수많은 파편이 몸에 깊이 박힌 적도 없었고, 그 때문에 전신에서 느껴지는 격렬한 통증을 겪어 본 적도 없었던 것이다.

암컷보다 키가 2미터는 작은 세 수컷들은 거의 패닉 상태에 빠졌다. 몸이 가슴까지 빠진 상태에서 겨우 두 팔을 사용할 수 있었지만 지금 비처럼 날아오는 창 세례를 제대로 막을 수가 없었기 때문이다.

푹! 푹! 푹! 푹!

곧 오우거들의 가슴이며 목 그리고 얼굴 부위에 수십 자루의 창이 깊숙이 박혔다. 전사장 이상 계급의 오크들이 마나를 전력으로 주입해서 던진 창들이었다.

오우거의 몸집이나 능력에 비하면 대략 1미터 길이의 창은 크게 위협적인 것은 아니었지만 지금은 발바닥부터 시작해서 파편이 박힌 수많은 부위에서 시작된 통증에 정신이 거의 나간 상태였다.

"췌에액!"

주술사들이 제안한 함정이 제대로 효과를 발휘하자 사기가 오른 오크들이 일제히 오우거들을 향해 내달렸다.

오크들의 반응은 빨랐다.

그래서 발바닥과 하체 곳곳에 박힌 철편(鐵片)으로 인한 고통과 날아오는 창 세례에 공황에 빠진 오우거들은 구덩이를 벗어날 생각도 하지 못하고 자유롭게 움직일 수 있는 긴 팔을 의미 없이 휘두를 뿐이었다.

하지만 모든 오우거의 반응이 동일한 건 아니었다.

이 던전의 보스인 암컷 오우거도 미처 생각하지 못했던 함정에 빠진 상태로 오크들의 공격에 당황한 것은 마찬가지였지만 달리 보스가 아니었다.

무릎까지 내려오는 긴 팔을 뻗어 양손으로 구덩이 양쪽 바닥에 힘을 준 오우거 보스의 몸이 아주 쉽게 구덩이 밖으로 빠져나왔다.

물론 그러는 사이에 놈의 몸에 깊이 박힌 창들이 적지 않았지만 놈은 고통보다는 분노에 매몰된 상태라서 통증도 거의 느끼지 못했다.

오우거에게 오크는 손가락 하나로 눌러 죽일 수 있는 벌레에 지나지 않았다. 물론 그중에는 제법 오래 견디는 개체들도 있었지만 시간이 좀 더 걸릴 뿐 죽이는 건 어렵지 않았다.

함정에서 빠져나온 오우거는 온몸에 창이 박힌 상태지만 놀랄 만큼 민첩한 몸놀림으로 오크들을 때려죽이기 시작했다.

퍽!

얼마나 강력한 힘이 담겼는지 바람처럼 빠르게 날아간 주먹에 맞은 오크의 머리통이 멀리 날아갔지만 목 아래쪽은 그 자리에 머물러 있었다.

그렇게 가까이 접근한 오크들을 모두 때려죽인 오우거의 시선이 미처 구덩이를 빠져나오지 못하고 눈을 포함한 얼굴 전체에 창이 빼곡하게 박힌 상태로 죽어 가는 수컷들을 본 순간 오크 부락 전체가 꿈틀거리는 살기에 함몰되었다.

성욕이 성욕이라는 것도 느끼지 못하고 좁은 던전에서 항상 외롭게 지내 온 보스에게는 그야말로 새로운 세상을 알게 해 준 소중한 수컷들이었다.

그런 수컷들이 언제든 잡아먹을 수 있는 벌레와도 같은 오크들에게 고통스럽게 죽어 가는 모습을 본 오우거 보스의 눈이 돌아갔다.

"크라라랏!"

오크들의 심혼은 물론 육체까지 굳게 만드는 무시무시한 피어가 울려 퍼지더니 오우거의 살기 어린 붉은 눈이 오크들을 향했다.

오크들은 속절없이 죽어 갔다. 빛나는 무기도, 오러로 형상화된 검기도 미쳐 버린 보스에게는 소용이 없었다.

전사장 계급 이상의 오크 100여 마리가 주술사가 건 주술로 공포에 면역되고 능력이 1~2할 높아진 상태로 공격했음에도 보스는 끄덕도 하지 않았다.

족장 둘을 포함해서 거의 모든 전사장이 죽어 나갔지만 그동안 오크들이 한 일은 오우거 보스의 한쪽 발목을 끊어 낸 것이 전부였다.

하지만 남은 족장과 전사들 그리고 주술사들은 죽음을 두려워하지 않았다.

이미 광역 주술을 시전한 상태이기도 했지만 저 오우거에게서 도망친다는 것은 불가능하다고 판단했기 때문이다.

하지만 암컷들과 강건한 새끼들은 도망을 치게 했다. 암컷과 새끼만 살아남으면 죽어도 죽는 것은 아니었다.

하지만 수컷 오우거들이 사경을 헤매는 것을 본 오우거 보스는 그런 오크들을 살려 둘 생각이 전혀 없었다. 주변에 널려 있는 나무 등 움집의 잔해는 물론이고 심지어 자신의 몸에 박힌 날붙이를 빼내어 무시무시한 힘으로 던지기 시작했다.

도망치기에 급급한 오크 암컷들과 새끼들은 오우거가 던

진 물건이 맞아 몸이 터져 나가는 등 비명횡사하고 말았다.

그 모습을 본 주술사들이 이를 갈았다. 그리고 살아남은 전사들을 시켜서 죽은 족장들과 대전사장들의 몸에서 마정석을 적출해 오도록 시켰다.

주술사들은 그 마정석들을 절구처럼 생긴 돌 안의 구멍에 집어넣고 목걸이에 매달린 뼛조각에 자신의 팔목을 그어 나오는 핏물을 가득 담았다.

그리고 주술사들이 그 앞을 둘러싸고 일제히 주문을 외웠는데, 주술사들의 몸에서 붉은 안개가 빠져나와 돌절구로 향했다.

얼마 후 주술사들은 마치 뼈가 사라진 것처럼 차례로 바닥에 허물어졌다.

마지막까지 남은 오크 족장은 기다렸다는 듯 돌절구 안에 있는 액체를 한 모금 마셨고 뒤이어 살아남은 전사들도 그 행렬에 동참했다.

사방으로 도망치는 암컷들과 새끼들을 나무나 날붙이를 던져 죽이는 데 정신이 팔렸던 오우거 보스는 더 이상 눈에 띄는 오크가 보이지 않자 살아남은 오크들에게로 눈을 돌렸다.

그런데 상황이 방금 전과 달라졌다.

오우거 보스의 큰 눈이 튀어나올 듯 커졌다. 놈의 눈에는 거의 5미터에 육박하는 거체를 가진 오크와 그보다는 조금

작지만 기존의 오크보다 세 배가량 거대한 몸집을 지닌 오크들이 보였다.

"추에에엑!"

오크 족장이 투기를 폭발시키는 워크라이를 내지르자 살아남은 모든 오크들이 오우거를 향해 쇄도했다.

거대해진 오크들은 하나같이 선명한 검기를 사용할 수 있었는데 특히 족장의 경우 검 형상을 한 유형화된 오러를 생성했다.

당연히 전처럼 오우거의 주먹에 맞아 몸이 터지고 으스러져 날아가는 오크는 없었다. 사용할 수 있는 마나의 양이 급증한 것만큼 민첩성도 놀라울 정도로 높아진 것이다.

물론 몇 마리는 그럼에도 불구하고 오우거의 주먹에 맞아서 엉망이 된 채 수십 미터 밖으로 날아갔지만 나머지는 오우거에게 접근할 수 있었다.

푹! 푹!

쓰걱! 쓰걱!

대전사장에 근접하는 검기를 발현한 오크 전사들은 몸이 거대해진 만큼 이제까지는 공격할 수 없었던 허리 이상까지 찌르고 벨 수 있었다.

오우거의 하체는 순식간에 피투성이가 되었다. 원래 아킬레스건이 끊어졌던 발목은 아예 잘려 나갔고, 다른 발목도 연속된 검기 공격에 반쯤 잘려서 오우거는 제대로 균형조차 잡지 못했다.

'잘못하면 오크들이 이기겠네.'

가온은 그렇게 생각을 했지만 오우거 보스가 풍차처럼 긴 두 팔을 휘둘렀다.

아무리 단시간에 능력이 급격히 올라간 오크들이지만 오우거의 주먹은 그대로 맞기에 너무 위험했다. 당연히 오크들은 놀라울 정도로 기민하게 뒤로 물러났다.

오크들은 오우거를 죽일 수 있다고 생각했는지 만면에 흉측한 미소를 지었지만, 하늘에서 오우거를 지켜보고 있던 가온은 깜짝 놀랐다.

'재생한다!'

오우거의 전신에서 아지랑이처럼 어떤 기운이 흘러나오는가 싶더니 검기에 찔리고 베인 상처는 순식간에 메워지고 반쯤 끊어진 발목도 감쪽같이 정상으로 돌아갔다.

오우거는 본래 트롤만큼은 아니지만 강력한 재생력을 가졌다는 사실은 알고 있었다. 하지만 이렇게 강력한 재생력을 가진 줄은 몰랐다.

물론 그럼에도 불구하고 아직 몸에 박혀 있는 날붙이는 많았다. 박힌 상태로 부러졌거나 빼내기에 어려운 부위에 박혀 있는 것들인데 출혈 때문에 굳이 빼내지 않는 것 같았다.

그렇게 한쪽 발목이 정상으로 돌아온 오우거는 이전과 달리 맨손이 아니라 주위에 흩어져 있는 죽은 오크들의 무기들을 던지기 시작했다.

거대화된 오크의 동체 시력으로도 날아오는 무기를 볼 수 없었기 때문에 무기 투척을 피할 수 있는 오크는 거의 없었다.

오크 족장은 오크들이 오우거에게 접근조차 하지 못하고 속절없이 무기에 맞아 죽어 나가자 전신에서 검붉은 기운을 뿜어내더니 마치 포탄처럼 빠르게 오우거를 향해 날아갔다.

'헉! 제대로 된 오러 블레이드라니!'

오크 족장이 들고 있는 대도는 본래 2미터 길이였지만 지금은 거의 3미터에 육박했는데 앞쪽의 1미터는 철이 아니라 도신으로 유형화된 오러였다.

푹!

바닥에 떨어져 있는 무기들을 주워 던지는 데 집중하고 있던 오우거는 포탄처럼 날아오는 오크의 공격을 피하지 못했다.

'아쉽네!'

오크 족장의 오러 블레이드는 본래 심장을 노렸지만 마지막 순간에 오우거가 살짝 몸을 틀어서 명치 부위에 깊이 박혔다.

빠악!

오크 족장은 손목을 돌려 오우거의 몸에 박힌 오러 블레이드로 몸 안을 엉망으로 만들려고 했지만, 고통에도 불구하고 상황을 제대로 파악하고 있는 오우거의 주먹을 먼저 날아왔다.

머리통이 박살 난 오크 족장의 몸이 비틀거리며 뒤로 물러나자 오우거 보스는 거대한 손바닥을 위에서 아래로 후려쳤다.

손등까지 땅을 파고 들어간 오우거의 손가락 사이로 핏물이 솟아 나왔다. 거대화로 오러 블레이드까지 사용할 수 있었음에도 오우거에게는 상대가 되지 않았다.

물론 그 틈을 이용해서 공격하는 오크들이 없는 것은 아니지만 분노에 매몰된 오우거는 신경을 쓰지 않았다.

분노가 고통을 느끼지 못할 정도로 커진 것이다. 식량에 불과했던 하찮은 존재들로 인해서 소중한 수컷들이 죽어 가고 자신 또한 죽을 뻔했다는 사실에 격분했기 때문이다.

하지만 오크들은 그런 오우거를 보고도 도망치지 않았다. 광기에 빠진 놈들의 머릿속에는 오직 상대를 죽이고야 말겠다는 생각밖에 없는 것이다.

퍽! 퍽! 퍽!

그렇게 싸울 수 있는 오크 모두가 오우거에게 참혹하게 죽임을 당했다.

오우거의 분노가 얼마나 컸는지 멀쩡한 사체가 한 구도 없었다. 아직도 화가 가라앉지 않은 놈은 죽은 오크들에게 편손바닥을 날려서 납작하게 짓이겨 버렸다.

예자동으로
히든랭커

더 이상 움직이는 오크들을 발견할 수 없게 되자 오우거의 분노가 가라앉았다. 그리고 흥분과 광기로 인해 미처 느끼지 못했던 격렬한 고통과 탈력감을 느끼기 시작했다.

쿠웅!

오우거는 피가 흥건한 바닥에 쓰러지듯 주저앉았다. 잠력까지 폭발시켰기 때문에 지금은 전신에 힘이 하나도 느껴지지 않았다.

하지만 걱정할 것은 없었다. 잠시 쉬다가 죽인 오크들로 배를 채우고 조금 힘이 나면 예전에 지내던 호수로 가서 며칠 자고 나면 원래대로 몸이 회복될 것을 알고 있었다.

그런데 어느 순간 풀어졌던 감각이 당긴 것처럼 팽팽해졌다.

슈욱! 슈욱!

수많은 창들이 날아오기 시작했다.

하지만 피하거나 쳐 낼 수는 없었다. 몸이 어떤 반응을 하기 전에 이미 지척까지 날아왔기 때문이다.

푹! 푹! 푹! 푹!

순식간에 오우거 보스의 몸은 날아오는 창들에 의해서 고슴도치처럼 변했다.

그것이 전부가 아니었다. 몇 번 자신을 찾아온 인간들 중 몇이 사용했던 마법 공격도 가해졌다.

마나가 사라질 때까지 꺼지지 않는 마법의 불덩이들이 수

차례 오우거에 격중했고 돌개바람에 의해서 전신을 휘감았다.

참을 수 없는 열기에 살이 익는 고통에 바닥에라도 몸을 구르려고 할 때였다. 갑자기 바닥의 흙들이 단단하게 뭉쳐 빠르게 솟구치며 화상을 입어 순간 연약해진 엉덩이를 깊이 찔렀다.

오우거는 참을 수 없는 격렬한 고통과 분노에 입을 크게 벌렸다.

"크라라랏!"

다시 한번 분노의 힘을 일으키려고 분노의 고함을 내지른 오우거의 큰 눈이 껌벅였다.

'왜?'

몸에 힘이 제대로 들어가지 않는다. 일어나는 가벼운 동작마저 너무 힘에 겨웠다.

놈은 이것이 녹스가 살포한 독 때문이라는 사실조차 인식하지 못했다. 분노로 인해서 정령의 존재를 인지하지 못한 것이다.

또다시 꼬챙이들이 날아왔지만 이번에는 눈으로 보면서도 꼼짝도 할 수 없었다. 할 수 없이 눈을 감았다. 눈만큼은 보호해야 했기 때문이다.

푹! 푹! 푹!

몸이 불길에 휩싸인 상황이라서 그런지 이전보다 훨씬 더 강렬한 고통이 느껴졌다.

오우거 보스는 처음 경험하는 상황에 미칠 것 같은 공포를 느꼈다.

몸에 힘이 들어가지 않다니. 가는 꼬챙이가 온몸에 가득 박히긴 했지만 급소에 박힌 건 거의 없었다.

그런데 팔도 다리도 제 마음대로 움직일 수가 없다. 몸이 한없이 무거워졌다. 시야도 빙글빙글 돌아가서 제대로 보이지도 않았고, 분명히 죽기 직전이던 세 수컷이 자신을 향해 달려오는 모습에 두 팔을 벌렸지만, 잡히는 건 아무것도 없었다.

뭔가 다가오고 있는 감각에 어떻게든 정신을 차리려고 애썼지만, 이마에서 화끈한 감각이 느껴지며 전신이 짜릿짜릿해지며 의식이 급격히 흐려졌다.

⁂

'앙헬과 녹스가 제대로 역할을 수행했네.'

힘이 빠진 오우거가 마치 뭔가 환상을 보는 것처럼 허우적거리는 모습을 확인한 가온은 이제 자신이 나설 때임을 확인했다.

빠르게 하강을 하는 가온의 양손 중지가 오우거 보스의 머리통을 향했다.

가온은 익숙한 마나로드를 따라 1천씩에 달하는 마나를 손가락 끝에 모아서 압축시키는 동시에 뇌전기를 섞었다.

'어떤 위력을 보이려나?'

지치고 중독이 된 상태에다가 환상에 빠져 있는 오우거 정도는 마나탄만으로도 처리할 수 없을 것이 분명했다. 그래서 문득 떠오른 생각을 구체화시켰다.

마나탄에 뇌전기를 섞는 시험을 해 보기로 한 것이다. 전신에 100여 자루의 창이 박혀 있는 놈은 지금 거의 무방비 상태이기에 시험 상대로는 안성맞춤이었다.

팟! 팟!

양손 중지를 떠나는 마나탄은 이전과는 달랐다. 시퍼런 전격이 흐르고 있었다.

퍽! 퍽!

달리 보스가 아닌지 가온이 10미터 상공까지 접근하자 흐리멍덩했던 눈에 순간적으로 빛이 들어오며 머리를 위로 쳐든 오우거 보스의 이마로 마나탄이 파고들었다.

츠즈즈즛!

마나탄이 두개골을 뚫고 뇌를 곤죽으로 만드는 것과 동시에 시퍼런 뇌전이 혈류를 타고 전신을 치달렸다. 마침 온몸에 박힌 창의 재질이 철이라서 그 흐름은 더욱 빨랐다.

시퍼런 뇌전에 감싸인 오우거는 그 자세 그대로 뒤로 넘어갔다. 그리고 얼마 후 통방울처럼 크게 뜬 눈 밖으로 방출되

던 전격이 사라졌지만 눈의 움직임은 멈추었다,

영원히.

'혼자가 아니라는 것이 이렇게 든든할 줄 몰랐네.'

적어도 레벨이 400이 넘을 것 같은 오우거 보스를 이렇게 쉽게 사냥할 수 있을 줄은 몰랐다. 여러 이유가 있겠지만 가온은 녹스와 앙헬의 도움이 가장 크다고 생각했다.

가온은 수컷 세 마리부터 시작해서 곤죽이 된 오크들과 보스의 사체를 대상으로 파워 드레인을 마쳤다.

'엄청나네!'

얼마나 많은 마나를 흡수했는지 몸이 벌벌 떨렸다.

그 과정에서 특별한 경험도 했다. 주술사들이 조제한 붉은 액체를 먹고 거대화를 한 오크들에게서 엄청난 마나를 흡수한 것이다. 거의 후와 보스에 근접할 정도의 마나 양이었다.

'이제 차원석만 챙기면 되겠네.'

오크가 식량으로 삼는 모든 것들을 없애는 과정에서 차원석을 찾았지만 보이지 않았다. 라이라는 차원석이 오크의 제단 위에 있다고 했지만 없었던 것이다.

그 생각을 하는 순간 오우거 보스의 한쪽 귀에서 둥근 물건이 떨어졌다.

'이건 차원석이잖아!'

어쩐지 그렇게 찾아도 안 보이더니 보스가 아예 차원석을 귓속에 집어넣고 다녔던 것이다.

가온이 차원석을 챙기는 순간 기다렸다는 듯 안내음이 연이어 들려왔다.

–등급과 위험도가 대폭 상승한 변이 던전을 완벽하게 클리어하는 위업을 세웠습니다! 해당 던전은 이제 등급이 다운됩니다! 보상으로 칭호, 스킬, 아이템을 획득합니다!
–레벨이 12 상승합니다!
–던전 브레이크의 위험성을 고려해서 루가 50만 명예 포인트를 지급합니다!

가장 먼저 던전이 재생성된다는 안내음에 이맛살을 찌푸렸던 가온은 이어지는 내용에 입꼬리가 올라갔다.
'미쳤다!'
보스이기는 하지만 오우거 한 마리를 막타로 처리했는데 레벨이 무려 12가 올라서 339를 찍었다. 현재 초랭커의 레벨이 120이 채 안 되니 얼마나 비현실적인 레벨인지 짐작할 수 있었다.
거기에 무려 50만 명예 포인트라니 들인 노력에 비해 보상이 정말 엄청났다.
'변이 던전이었구나.'
아마 스무 마리의 오우거가 던전에 들어왔기 때문에 변이 던전이 된 모양인데 그게 엄청난 보상의 이유일 것이다.

투창과 안전을 위해서 오크 부락 주위의 나무 위로 올라갔던 대원들이 환호성을 지르며 나무에서 내려오는 중이라서 간단하게 보상을 확인할 시간은 있었다.

칭호는 '숙련된 오우거 사냥꾼'으로 이전에 획득했던 '오우거 슬레이어'의 강화판으로 오우거를 대상으로 3할의 전투력을 높여 주는 효과가 있었다.

'이건 예상했고.'

기대하는 건 스킬과 아이템이다.

변신

등급 : A

상세

−원하는 대상으로 완벽하게 변신할 수 있으며 본신의 능력을 그대로 사용할 수 있다.

−변신한 대상의 진혈을 복용한 경우에는 대상이 사용하는 언어 등 대상의 동족과 의사소통이 가능하다.

−1레벨인 경우 변신의 유지 시간은 30분이며 진혈의 복용 횟수와 레벨업에 따라서 변신의 유지 시간이 길어진다.

등급은 A였지만 거대화와 유사하면서도 아주 활용도가 높은 스킬이라 만족했다.

'암살은 물론이고 자중지란을 유도하는 등 사용하기에 따라서 효율이 아주 높은 스킬이야!'

마지막 아이템은 두 개였는데 하나는 예상했던 대로 변신의 토대가 되는 '오우거의 진혈'이었다. 내용을 살펴보니 후와의 것과 지속 시간이나 내용이 비슷했다.

그런데 다른 하나는 놀랍게도 '오크의 진혈'이었다. 그동안 오크를 사냥한 적이 한두 번이 아니었는데 처음으로 나온 것이다.

'오크도 진혈이 있어?'

이 던전의 오크라고 해서 그리 특별하지는 않다고 느낀 가온의 의아했지만, 마지막에 거대화 스킬을 펼쳤던 사실을 떠올리고 고개를 끄덕였다.

'거대화 스킬을 펼칠 수 있는 좋은 진혈을 가지고 있는 모양이네.'

가온은 바로 오우거와 오크의 진혈을 차례로 복용했는데, 근섬유가 더욱 질겨지고 증가하는 변화를 제외하고 딱히 큰 변화는 없었다.

보상을 모두 확인한 가온이 달려오는 대원들을 맞이하러 걸음을 옮겼다.

"끼아아악!"

한 것도 별로 없이 레벨업을 포함한 푸짐한 보상을 받은 플레이어들이 일제히 환호성을 지르며 방방 뛰는 모습이 눈에 들어왔다.

그런데 예상하지 못한 일도 있었다. 허공을 보며 믿어지지 않는다는 듯 어리둥절한 얼굴을 하고 있던 탄 차원 출신 대원들의 모습이 보인 것이다.

'탄 차원인들도 보상을 받았다!'

등급이 높아진 변이 던전이라서 그런지 탄 차원 사람들도 클리어 보상을 받은 것이 틀림없었다.

유적 던전이 아닌 자연 던전의 경우 탄 차원인들은 마정석이나 아이템을 제외하고는 별다른 보상이 없다고 알고 있었는데, 그게 아닌 모양이다.

아무튼 기한 내에 던전을 클리어해서 다행이다. 만약 이 던전이 터졌다면 테라스 시티는 물론이고 최소한의 방어 병력밖에 없는 수도마저도 큰 피해를 입었을 것이다.

아마 그래서 루가 무려 50만 명예 포인트를 선물했을 것이다.

'어떤 보상을 받았는지 확인 좀 해 볼까.'

다들 입이 귀에 걸린 얼굴을 하고 있어서 기대가 되었다.

"대장님, 혹시 갓 상점과 명예 포인트에 대해서 알고 계십니까?"

놀란 얼굴로 달려온 마론이 탄 차원 대원들을 대표해서 물었다.

"나도 확실한 건 모릅니다. 갓상점은 우리가 사는 세상과 이계인들이 사는 세상을 포함한 거대한 세상을 두루 넘나드는 초월적인 존재들이 만든 상단이며, 명예 포인트는 갓상점을 이용할 수 있는 자격이자 화폐에 해당한다는 정도만 알고 있습니다."

"그, 그럼 우리도 이 포인트라는 것으로 갓상점에서 뭔가를 구입할 수 있다는 겁니까?"

퍼슨이 여전히 이해가 안 간다는 얼굴로 물었다.

"그렇습니다. 내가 이용해 본 경험으로는 명예 포인트로 스킬을 구입해서 이계인들처럼 별도의 수련 없이 익힐 수 있고 심지어 희귀한 마수나 몬스터를 팔 수도 있습니다."

"그럼 대장은 이미 알고 있었던 거네?"

"맞아."

가온은 패터의 질문에 고개를 끄덕였다.

"혹시 대장님은 갓상점에서 뭘 구입했는지 알 수 있을까요?"

"최근에는 쾌보 스킬을 구입했고 여러분에게 준 정령석을 구입한 적이 있습니다. 시중가에 비해 절반 정도에 불과하더군요. 참고로 1명예 포인트는 대략 40골드 정도의 가치를 가지고 있습니다."

세르나의 질문에 가온이 그렇게 대답하자 사람들의 눈이 커졌다.

"그, 그럼 이번에 받은 120포인트가 4,800골드의 가치가 있다고?"

"세상에! 이런 게 존재하고 있었다니!"

"그럼 대장님처럼 규격을 벗어난 존재들은 일찍부터 갓상점을 이용하고 있었다는 거 아니야?"

"당장 갓상점을 열어 볼까?"

대원들의 반응은 생각보다 열광적이었다. 믿기 힘든 내용이었지만, 이미 가온이 경험했고 실제로 이용했다고 하니 쉽게 받아들였고, 포인트만 있으면 얼마든지 위력적인 스킬을 구입해서 쉽게 익힐 수 있다고 생각한 것이다.

"그런데 여러분이 본 내용이 정확히 어떻게 됩니까?"

가장 빠르게 흥분을 진정시킨 마론에게 물었다.

자신의 경우 처음으로 획득한 명예 포인트가 3,200이었고 1만 포인트가 있어야 사용 가능한 갓상점을 이용할 수 있었다.

"120명예 포인트를 획득했다는 내용과 1천 명예 포인트를 얻은 준영웅만이 사용 가능한 갓상점을 이용할 수 있는 자격을 획득했다는 내용이었습니다."

자신이 본 홀로그램의 내용과 분명히 차이가 있었다. 그의 경우 준영웅이 아니라 영웅이었다.

거기까지 확인했을 때 여전히 흥분한 얼굴을 하고 있는 플레이어들이 이쪽으로 오는 모습이 보였다.

"지금은 던전에 나가는 것이 먼저입니다. 갓상점에 대한 건 나가서 확인해도 늦지 않으니 다들 진정하십시오."

가온의 말에 대원들은 억지로 흥분을 가라앉혔다. 대장의 말대로 지금은 일단 던전을 빠져나갈 시간이었다.

"자, 빨리 마정석부터 적출하자고!"

퍼슨의 말에 대원들은 꿈을 꾸고 난 얼굴이었지만 빠르게 움직였다. 마침 오우거들이 오크들을 거의 짓이겨 둔 덕분에 마정석을 찾는 것은 그리 어렵지 않았다.

물론 가치가 있는 건 오우거들에게서 적출한 상급 및 등급 외 마정석들밖에 없었다. 오크들의 경우 등급이 높은 마정석은 없었다.

그사이에 보상을 확인한 플레이어들이 달려왔다.

"대장님, 감사합니다!"

콜 일행이 가장 먼저 달려와서 감사한 마음을 전했다.

"좋은 보상이 나온 모양입니다?"

"네. 기대한 것 이상의 보상을 받았습니다. 정말 감사합니다."

평소에 거의 말이 없던 드골이 잇몸을 드러내며 웃을 정도로 보상이 큰 모양이다.

그런데 인사를 하는 폼이 한 일이 비해서 과한 보상을 받아서 고마워하는 것만은 아닌 것 같았다.

"초대형 던전에 들어가면 따로 행동하겠군요?"

"네, 아무래도……."

"저희도 온 클랜과 헤어지는 건 너무 아쉽고 슬프지만 저희를 지원하는 그룹과의 계약 때문에 어쩔 수 없습니다."

콜과 드골의 대답을 들어 보니 역시 생각한 대로 초랭커들
은 초대형 던전에서 따로 할 일이 있는 모양이다.

"차원 통로는 쉽게 발견할 수 있는 겁니까?"

"저희들도 잘 모르겠습니다. 하지만 일단 초대형 던전에
진입하면 안내인이 기다리고 있다고 하니 이미 차원 통로를
확보한 것이 아닐까 추측을 하고 있습니다."

"자세히 아는 것이 아니라서 따로 할 말은 없지만, 아르테
미 차원이라는 곳에서 사냥이나 용병과 같은 활동을 한다고
했죠?"

"그런 것으로 알고 있습니다."

"그럼 바로 건너가지 말고 초대형 던전에서 실력을 최대한
높이세요. 이해하기 힘들지만 그곳에 거대한 위험이 있기에
그대들이 사는 차원에서도 그대들을 아르테미로 보내려고
하는 거 아닙니까. 그러니 최대한 시간을 끌면서 레벨업을
한 후에 차원 통로를 이용하세요."

"……감사합니다, 대장님."

콜 일행은 진심 어린 가온의 조언에 감복한 얼굴로 허리를
깊이 숙였다.

"대장님을 만난 건 힘이 별로 없는 배경을 둔 저희에게 찾
아온 최대의 행운이었어요."

무조의 말은 진심이었다. 강대한 세력의 지원을 등에 업고
먼저 앞으로 치고 나간 초랭커들과 달리 그들을 선발한 세력

으로부터 제대로 지원도 받지 못하고 빌빌거리던 자신들이, 초랭커들 중에서도 수위권에 포함된 것은 모두 가온의 도움 덕분이었다.

"언젠가 다시 만나면 꼭 보답하겠습니다."

"하하하. 아직 헤어진 건 아닙니다. 나가서 이별주라도 마십시다."

"네, 대장님. 언제나 저희가 온 클랜원이었다는 것을 자랑스럽게 기억하겠습니다."

인사를 하는 폼을 보아하니 던전을 나가는 즉시 초대형 던전으로 움직일 작정인 것 같았다.

'아쉽긴 하네.'

검광 완숙자 실력이기는 했지만 꽤나 도움이 많이 되는 세 사람이다. 셋이 빠진다고 생각하니 안 그래도 소수 정예를 표방하는 온 클랜의 전력이 약화되는 것 같아서 아쉬웠다.

새로운 대원들

던전 밖으로 나오니 헤튼을 포함한 행정관들과 왕실 3기 사단의 기사들이 기다리고 있었다.

"온 경, 성공할 줄 알았습니다!"

로헤트가 먼저 가온 일행을 반겨 주었다.

"운이 좋았습니다."

"운은 무슨! 오크들도 그렇지만 스무 마리가 넘는 오우거들을 어떻게 운으로 사냥할 수 있겠습니까."

"로헤트의 말이 맞소. 소문이라는 것이 항상 과장되기 마련이고 오우거들과 오크들을 사냥하기에는 너무 인원이 적어서 걱정했는데, 정말 오우거 던전을 클리어하다니 정말 대단하오."

처음에 봤을 때 심각한 얼굴을 하고 있었던 것과 달리 환한 얼굴을 하고 있는 헤튼이 가온의 손을 붙잡으며 말했다.

"던전 등급이 다운되었다는 안내음을 들었는데, 들으셨습니까?"

던전의 재생성과 소멸이 되는 조건을 알 수 없어서 답답했다.

"그렇소. 하하하! 소멸되지 않은 것은 유감이지만 이제 던전 클리어가 한층 더 쉬워지겠구려. 정말 수고했소. 이건 점보 던전의 입장에 필요한 서류이니 한 부씩 받으시오."

헤튼이 준 서류는 두 가지로 하나에는 왕실에서 '점보'라는 이름을 붙인 초대형 던전의 위치가 나타나 있는 지도였고, 다른 하나는 입장권에 해당했다.

"서류에 기재된 신상과 다를 경우 점보 던전에 입장할 수 없으니 조심하시오. 그런데 정말 라이라가 들어갔었소?"

헤튼의 말에 라이라가 앞으로 걸어 나와서 고개를 숙여 인사를 했다. 아마 그녀가 던전에 들어간 것이 그동안 요새에서는 큰 화제였던 모양이다.

"그렇구려. 그렇게 복수를 하고 싶어 했는데 온 경을 만나서 성공했군. 아! 내무부 대신께서 만나고 싶다고 하시는데, 어쩌시려오?"

"저를 말입니까?"

"그렇소. 이런 혼란한 시국만 아니어도 국왕 폐하께 큰 상을 받을 공을 세운 경과 온 클랜이 아니오. 비록 지금은 폐하께서 깊은 병을 앓고 있어서 보상을 제대로 받지 못하는 상황이지만, 내무부 대신이신 시아킨 후작 각하께서 대신 상을 내리실 생각인 것 같소."

가온은 거부할 수 있으면 거부하고 싶었다. 실제로는 플레이어인 그가 일국의 내무부 대신을 만나 봐야 무슨 소용이 있단 말인가.

하지만 상을 내린다는 말에 고민할 수밖에 없었다. 그는 몰라도 대원들은 상을 받을 자격이 있었다.

의뢰를 받아서 수행한 일이지만 레드 스네이크부터 시작해서 이 오우거 던전까지 참으로 어려운 임무를 완수했다. 이 세계의 유일한 신인 루가 연속으로 명예 포인트를 선사할 정도의 큰 업적들이었다.

"각하께서는 지금 알카스 소산맥에 출현한 트롤 무리의 토벌을 지휘하기 위해서 자리를 비운 상태라서 열흘 후에는 만나 뵐 수 있을 것이오. 온 클랜도 그동안 제대로 쉬지 못한 것 같으니 쉬면서 정비를 하면 될 것 같은데, 어떻소?"

뭐 딱히 정비를 할 필요는 없는 것 같지만 이제 클랜에서 빠져나가는 콜 일행을 생각하면 전력을 보충할 필요는 있었다.

초대형 던전은 이 오우거 던전보다 훨씬 흉험한 장소일 테니 말이다.

나름대로 전력을 보충할 방안을 생각해 두긴 했다.

'생각한 대로만 풀린다면 전력의 누수는 걱정하지 않아도 될 거야.'

그러려면 시간이 필요하기는 했다. 그래서 헤튼의 제의를 받아들이기로 결정했다.

"알겠습니다."

"수도 1구에 바얀트라는 여관이 있소. 왕실에서 운영하는 곳인데, 내 직권으로 열흘 동안 숙박할 수 있도록 조치를 해둘 테니, 그곳에서 묵으면서 기다리면 될 것 같소. 경비는 내무부에서 책임지는 것이니 마음 놓고 푹 쉬도록 하시오."

보아하니 왕실의 손님들을 위해 운영하는 여관 같은데 무료라니 더 마음에 들었다.

"오늘은 늦었으니 이곳에서 보내고 내일 새벽에 수도로 출발하면 될 것 같소. 이따가 간단하게 술 한잔합시다. 아무튼 경 덕분에 나와 동료들은 물론이고 테라스시와 수도까지 안전해졌으니 참으로 다행한 일이오."

"네. 그럼……."

아직 할 일이 남았는지 돌아가는 헤튼 일행을 마중한 가온은 이계인들을 불렀다.

"온 대장님 덕분에 좋은 경험을 했습니다. 참으로 신묘한 계책이었습니다."

"정말 대단합니다. 온 대장의 실력도 굉장했지만 뛰어난 전략가의 면모를 확인할 수 있었소. 언제고 우리 용병단과 함께 큰일 한번 합시다!"

플레이어 두 무리를 이끄는 칼 융과 반 홀랜드가 웃으며 다가왔다.

"운이 좋았습니다. 이건 점보 던전에 입장할 수 있는 서류입니다. 서류에 기재된 신상과 다를 경우 던전에 입장할 수 없다고 하니 참고하십시오."

"네. 명심하겠습니다."

각각 여섯 장과 다섯 장의 서류를 받은 두 사람의 얼굴에 숨길 수 없는 환희의 표정이 떠올랐다.

"그리고 점보 던전의 위치는 여깁니다."

던전의 위치가 기재된 지도를 보여 주자 예상한 대로 두 사람은 금방 고개를 끄덕였다. 이미 위치는 알고 있다는 것을 의미했다.

"이건 의뢰비입니다. 거듭 감사드립니다."

두 사람이 다투어 골덴이 가득 들어 있는 묵직한 돈주머니를 건네주었다.

온 클랜은 이번 던전 클리어로 개인적으로 얻은 것들도 많았지만, 금전만 해도 무려 11만 골드를 벌어들였다.

"점보 던전에는 따로 들어갈 생각이시죠?"

"그렇습니다."

개인별로 던전 입장권이 나온 만큼 어차피 같이 들어갈 필요는 없었다.

"그럼 점보 던전에서 원하시는 바를 이루십시오."

"대장님 역시 스승님을 만나시길 바랍니다."

"온 대장, 우리도 트롤 사냥이 끝나면 점보 던전에 들어갈 것이니 그곳에서 봅시다."

"그러지요."

인사와 함께 물러났던 두 사람은 일행과 함께 다시 와서 인사를 하고는 바로 떠났다.

반 홀랜드야 바로 알카스 소산맥으로 달려갈 테고, 나머지 플레이어들은 적당한 곳에서 로그아웃을 할 요량일 것이다.

다음 날, 간단한 신분 확인만으로 수도에 입성한 온 클랜이 찾아간 여관 '바얀트'는 굉장했다.

넓은 부지에 열 동의 별관이 있는데 별관마다 크기는 달랐지만, 최소한 방이 열 개가 넘었다. 거기에 지상과 지하 연무장은 물론 각 방마다 욕실까지 구비되었고 전담 하인들만 다섯 명이나 되었다.

"수도에 저택이 따로 없는 지방 귀족들이 왕실에 볼일이 있어 올라왔을 때 묵는 고급 여관인 것 같습니다."

"맞아요. 주로 영지가 없는 단승 귀족들이나 공을 세우고 왕실의 부름을 받은 기사들이 묵는 곳이에요. 운영도 왕실에서 하고요."

퍼슨의 짐작에 라이라가 설명을 해 주었다.

"대장, 앞으로 열흘 동안은 어떻게 할까요?"

"뭘 물어, 당연히 수련을 해야지. 다들 갓상점에 접속해 봤지? 첫 구매 특전을 사용해서 자신에게 꼭 필요한 스킬을 골라서 익혀야지."

퍼슨의 말에 물어봤던 패터가 볼멘 표정이 되었다. 슬쩍 사냐 쪽을 쳐다보는 것을 보니 데이트라도 하려고 했던 모양이다.

"일단 오늘과 내일 이틀은 자유롭게 쉬도록 하지요. 던전 안에서도 꾸준히 수련을 했었고, 휴식도 수련의 일부니까요."

패터의 마음을 짐작한 가온이 그렇게 말하자 수련을 강조했던 퍼슨도 슬며시 웃었다.

사실 던전에서 클랜원들이 한 일은 그리 크지 않았다. 그곳에서도 거의 수련으로 시간을 보냈다.

그리고 수도는 쉽게 올 수 없는 만큼 구경도 하고 쇼핑도 하고 싶은 차라 가온의 말에 기쁠 수밖에 없었다.

"아! 로에니는 마탑에 들러서 요즘 출시되었다는 마통기를 좀 알아보고 구입하도록 해요."

"마통기를 살 거면 저희들도 갈게요."

헤븐힐과 매디가 기다렸다는 듯 나섰다.

"여러분이 사고를 칠 일은 없겠지만 시비를 조심하고 저녁 때까지는 돌아와서 함께 식사를 합시다."

"네!"

가온의 말에 대원들이 기다렸다는 듯 별관을 나섰다.

"라이라는 잠깐 나 좀 봅시다."

"네."

라이라는 별 표정 없이 남았지만 눈은 예전과 달리 강렬하게 빛나고 있었다.

"몸은 좀 어떻습니까?"

"몇 달만 지나면 예전 기량을 되찾을 수 있을 것 같아요. 이 모든 것이 대장님이 보살펴 주신 덕분이에요."

가온이 생각해도 라이라는 굉장히 빠르게 회복되고 있었다.

"대원들은 어떤 것 같습니까?"

"다들 좋은 분들이에요. 향상심도 뛰어나고 다들 자질이 출중한 것 같아요."

괜한 소리가 아니다. 라이라는 자신이나 기사들처럼 어린 나이부터 제대로 된 수련을 한 것도 아닌데 지금의 경지까지 올라온 대원들의 노력을 높이 샀다.

"내상이 회복되었다는 사실을 길드에서 알면 어떻게 나올 것 같습니까?"

"그쪽에서야 당연히 복귀를 종용하겠지만 은퇴할 때의 상황이 괘씸해서 그럴 마음은 추호도 없어요."

본인은 은퇴를 했다고 했지만 아무래도 정보 길드 측에서 내상을 입은 라이라를 차갑게 내친 것 같았다.

"길드에서 고아인 저를 위해 투자했던 자금은 그동안 목숨을 걸고 수행한 임무를 통해서 모두 갚았기 때문에 부채 의식이나 미련과 같은 감정은 전혀 남아 있지 않아요."

정보 길드에 별다른 미련이 남지 않았다니 온 클랜을 위해서는 다행이다.

"그래도 아직 길드에 끈이 있어요. 혹시 알아볼 거라도 있으신가요?"

대장이 특별한 정보가 필요해서 자신을 남긴 거라고 생각했는지 라이라가 그렇게 물었다.

"그건 아니고 혹시 라이라처럼 내상이 심해서 은퇴한 사람들이 더 있습니까?"

가온의 말에 라이라가 몇 번 눈을 끔뻑이더니 환하게 웃었다.

"혹시 대원을 더 영입하시려고요?"

"그렇습니다. 최소한 두세 명은 더 있어야 점보 던전에 들어가도 안심이 될 것 같군요."

왕실에서 고르고 고른 기사들과 헌터들, 용병들 그리고 정예병들로 구성된 토벌군들이 진입했지만, 아직도 클리어되지 않은 점과 콜 일행이 탈퇴한 점을 고려하면 사람이 더 필요했다.

"그리고 라이라의 같은 처지라면 믿을 수 있을 것 같기도 하고……. 아! 라이라도 마찬가지지만 치료해 준 대가로 몇 년 정도 우리 클랜을 위해 일을 해 주면 됩니다."

"있어요!"

라이라가 바로 소리쳤다.

"어떤 사람들입니까?"

"혹시 5년 이상 진행된 내상도 치료하실 수 있을까요?"

"그건 직접 확인해 봐야 정확히 알 것 같은데……."

"대장님이 말씀하신 대상에 꼭 들어맞는 분들이 있어요. 저처럼 전대장이셨던 두 분과 교관 한 분이에요. 한창 활동할 때는 1급 기사에 준하셨던 분들인데, 길드에서 내린 임무를 수행하다가 목숨은 건졌지만 안타깝게도 깊은 내상을 입고 은퇴를 하셨어요."

전대장이 둘이나 그런 처지가 되었다니 정보 길드치고는 전대의 역할이 큰 모양이다.

'그나저나 정보 길드의 역량이 높네.'

1급 기사에 준하는 이들이 무려 셋이나 된다니 무시할 수가 없었다.

"바로 데리고 올 수 있습니까?"

"물론이에요. 은퇴를 했지만 지금도 가끔 찾아오는 전대원들이나 제자들에게 이런저런 조언을 해 주시거든요. 당장 가서 모셔 올게요."

"시간이 많지 않습니다. 그리고 시간이 오래 경과한 만큼 치료가 안 될 가능성이 높다는 것도 설명해야 합니다."

"물론이에요."

라이라는 마음이 급한지 서둘러 별관을 떠났다.

여관에 혼자 남은 가온은 연공으로 시간을 보냈다. 대상이 수도에 거주하고 있기 때문에 라이라가 그들을 찾아서 데리고 오는 데는 그리 오랜 시간이 걸리지 않을 것 같아서 나갈 생각은 아예 하지 않았다.

3시간 후, 얼굴이 땀범벅이 된 라이라가 세 사람과 함께 돌아왔다.

'가능할까?'

세 사람은 보는 순간 든 생각이다. 그 정도로 세 사람의 상태가 좋지 않았다.

한 명은 두 다리가 막대기처럼 마른 채 비틀려 있어 무척 위태롭게 걷고 있었는데, 상체 역시 해골을 연상하게 만들었다.

다른 두 명은 그래도 일반인처럼 보이기는 했지만 창백한 안색이나 바싹 마른 몸 그리고 어딘지 모르게 불편해 보이는 동작으로 볼 때 치료를 장담하기 어려웠다.

'괜한 기대감을 품게 한 건 아닌지 모르겠네.'

만약 치료가 불가능하다면 저 세 사람에게 너무 미안해질 것 같았다.

하지만 가온은 그런 마음을 드러내지 않고 세 사람을 반겼다.

⊰❈⊱

데릭 터번, 40세, 검기 완숙자, 전 정보 길드 전대장, 2년 전 은퇴.

쿠엘린, 39세, 검기 완숙자, 전 정보 길드 전대장, 3년 전 은퇴.

루크, 43세, 검기 완숙자, 전 정보 길드 특작대장 겸 교관, 5년 전 은퇴.

소개받은 2남 1녀의 간단한 이력이다.

'루크의 내상이 가장 심하네.'

몸이 장작처럼 마르고 사지가 뒤틀려 제대로 걷지도, 움직이기도 힘든 사내가 바로 루크였다.

그에 반해 데릭과 쿠델린의 상태는 외관상으로는 한결 나았다. 그래도 일반인에 가까운 건강 상태를 유지하고 있으니 말이다.

하지만 문제가 없는 건 아니다. 하루에도 서너 시간에 걸쳐 온몸의 근육을 단련해 주지 않으면 근육이 금방 소실되어 버리고 신경이 마비된다고 했다.

세 사람은 강인한 의지로 어떻게든 몸을 움직이고 있었지만, 어느 순간 확 무너지면 죽을 수밖에 없는 상태였다.

"저희를 치료해 주시는 대가가 온 클랜을 위해 평생 봉사를 하는 거라고 들었습니다."

세 사람 중 가장 나이가 많은 루크가 물었다.

'라이라가 좀 과장한 모양이네.'

부인을 하려던 가온은 세 사람의 반응이 궁금해서 그냥 고개를 끄덕였다.

"그런 거라면 나는 치료를 포기하겠습니다."

가장 상태가 심각했음에도 불구하고 루크는 그렇게 선언했다.

"루크 님, 갈수록 몸 상태가 빠르게 나빠지고 있잖아요. 어떻게든 살아야지요!"

루크의 말에 라이라가 눈을 부릅뜨며 소리쳤다.

"됐다. 내 내상은 라이라와 달라. 내상을 입은 지 벌써 5년이 흘렀어. 사실 너희에게 얘기는 안 했지만 4년 전에 대신관에게도 치료를 부탁한 적이 있는데, 너무 늦었다고 하더라. 최상급 포션이라면 모를까."

"그런!"

"왜 우리한테 얘기를 안 했어요!"

내상을 입은 후부터인지 그 전부터인지 알 수 없지만 루크의 힘없는 대답에 소리 없이 굵은 눈물을 흘리는 라이라나 다른 두 사람의 반응은 혈육을 대하는 것 같았다.

"얘기를 하면? 어차피 우리 모두 모아 놓은 돈도 없잖아. 대신관도 예전에 임무를 수행하다가 맺은 인연으로 상태를 봐 달라고 부탁한 거였어."

세 사람은 루크의 말에 아무런 반응도 하지 못했다.

"이제 더 이상 후배들이 목숨값으로 구입하는 포션으로 삶을 연장하긴 싫어. 나 또한 그래 왔지만 그 결과는 너희들도 잘 알잖아. 오늘 라이라의 성화에 이곳까지 따라온 건 오랜만에 너희들도 만나고 싶었고, 앞으로는 바깥에 나오기 힘들 것 같다는 얘기를 하기 위해서야."

루크가 절망적인 말을 듣던 가온은 내심 크게 감동을 받았다.

'정보 길드의 전대원들은 가족이나 다름이 없구나.'

길드에서 받는 급여든 따로 사냥을 해서 획득한 돈이든 모두가 힘을 합쳐서 작전을 수행하다가 부상을 입은 선배들을 도운 것이다. 그리고 그것이 전통이 된 것이다.

'그러니 돈을 모을 수가 없었겠지.'

고아들을 데려다가 훈련을 시켜 길드원으로 양성하는 정보 길드만의 특수한 상황이겠지만 마음이 아주 짠했다.

가온은 바로 녹스를 소환했다.

'저 친구의 몸을 한번 살펴봐.'

라이라의 경우처럼 미리 양해를 구할 필요는 없었다. 마나를 사용하지 못하는 라이라는 정령의 존재조차도 느끼지 못했으니 말이다.

가온이 있는 자리임에도 네 사람이 그동안 말하지 못했던 소회를 털어놓으면서 눈물을 흘리는 동안 녹스가 세 사람의 몸 상태를 확인하고 나왔다.

'어때?'

—꾸준히 몸을 단련하고 포션을 복용한 것이 주효했는지 저 흉터가 있는 여자에 비해 크게 나쁘지 않아.

'저 친구의 사지가 뒤틀리는 건 왜 그런 거야?'

—신경조직이 제대로 작동하지 못해서 그래.

'치료는 가능한 거지?'

—당연하지. 그런데 세 명이라서 시간은 많이 걸릴 거야.

치료할 수 있다면 그걸로 됐다.

"잠깐만요."

죽음을 포함해서 한창 진솔한 대화를 나누던 네 사람의 주의가 가온에게 쏠렸다.

"그래서 치료를 해 준다면 어떻게 하겠다는 겁니까?"

"……주군, 아니 대장님, 저, 정말로 선배들을 치료할 수 있으세요?"

세 사람은 가온의 말이 의미하는 바를 짐작하면서 너무 놀라서 아무 말도 하지 못했지만 라이라는 놀란 가운데서도 확인을 구했다.

"라이라는 몸으로 확인했겠지만 이전에도 여러분과 같은 중증 내상 환자를 치료해 본 적이 있습니다."

쿵!

갑자기 루크가 제대로 움직여지지도 않는 몸으로 가온을 향해 엎드렸는데, 힘이 없어서인지 바닥에 이마가 크게 부딪혔다.

"정말 제 내상이 치료된다면 제 목숨을 온 님에게 바치겠습니다!"

쿵! 쿵!

"데릭 터번 또한 온 님에게 제 목숨을 바쳐 충성하겠습니다!"

"저 쿠엘린 역시 온 님을 위해 목숨을 포함해서 모든 것을 바칠게요!"

그렇게 맹세를 하는 세 사람은 아직도 자신의 내상이 완치될 수 있다는 확신은 없었지만, 멀쩡해진 라이라의 존재와 자신감이 느껴지는 가온의 말에 희망을 가졌다.

"자, 일어나세요."

가온의 말에 상체를 일으킨 세 사람의 눈빛은 기대와 흥분 그리고 의심과 불안으로 무척이나 복잡했다.

가온은 그런 세 사람에게 담담한 시선을 보내며 품속에서 로열젤리와 허니비의 꿀을 섞어서 만든 액체가 들어 있는 포션병 세 개를 건넸다.

"세 사람 모두 지금 몸 상태로는 치료할 수가 없습니다. 방을 내줄 테니 일단 이 비약을 복용하고 한숨 자도록 하세요. 치료는 저녁을 먹은 후에 시작할 겁니다. 라이라."

"네, 대장님."

"세 분에게 빈방을 내드리고 비약을 복용하는 것을 확인해요. 수면 성분이 포함되어 있어 일단 비약을 마시면 잠이 들 겁니다."

"네, 대장님! 정말, 정말 감사해요!"

어느새 라이라의 눈에서는 또다시 굵은 눈물이 흉터를 따라 흘러내리고 있었다.

결과적으로 치료는 성공했다.

다음 날 아침, 세 사람은 몰골은 어제와 마찬가지였지만 붉은 기가 도는 얼굴과 강해진 눈빛, 그리고 더 이상 불편하지 않은 움직임으로 다른 대원들과 함께 아침 식사를 했다.

기존 대원들은 라이라를 받아들일 때처럼 세 사람을 반갑게 맞이했다. 특별한 서열이 없는 온 클랜의 특성상 견제하고 말고 할 것이 없었기 때문이다.

이 자리에는 사흘의 휴가를 받은 헤븐힐 일행은 없었지만 그들 역시 다른 대원들과 다를 바가 없었다.

기존 대원들은 그저 뛰어난 실력을 가진 동료가 추가되는 것이 반가울 뿐이었다. 당장 곧 들어갈 점보 던전만 해도 왕국에서 내로라하는 실력자들도 고전하고 있는 고난이도의 던전이었다.

"하하하. 친구가 많이 늘어서 너무 좋습니다!"

"저도요!"

비슷한 연배에 실력이 더 높은 새로운 대원들이 합류해서인지 타람과 로에니가 가장 좋아했다.

두 사람은 특작대장이었던 루크의 이름은 들어 보지 못했지만 정보 길드의 무력을 상징했던 데릭과 쿠엘린의 이름은 들어 봤다.

그리고 그들의 실력과 그들이 쌓은 명성도 말이다.

특히 타람이 기뻐했다. 그동안은 가온을 빼고는 제대로 된 실전 대련을 하지 못했는데, 자신들과 비슷하거나 더 실력이 뛰어난 세 사람이 더 들어왔으니 반가울 수밖에 없었다.

"그래서 말인데 두 사람이 많이 도와주어야 할 겁니다."

가온이 타람과 로에니를 딱 짚어서 부탁했다.

"도울 것이 있는지 모르겠지만 최선을 다하겠습니다."

"당장 무구부터 챙겨야 할 것 같아요. 달쿤, 혹시 트롤 방어구 남는 거 있어요?"

달쿤과 라쟈가 만든 트롤 방어구는 이번 오우거 던전에 들어가기 전에 완성되어 착용을 했는데, 방호력은 물론이고 겉보기와 달리 통기성도 뛰어나서 평소에도 착용감이 아주 좋았다.

"다섯 세트가 남았으니 드리리다."

참고로 달쿤은 퍼슨과 함께 클랜의 보급을 맡아서 대형 아공간 주머니 하나를 가지고 있었다.

"세 분, 무기는 뭘 쓰세요?"

"그게, 이제 막 내상을 치료한 상태라서…….."

이제 막 합류한 새 대원들을 챙기는 기존 대원들의 모습을 지켜보는 가온의 눈빛이 따듯해졌다. 일반적이라면 텃세를 부릴 기존 대원들이 진심으로 새로운 대원들을 반기는 모습을 보자 새삼 온 클랜이 자랑스러웠다.

식사가 끝나자 타람과 로에니가 주도해서 정보 길드 출신의 네 대원을 데리고 여관을 나섰다.

얘기를 들어 보니 속옷부터 시작해서 무구까지 오늘 안에 모두 챙겨 줄 생각인 것 같았다. 물론 기존 대원들은 네 사람이 기존에 거처하던 곳도 들러서 필요한 물건들을 정리하는 것까지 도울 생각이었다.

"세르나, 달쿤, 얘기 좀 합시다."

두 사람이 빠지더라도 사람은 많으니 일에 지장은 없을 것이다.

"무슨 일입니까?"

가온의 진지한 얼굴을 대한 달쿤이 눈치를 보며 물었다.

"아무래도 네 사람은 이만 돌아가는 것이 나을 것 같습니다."

"넷?"

"에엣?"

두 사람은 전혀 생각지도 않았던 가온의 말에 헛바람을 토했다.

"왜 갑자기?"

세르나가 인상을 쓰며 물었다.

"새 대원들이 정보 길드의 요인이었다는 사실은 알고 있을 겁니다."

두 사람은 고개를 끄덕였다.

"이번에 들어가려는 초대형 던전이 아주 위험하답니다. 왕국에서 내로라하는 실력자들로 채운 토벌대에서도 20%가 넘는 사상자가 나왔다고 하더군요."

정보 던전은 지금 정보 길드에서 가장 큰 힘을 투사하고 있는 대상이라고 했다. 그래서 아직 이어진 끈을 통해 입수한 극비 정보였다.

"두 사람은 모르겠지만 샤나와 라쟈에게는 무척 위험할 것 같습니다."

온 클랜에 들어온 후 샤나와 라쟈의 실력이 급격히 높아진 것은 사실이지만, 아무래도 마음이 놓이지 않았다.

두 사람은 가온의 말을 금방 이해했다. 왕국에서 이름 좀 날린다는 실력자들이 열 중 두 명이나 죽거나 크게 다쳤다면 얼마나 흉험한지 충분히 짐작할 수 있었다.

안 그래도 숫자가 적은 온 클랜인데 발목을 잡는 대원이 있다면 전력은 당연히 약화될 수밖에 없었다. 본인들도 문제지만 세르나와 달쿤까지 그녀들을 챙기다가 제대로 맡은 일을 해내지 못할 가능성이 높았다.

"로에니가 마통기를 구입할 때 들은 말로는 마탑 지부마다 텔레포트 마법진이 설치되었답니다. 가격도 1인당 100골드에서 10골드로 내렸고요."

마통기를 구입하러 갔던 로에니 일행은 반가운 소식을 들을 수 있었다. 마탑들이 경쟁적으로 지부에 텔레포트 마법진을 설치한 덕분에 사람은 물론 물류의 유통이 그야말로 혁신적으로 개선되었다는 내용이었다.

"그럼 저희는 더 함께해도 되는 거죠?"

세르나의 물음에 가온은 고개를 끄덕였다. 세르나와 달쿤은 자신이 잡고 싶을 정도의 인재들이다.

"골치 아프네요. 샤나도 그렇지만 라쟈는 절대로 돌아가지 않으려고 할 겁니다."

달쿤도 가온의 말에 동의는 하지만 라쟈를 돌려보낼 생각을 하니 골치가 아팠다.

"그냥 돌아가라면 안 갈 테니 휴식을 핑계로 모두 아그레브로 돌아갔다가 둘을 떼어 내고 돌아오는 게 나을 것 같습니다."

샤나와 라쟈는 당연히 아그레브로 돌아가려고 하지 않을 테니 그게 최선이었다.

"신경 써 주셔서 감사해요. 그렇게 할게요."

"대장님이 말하신 방법이 최선인 것 같습니다. 아버지인 족장님의 말이라면 고집불통인 라쟈도 거역하지 못할 겁니다."

세르나와 달쿤은 샤나와 라쟈가 지금 생활에 얼마나 만족하는지 잘 알기 때문에 가온의 제안을 금방 받아들였다.

"그리고 드인 상단과의 거래를 통해 생필품은 크게 부족할 것 같지 않지만, 선물도 필요할 테고 무구와 같은 경우에는 이곳이 훨씬 싸고 질도 좋을 테니, 이곳에서 구입하는 것이 좋을 것 같습니다."

가온은 그 말과 함께 1천 골드가 들어 있는 돈주머니를 세르나와 달쿤에게 하나씩 건네주었다.

"아니에요. 저희도 돈 있어요!"

"중간에 돌아갈 때를 생각해서 꽤 많은 물건을 구입한 것은 알고 있습니다. 그래도 부족 모두를 챙기기에는 부족할 겁니다. 받으세요."

가온은 의뢰를 마칠 때마다 1%에 해당하는 수당을 지급했기에 네 사람의 주머니 사정은 뻔히 알고 있었다.

"저희를 각별하게 챙기는 대장님의 마음을 생각해서 사양

하지 않고 받을게요. 대신 같이 다녀오시면 안 될까요?"

"저도 말입니까?"

"그렇습니다. 저희가 출발할 때 족장님이나 원로들께서 돌아올 때는 반드시 대장님을 모시라고 신신당부했습니다. 게다가 대장님까지 간다면 샤나나 라쟈도 아무런 의심 없이 우리를 따라올 겁니다."

가온은 바로 거절을 하려고 했는데 생각해 보니 허니비의 로열젤리나 꿀이 다 떨어져 가고 있어 채울 필요가 있었고, 내무대신과 약조한 기한도 여유가 있었다.

"좋습니다."

텔레포트 마법진을 이용하면 시간이 오래 걸리지도 않을 것이다. 거기에 자연 던전인 루시아가 얼마나 바뀌었는지도 확인하고 싶었다.

"대신 내일 일찍 출발하도록 하지요."

이제 막 내상을 치료한 세 사람을 데리고 점보 던전에 들어가려면 챙길 것들이 좀 있었다.

루시아

  어떻게 하다 보니 인원이 많아졌다. 세르나 일행에 퍼슨과 패터 그리고 스톤과 랄프까지 합류했다.

  이왕 아그레브에 가는 마당이니 네 사람도 며칠이라도 랑트에 다녀올 수 있도록 해 주는 것이 마음 편할 것 같아서 내린 결정이다.

  참고로 마탑들이 경쟁적으로 텔레포트 마법진을 설치하고 있지만, 현재로는 수도에서 자작성까지만 이용할 수 있어서 일단 아그레브로 가서 그곳에서 랑트까지는 드인 상단의 텔레포트 마법진을 이용할 생각이다.

  "텔레포트 비용이 이렇게 저렴해졌다니 참 편해졌네."

  "에이! 수련해야 하는데……."

퍼슨은 낸시를 보고 싶은 마음에 들떴지만, 한창 잘되어 가고 있었던 샤나와 잠시 떨어지는 것이 싫었던 패터는 연신 수련을 핑계로 투덜거렸다.

그래도 고향에 간다는 생각 때문인지 다들 얼굴은 밝았다.

필요한 조치는 이미 취해 놓았다. 이제 막 내상을 치료하고 마나 연공을 시작한 네 사람은 내내 콰르와 돌고렌스 고기만 먹으면서 몸을 회복하는 데 진력을 다할 것이다.

타람과 로에니 그리고 마론 부부는 이곳에 남아서 정보 길드 출신 대원들의 회복을 돕는 한편 점보 던전에 대한 정보를 더 광범위하게 수집하는 임무를 맡았다.

마지막으로 헤븐힐 일행은 오우거 던전을 클리어하고 받은 보상인 마법을 익히기로 했다. 점보 던전의 위험성을 고려하면 세 사람의 실력은 더 높일 필요가 있었기 때문이다.

가볍게 아침 식사를 한 후 레드브라운 마탑 지부에서 텔레포트를 이용한 가온 일행은 순식간에 아그레브 자작성의 마탑 지부에 도착했다.

"우엑!"

텔레포트 직후 '안정실'이라는 방으로 안내된 가온을 제외한 나머지 사람들이 일제히 토를 했다. 속이 뒤집히고 울렁거리는 것을 도저히 참을 수 없었다.

텔레포트 직후의 반응이 다들 마찬가지인지 안정실 곳곳에는 구토를 위해 준비된 항아리들이 쭉 늘어서 있었다.

'텔레포트 마법진을 대중화했다고 하더니 안정성은 좀 떨어지네.'

그래도 이전에 비해서 10분의 1로 다운된 비용을 생각하면 충분히 이용할 가치가 있었다.

"내가 호위할 테니 다들 연공을 하세요."

시간이 지나면 속이 가라앉을 테지만 마나 연공을 해서 흔들린 몸과 마나를 안정시킬 필요가 있었다.

얼마 후 하나둘 자리에서 일어났다.

"돌아갈 때는 아예 굶어야겠네."

"다시 겪고 싶지 않은 경험이네."

"금방 또 텔레포트를 해야 하는데……."

퍼슨 부자와 랄프는 질린 얼굴로 고개를 저었다.

"그래도 시간을 생각하면 혁신적입니다."

"그렇긴 하지요."

그나마 연인을 만날 생각에 들뜬 퍼슨의 얼굴이 가장 밝았다.

그렇게 몸 상태가 안정된 후 마탑 지부를 나온 가온은 바로 드인 상단을 찾았다.

"오! 규모가 굉장히 크네!"

패터의 말대로 자작성의 번화가에 자리를 잡은 드인 상단의 지부는 연이은 2층 건물 세 개를 쓰고 있었다.

드인 상단의 지부라는 명패가 달린 건물 안으로 들어가니 익숙한 얼굴이 보였다.

"거메인 씨!"

"어어엇! 온 대장님!"

상점 안쪽에 있는 책상에 앉아서 서류를 확인하고 있던 거메인이 가온을 보고 눈을 부릅뜨더니 화들짝 놀라 달려 나왔다.

"오랜만입니다."

"어, 어떻게? 아니지, 모두 잘 오셨습니다."

가온의 내민 손을 두 손으로 붙잡고 마구 흔들던 거메인은 그제야 퍼슨 부자를 비롯한 익숙한 얼굴을 보고 환하게 웃었다.

거메인은 상점 뒤편에 있는 건물로 가온 일행을 안내했다.

"그동안 어떻게 지내셨습니까?"

가온이 자리에 앉으며 물었다.

"온 대장님 덕분에 상단이 빠르게 성장하고 있습니다."

"제 덕분은요. 그런데 규모가 생각보다 크군요."

"아그레브 자작께서 많이 밀어주고 계십니다. 텔레포트가 대중화되면서 포도주 판매량이 껑충 뛰기도 했고요."

"오! 포도주가 출시된 겁니까?"

"네. 그곳에서 생산되는 포도의 품질이 아주 좋아서 그런지 포도주 또한 맛이나 향이 애주가들로부터 호평을 받고 있습니다."

참으로 다행한 일이다.

"안 그래도 배당이 밀려 있었는데 잘 오셨습니다. 그런데 어쩐 일로? 지금은 수도에 계신 거 아니었습니까?"

가온의 행방을 파악하고 있는 것을 보면 드인 상단의 정보력도 많이 높아진 모양이다.

"맞습니다. 스승님이 계신 던전에 들어가기 전에 얼마간 시간이 났습니다. 일단 들어가면 얼마나 머무르게 될지 몰라서 시간이 난 김에 대원들이 고향에 방문할 기회를 주려고요."

"아! 그럼 다시 텔레포트를 이용해야겠네요?"

"그렇습니다. 전 세르나 일행과 함께 그곳에 방문할 예정이지만 이 네 사람은 랑트로 좀 보내 주십시오."

드인 상단 본부 지하에 있는 텔레포트 마법진은 이미 사용해 본 적이 있었다.

"알겠습니다. 하하하. 네 사람의 마음이 급한 것 같으니 텔레포트부터 해 준 후에 남은 얘기를 나누시지요."

거메인은 벌써 설레는 얼굴을 하고 있는 퍼슨과 패터 그리고 스톤과 랄프를 보더니 다시 자리에서 일어났다.

"대장님, 그럼 저희는 나흘 후에 이곳으로 돌아오겠습니다."

"대장, 금방 돌아올게."

패터는 샤나와 눈빛을 교환하면서 거메인을 따라갔다.

"안 기다리고 먼저 돌아가시면 정말 안 돼요, 대장님!"

"대장님, 전 미리 말씀을 드린 대로 이틀 후에 돌아오겠습니다."

"거메인 상두에게 다시 한번 말해 둘 테니 걱정하지 마세요. 그리고 랄프, 너는 패터 형만 따라다니면 돼."

랄프는 행여 자신을 놓고 갈까 봐 조바심이 나는 얼굴이었고, 스톤은 여동생들을 챙긴 후 아카데미에서 수학하고 있는 손자 스타이러를 만나기 위해서 일찍 오기로 했다.

네 사람을 랑트의 본부로 텔레포트시킨 거메인은 자리로 돌아오자마자 돈이 가득 들어 있는 돈주머니를 내밀었다.

"밀린 배당금입니다."

"배당금이 왜 이렇게 많습니까?"

살짝 열어 보니 안에는 골드화가 아닌 골덴이 가득했다. 적어도 3천 골드는 되는 것 같았는데, 가온이 알고 있던 드인 상단의 규모를 생각하면 배당금치고는 많았다.

"그만큼 루시아에서 생산된 포도주의 인기가 높습니다."

그러고 보니 자연 던전을 루시아라고 부르기로 했다는 기억이 떠올랐다.

"다행이네요."

팔리는 포도주만큼 생필품 등 필요한 물건들이 많이 건네질 테니 자연 던전으로 거처를 옮긴 비단숲 부족과 큰망치 부족의 생활 여건도 그만큼 좋아졌을 것이다.

맥주도 생산하기로 한 것 같은데 언급이 안 되는 것으로 봐서는 아직 준비가 되지 않은 모양이다.

듣고 있던 세르나 일행도 그 점을 생각하고 있었는지 안색이 무척 밝았다.

"그곳에 가시려는 겁니까?"

"네."

"그럼 포도주 출하량을 좀 늘려 달라고 전해 주십시오."

"출하량을요?"

"네. 워낙 인기가 높아서 주문이 몇 달치나 밀려 있는 상황입니다."

"일단 가서 확인해 보겠습니다."

자신이 자연 던전의 주인도 아니고 포도주가 얼마나 생산되는지 알지도 못하니 대답은 신중할 수밖에 없었다.

"꼭 좀 부탁드립니다. 그곳 사람들은 도무지 저희와 말을 섞으려고 하지 않아서……."

거메인의 곤혹스러운 표정을 보니 두 부족이 인간과의 교류를 기피하는 건 여전한 모양이다.

"그런데 트롤의 생혈은 확보했습니까?"

가온은 드인 상단이 타르벨 상단과의 계약에 필요한 양이 부족하다는 사실을 기억하고 있었다.

"안 그래도 물량을 확보하기 위해서 동분서주하고 있습

니다. 랑트나 이곳의 사냥꾼들과 용병들이 활동을 시작하기는 했지만 아직 트롤을 사냥할 정도는 아니라서 웃돈을 걸어야 할까 고민하고 있습니다."

"생혈은 아니지만 두 마리를 사냥해서 아공간주머니에 넣어 두었습니다. 필요하시면 그거라도 드릴까요?"

오우거를 사냥하는 과정에서 트롤 두 마리를 사냥해서 사체를 챙겨 두었다.

"역시 대장님이십니다! 생혈보다야 효과가 좀 떨어지겠지만 어차피 계약에 있는 건 사혈이라도 상관이 없습니다."

가온은 바로 트롤 사체들을 꺼내 사혈을 추출해 주었다.

거메인은 신이 나서 사혈을 챙겼고 사체들도 처리해 주기로 했다. 물론 그냥 넘기는 건 아니다. 충분한 값을 받았다.

가온은 점심이라도 대접하고 싶다고 잡는 거메인의 권유를 마다하고 바로 성 밖으로 나갔다. 물론 말은 드인 상단 측에서 빌렸다.

'플레이어들이 더 늘어났네.'

외성에 있는 이계인 전용 구역은 떠날 때와 비교해서 서너 배는 더 커져 있었고, 한창 사냥을 할 시간임에도 불구하고 꽤 많은 사람들이 남아 있었다.

다양한 직업군의 플레이어들이 접속한다는 증거였다.

성안으로 들어올 때와 달리 나갈 때는 따로 조사를 하지 않는 건 예전과 같아서 아무 문제 없이 아그레브를 빠져나왔다.

성 밖은 이미 말로 이틀 거리까지 토벌된 상태라서 가온 일행은 크게 긴장하지 않고 길을 재촉했다.

3시간 정도 지난 후 자연 던전이 위치한 황무지에 도착한 가온 일행은 경계를 하고 있던 전사들의 안내를 받아서 자연 던전인 루시아로 안내되었다.

'인간과 혼혈 엘프 그리고 혼혈 드워프의 공존이라…….'

전사들은 세 종족이 고루 섞여 있었다.

'수준도 높아.'

인간 측 전사들은 검광에 근접한 수준이었고 혼혈 엘프와 혼혈 드워프 전사들은 검광에 입문한 정령 검사들이었다.

자연 던전인 루시아의 입구는 엘프족의 비전인 환영주술진으로 가려져 있었다.

당연히 손쉽게 통과한 가온 일행은 동굴을 통해 루시아로 들어갔다.

"어!"

놀랍게도 그사이에 소식이 전해졌는지 세 종족의 지도자들이 마중을 나와 있었다.

"온 대장님!"

가장 먼저 반겨 준 사람은 인간족의 지도자인 타킴이었다.

"잘 지냈습니까?"

"대장님 덕분에 다들 편안하게 살아가고 있습니다."

타킴과 함께 마중을 나온 사람들의 얼굴을 보니 그의 말이 맞는 것 같았다. 바짝 말랐던 예전과 달리 지금은 살집도 붙어서 보기가 좋았다.

인간 측과 인사를 끝내자 누가 봐도 엘프와 드워프라고 할 수 있는 특징을 가진 두 장년 남녀와 함께 이십여 명이 다가왔다.

"대장님, 이분이 저희 비단숲 일족의 지도자이신 하이리스 원로세요."

가온이 타킴 일행과 인사를 나누는 사이에 일족과 반가운 해후를 나눈 세르나가 소개를 했다.

"만나서 반갑습니다. 온 훈이라고 합니다."

"비단숲 일족의 하이리스라고 해요. 우리 일족을 위해 이렇게 훌륭한 땅을 마련해 주시고 두 아이를 보살펴 주셔서 감사합니다."

허리까지 내려오는 긴 은발과 아름다운 외모 그리고 온화한 미소가 무척 인상적인 하이리스가 비단숲 일족의 다른 원로들과 전사들을 소개했다.

다음은 큰망치 일족의 차례였다.

"본인은 큰망치 일족의 족장인 보쿰이오. 큰 은혜를 입었는데, 이제야 만나는군. 일족을 대표해서 진심으로 감사하는 바요."

우락부락한 얼굴의 근육질 거한인 보쿰 역시 큰망치 일족의 원로들과 일족을 대표하는 전사들을 소개해 주었다.

다들 가온이 이곳을 위해서 어떤 일을 해 주었는지 잘 알고 있었기에 사람들은 그를 진심으로 반겨 주었다.

'하이리스와 보쿰은 상급 정령과 계약을 한 모양이네.'

인간족을 제외하고는 모두가 하나 이상의 정령과 계약을 했는데, 일족의 요인들이라서 그런지 정령의 수준이 아주 높았다.

그렇게 인사가 끝나자 가온은 한꺼번에 수백 명이 들어갈 수 있는 거대한 원형 건물로 안내되었다.

"이곳은?"

"이곳은 루시아의 관문으로 전사 마을입니다. 그리고 저 건물은 루시아를 대표하는 세 일족이 모여서 여러 가지 문제를 의논하는 장소입니다. 일종의 공회당이라고 볼 수 있는데, 평소에는 세 일족의 전사들이 쓰고 있습니다."

타킴의 설명을 들으며 건물을 살펴본 가온은 고개를 끄덕였다.

비록 나무와 마른 풀을 엮은 다발로 이루어졌지만 큰망치 일족의 손재주가 반영되어서 그런지 튼튼하고 깨끗했다.

그 건물 주위에는 세 일족의 전사들이 숙식을 하는 것으로 보이는 통나무 건물들이 빙 둘러서 지어져 있었다.

원형 건물 안으로 들어간 가온은 세 일족의 지도자들과 한 자리에 앉았다.

세 사람은 가온이 입을 열기도 전에 이곳 생활에 대한 이야기를 꺼냈는데, 세 일족은 걸어서 1시간 거리에 각각 자리를 잡았고, 전사들은 던전 입구에 있는 이곳에서 함께 생활한다고 했다.

"생활하는 데 어려움은 없습니까?"

"전혀 없소. 일단 식량의 경우 골드비의 영역 밖에 마련한 농지에서 과일을 포함한 다양한 농작물을 재배하고 있고 초지에는 가축들을 키우고 있소."

"우리 비단숲 일족이 포도와 보리의 생육을, 인간족은 수확과 보관을, 그리고 큰망치 일족이 맥주와 포도주를 빚는 일을 맡고 있습니다."

"아직 맥주는 출하하지 않고 있지만 포도주의 출하만으로도 이곳 사람들이 필요한 물건 대부분을 충당할 수 있소. 다만 아쉬운 부분은 전사들이 쓸 좋은 무구가 부족하다는 점인데, 광석 채굴이 시작되었으니 금방 해결될 것 같소."

세 사람의 대답을 들어 보니 아직 부족한 건 좀 있지만 잘 적응하고 있는 것 같아서 내심 뿌듯했다.

그때 세르나와 달쿤이 샤나와 라쟈를 대동하고 다가와서 일족을 위해 마련한 선물이 담긴 아공간 주머니를 하이리스와 보쿰에게 전했다.

아공간 주머니 안에 있는 물건들을 그 자리에서 꺼낸 하이리스와 보쿰 때문에 사람들이 주위로 모여들었다.

"이것들은 이동하는 도중에 들른 도시에서 구입한 물건들입니다. 우리와 달리 되도록 손발을 덜 쓰는 방향으로 개발된 물건들로, 참고가 될까 싶어서 구입했습니다. 그리고 이것들은 주방 기구들로 스테인리스라는 금속으로 제조했는데, 내구성이 높고 열전도가 잘되어서 유용하다 싶어서 구입했습니다. 마지막으로 이것들은 대장님이 선물하신 것으로 전사들이 필요로 하는 무구입니다. 총 200인분을 준비했습니다."

달쿤이 가장 먼저 소개한 물건들은 손수레나 호미와 같은 간단하면서도 유용한 물건들로, 그런 물건을 사용해 본 적이 없는 비단숲 일족과 큰망치 일족으로부터 많은 관심을 받았다.

하지만 나이나 지위를 불문하고 여자들에게 가장 관심을 받은 것은 스테인리스로 만든 주방 도구들이었다. 참고로 비단숲 일족은 잘 썩지 않는 단단한 나무로, 그리고 큰망치 일족은 주석합금으로 만든 도구를 쓴다고 했다.

마지막으로 오크 가죽으로 제작한 방어구들과 다양한 용도의 무기들은 큰망치 일족은 물론이고 전사 모두가 큰 관심을 가졌다.

세 일족의 대표자들은 기쁨을 감추지 못하는 얼굴로 가온에게 고마움을 전했다. 방어구를 포함한 무구야 큰망치 일족이 제작해서 이미 사용하고 있지만 루시아를 생각하는 그 마음이 기꺼운 것이다.

그렇게 화기애애한 분위기에서 대화가 이어졌다.

대화가 이어질수록 가온은 만족스러웠다. 세 일족은 생각보다 조화롭게 생활하고 있었던 것이다.

가온이 주인이나 다름없지만 세 부족에게 관리를 위임한 이곳이 얼마나 풍요롭고 안전한 곳인지 잘 알고 있기에 서로 양보하고 협력해 가면서 살아가고 있었다.

은밀히 살펴본 전사들의 분위기만 봐도 알 수 있었다. 다른 일족이라도 배척하거나 꺼리는 모습이 전혀 보이지 않았다.

그렇게 시작된 자리는 늦게까지 이어졌다. 그만큼 할 이야기가 많았기 때문이다.

그런데 하이리스가 뜻밖의 부탁을 해 왔다.

"전사들을 더 많이 파견하고 싶다고요?"

"인간족의 경우 아직은 더 수련을 해야 하지만 우리와 큰 망치 일족의 경우 전사 수업을 받아야 할 인원이 좀 많아요. 이 근처를 중심으로 사냥을 하고 있지만 이계인들의 숫자가 늘어나면서 사냥감이 크게 줄었어요."

"하이리스 원로의 말이 맞소. 원래는 이전처럼 서넛을 묶어서 용병 생활을 하게 하려고 했는데, 달쿤이나 라쟈가 그 짧은 기간에 경지가 확 올라간 것을 보면, 온 대장의 능력이 얼마나 대단한지 여실하게 느낄 수 있소. 부디 우리 전사들을 키워 주시오."

"보큼 족장의 말이 맞아요. 세르나와 샤나의 실력이 떠날 때에 비하면 급격하게 높아진 것도 그렇지만, 정령 친화력이 크게 높아진 것 같아요."

"일단 긍정적으로 고려해 보고 내일 말씀드리겠습니다."

안 그래도 실력자들이 더 필요한 상황이기는 했지만, 생각지 못했던 일이기에 일단 보류를 했다.

"오시느라 힘들었을 텐데 저희가 반갑고 기쁜 마음에 대장님을 너무 오래 붙잡고 있었군요. 오늘은 우리 비단숲 일족에서 모시고 싶은데 어쩌시겠어요?"

"어허! 오늘은 우리 큰망치 일족에게 양보해 주시오. 사람들이 잔치 준비를 하고 기다리고 있단 말이오."

"두 분의 마음은 알겠지만 오늘은 우리가 모시게 해 주십시오. 지난번에도 제대로 대접을 못 했단 말입니다."

세 사람이 가온을 두고 한차례 갑론을박하더니 결론이 났는지 타킴이 싱글벙글한 얼굴이 되었다.

"오늘은 저와 함께 가시지요."

"그럴까요."

아무래도 루시아에서 최소 사흘은 보내야 할 것 같았다.

'애초에 하룻밤만 보내려고 했는데…….'

이곳 사람들이 불편해할까 봐 그렇게 마음먹었지만 분위

기로 봐서는 어쩔 수 없이 사흘은 이곳에서 지내야 할 것 같았다.

타킴 일행과 함께 인간들이 조성한 마을에 도착한 가온은 깜짝 놀랐다. 예전에 봤던 움막 수준의 집들은 더 이상 보이지 않고 정성을 들여서 지은 목조주택이 가득했다.

"우리를 위해서 큰망치 일족이 많이 도와주었습니다."

"세 종족이 잘 지내서 정말 다행입니다."

"이게 모두 대장님 덕분입니다. 인간에 대한 혐오 혹은 경계심이 강한 것 같은데, 두 일족의 전사들을 구해 주시고 이곳까지 내주었다고 생각해서인지 우리를 진심으로 반겨 주더군요."

그런 사정이 있는지는 몰랐지만 결과가 좋아서 참으로 다행이었다.

"온 대장님!"

"잘 오셨습니다!"

미리 출발한 전사가 알렸는지 마을 입구에는 많은 사람들이 나와서 가온을 환영했다.

가온은 일일이 그들의 손을 잡아 주며 덕담을 했다. 그 바람에 마을 중앙에 있는 광장에 도착하는 데까지 30분도 넘게 걸렸다.

"임신한 분들이 꽤 많군요."

"그렇습니다. 그동안 제대로 보살핌을 받지 못해서 많은 아이들이 죽었는데, 생활이 안정되자 결혼하는 젊은이들이 늘었고, 기존의 부부들도 많이 임신을 했습니다."

"인구는 얼마나 됩니까?"

"저까지 포함해서 711명입니다. 숫자로는 비단숲 일족이나 큰망치 일족보다 많지요."

"농경지가 부족하지는 않고요?"

"지금이야 여유가 충분합니다. 하지만 우리도 그렇지만 두 부족도 임신한 경우가 많아서 금방 인구가 늘어날 겁니다. 그러면 부족할 수도 있겠지요. 물론 수십 년이 흐른 후의 일입니다. 그때가 되면 전사들의 실력도 높아져서 살인 벌의 영역을 개척할 수 있을 거라고 믿습니다."

그 얘기를 들은 가온은 골드비 무리를 더 포획해야겠다고 생각했다.

'잘됐네.'

어차피 로열젤리와 꿀이 많이 필요하기도 했지만 거의 매해 이루어지는 골드비의 분봉을 생각하면 빨리 손을 써야만 했다.

"이곳이 온 대장님을 위해 마련한 집입니다."

타킴이 광장을 앞에 둔 거대한 목조주택을 가리키며 말했다.

"네?"

"조만간 다시 찾아오시겠다는 말을 듣고 저희 세 일족이 마을마다 대장님이 지낼 거처를 마련하기로 했습니다."

이런, 아무래도 루시아 사람들은 자신을 이곳에 묶어 두려는 심산인 모양이다.

만약 자신이 이계인이 아니라 이곳 사람이었다면 이들의 정성을 생각해서라도 이곳을 고향으로 여길지도 모른다는 생각이 들 정도로 감동스러웠다.

안에 들어가 보니 그가 묵었던 그 어떤 여관보다 좋았다. 가구들은 격이 높지는 않지만, 많은 사람들의 정성이 들어갔다는 것을 여실하게 느낄 수 있었고 먼지 한 톨 없이 깨끗하게 관리되고 있었다.

"생각해 주셔서 감사합니다. 그리고 여러분에게 드릴 선물이 있습니다."

가온은 세르나 일행이 일족을 위해 가져온 선물을 개봉할 때 타킴이 지었던 씁쓸한 미소를 떠올렸다. 주방 기구와 같은 선물은 전사를 파견하지 못한 인간족에게는 해당 사항이 없었기 때문이다.

가온은 아공간에서 다양한 주방 기구와 식기 들을 꺼냈다. 그리고 다양한 사이즈의 속옷과 평상복도 꺼냈다.

당연히 타킴의 입이 떡 벌어졌다.

"……감사합니다!"

옷이야 지금도 입고 있는 것들이 있었지만 수도에서 구입한 것들이라서 디자인이나 재질이 달랐다. 거기에 남자인 자신마저도 부러웠던 스테인리스 재질의 조리 기구들과 식기까지 있었다.

타킴은 붉어진 눈으로 코를 훌쩍이며 밖으로 나가서 사람들을 불러왔다.

"온 님의 선물이니 모두 광장으로 와서 받아 가라고 해 주십시오."

수가 700이 넘었지만 사람들의 사정을 뻔히 아는 타킴이라서 나눠 주는 건 어렵지 않았다. 주방 기구와 식기는 가구별로 배분을 했고, 옷은 개인별로 한 세트씩 고르도록 했다.

그러고도 남은 것은 타킴이 보관을 하고 있다가 새로운 가구가 탄생하면 선물하기로 했다.

주방 기구와 식기 그리고 옷 선물을 받은 사람들은 꼭 가온에게 인사를 하고 싶어 했기에 어쩔 수 없이 나가서 감사인사를 들을 수밖에 없었다.

그렇게 선물과 관련된 일이 끝나니 가온도 진이 빠졌다.

"온 님, 좀 쉬십시오."

"잠깐 주위를 둘러보고 오겠습니다."

"볼 것도 없을 텐데……."

"그냥 어떻게 변했는지 둘러보려는 겁니다."

"최근 골드비의 영역이 확장되어서 위험할 수 있습니다."

"멀리 갈 생각은 없으니 그런 걱정은 하지 않으셔도 될니다."

　가온은 사람을 붙여 주겠다는 타킴의 호의를 거절하고 빠른 걸음으로 마을을 벗어났다.

　마을에서 적당히 떨어진 곳에서 은신 스킬과 투명날개를 사용한 가온은 곧바로 가장 가까운 골드비 서식지를 찾아갔다.

　다섯 무리의 골드비를 생명의 아공간으로 보냈기에 채울 필요도 있었거니와 로열젤리와 꿀이 필요했다.

　이전에도 포획해 본 적이 있었기에 같은 방식으로 어렵지 않게 골드비 한 무리를 생물 전용 아공간에 집어넣은 가온은 로열젤리와 꿀만 따로 챙겼다.

　'벌집이 전보다 훨씬 더 크네.'

　꿀을 맛보니 전보다 더 진했다. 아마 로열젤리도 그럴 것이다. 필시 분봉을 앞둔 무리일 거란 생각이 들었다.

　가온은 그렇게 날아다니면서 세 종족의 거주지와 농경지에서 가장 가까운 곳에 자리를 잡은 골드비 무리 일곱 곳을 털었다.

　다들 분봉을 앞둔 대형 무리이다 보니 챙긴 로열젤리와 꿀의 양이 지난번보다 세 배에 달해서 한동안은 떨어질 걱정을 하지 않아도 될 것 같았다.

선물

인간 마을에서 잘 대접을 받은 가온은 다음 날은 달쿤의 안내를 받아서 큰망치 일족의 마을에 들렀다.

"대단하네요!"

보쿰을 위시하여 마을 앞까지 나와서 반기는 큰망치 일족 사람들과 일일이 인사를 나눈 가온은 그제야 마을의 모습을 살펴볼 수 있었다.

장인 기질이 다분해서 그런지 인간의 마을과는 달랐다. 목조는 물론 진흙을 구워 만든 벽돌 등을 사용해서 지은, 독특하고 개성이 넘치는 다양한 집들이 시선을 끌었다.

하지만 공통점도 있었다. 집마다 딸린 대장간 시설이 그것이었다.

"광석은 저기 산에서 캐 오는 겁니까?"

"그렇소."

"골드비 때문에 이동이 쉽지 않았을 텐데요."

"그 때문에 아예 지하도를 건설했소. 그래서 채광하는 데 시간이 많이 걸린 것이오."

이제 막 채광을 시작했다고 해서 이상하다고 생각했는데 그런 사정이 있었다.

"지하도를요?"

"그렇소. 저희 일족은 대지 속성력을 타고 태어나기 때문에 어느 정도 나이가 차면 대지의 정령과 계약을 하지요."

아무리 일족 성인들이 모두 대지의 정령과 계약을 했다고 하더라도 꽤나 먼 거리에 있는 던전의 산까지 지하도를 건설했다니 정말 능력이 출중한 것 같았다.

"그나저나 달쿤을 통해 아직 어린 우리 딸에 대한 대장님의 의사를 들었는데, 본인도 우려하던 바였소."

"라쟈가 나이에 비해서 능력이 출중하기는 하지만, 이번에 우리가 들어가려는 던전은 이곳과 달리 목숨을 장담할 수 없는 흉험한 곳입니다."

"라쟈를 배려해 주셔서 감사하오. 어미도 없이 족장으로서 바쁘게 살아온 날 대신해서 은퇴한 장인들의 사랑을 받으면서 커서 그런지 말본새도 좋지 않고 막무가내 경향이 있어서 걱정이 많았는데, 그동안 챙기고 보살펴 주어서 너무 감사하오."

"아닙니다."

"꼭 라쟈 때문이 아니라 우리 일족에게 이곳처럼 안전하고 풍요로운 땅을 내준 은혜를 갚고 싶소."

"어차피 이곳에 대해 알고 계셨으니 그렇게 생각하지 않아도 됩니다."

"비록 혼혈이지만 우리 일족은 은혜를 잊지 않는 위대한 드워프의 피를 이었소. 은혜를 외면하는 두더지가 될 수는 없소. 그래서 원로들과 회의를 한 결과 조상 대대로 모아 온 무구 중에서 세 가지를 드리기로 했소."

"네?"

"대장님이 고르기만 하면 되오. 아! 한 대에 열 가지만 골라서 모은 것이니 품질이나 기능은 그래도 자신하오."

그렇게 말한 보쿰과 원로들은 가장 큰 건물로 안내했는데 들어가 보니 일종의 수장고였다.

"우리는 들어갈 수 없소."

보쿰과 원로들이 밖을 지키는 동안 가온은 수장고 안에서 몇 시간을 보내며 몇백 년 동안 큰망치 일족이 완성한 많은 아이템 중에서 세 가지를 골라서 나왔다.

세 아이템을 가지고 나온 가온은 보쿰과 원로들에게 확인을 받았다.

"큰 망치 일족의 재주에 탄복했습니다!"

진심이었다. 단순히 제작하는 데 그치지 않고 인챈트 마법까지 사용한 아이템들은 심안 스킬로 확인해 봤는데, 최소가 희귀 등급이었다.

가장 큰 수확은 유일 등급의 대검이었다.

흑검에 비해 검신은 훨씬 더 길고 검 폭 또한 더 넓은 대검은 외형은 투핸디드소드였다.

그동안 사용해 온 흑검이 손에 익기는 했지만 다소 짧은 것이 아쉬웠는데, 운석으로 제작한 이 대검은 더 무겁고 단단해서 흑검과 번갈아 사용하면 좋을 것 같았다.

다른 한 가지는 상하의로 분리된 메탈 속옷이었다. 착용감이 아주 뛰어난 이 메탈 속옷은 다양한 미스릴 합금에서 뽑은 실로 짠 내의로 몇 가지 마법을 인챈트한 방어구에 속했다.

메탈 속옷은 뭉치면 손안에 들어올 정도로 가벼웠지만 심안으로 살펴보니 받은 충격을 분산시켜 충격량을 30%까지 낮추어 주는 특별한 기능이 있었다.

가온에게는 파르라는 최고의 방어구가 있었지만 그럼에도 불구하고 욕심을 주체할 수 없을 정도로 뛰어난 방호력을 가진 내의였다.

마지막 아이템은 '마스코'라는 이름의 전투망치였다. 동일한 대상으로 타격을 거듭할수록 충격량이 배가되는 특별한 효과를 가졌는데, 재질은 알 수 없지만 피로 소유자 각인을 하면 의지로 회수할 수 있는 특별한 기능을 가지고 있었다.

메탈 속옷과 전투망치 둘 다 유일 등급으로 가온이 생각하기는 거의 서사 등급에 해당하는 진귀한 보물이었다.

그렇게 선물을 챙긴 가온은 밤늦도록 술독에 빠져야만 했다.

큰망치 일족은 술을 빚는 데 일가견이 있는 만큼 다양한 종류의 술을 보유하고 있었고, 이주를 할 때도 대장간 시설과 함께 아주 소중히 다루었다고 한다.

큰망치 일족이 가장 귀중하게 여기는 술은 다양했는데 대부분 건강에 큰 도움을 주는 약재들로 담근 것들이었다.

고맙다면서 각자 비전으로 담았다는 술을 권하는데 차마 거절할 수가 없어 마시다 보니 어느새 술이 술을 먹는 상황까지 이르렀고 나중에는 기억마저 끊어져 버렸다.

다음 날 새벽에 잠에서 깬 가온은 머리가 깨질 것같이 아픈 가운데서도 주위를 둘러보았다.

'여긴 어디지?'

실내이며 침대에 누워 있다는 건 확인했지만 어딘지 모르겠다.

지끈거리는 머리를 부여잡고 일어난 가온은 실내가 엄청나게 뜨겁다는 사실을 그제야 느꼈다.

'뭐야?'

창문 하나 보이지 않는 방 안의 기온이 거의 50도가 넘는 것 같았다. 특히 바닥은 너무 뜨거워서 살이 익을 것 같았다.

하지만 신기하게도 건조한 느낌은 없었고 뜨거운 열감은 있었지만 피부가 손상을 입지는 않았다.

그렇게 자리에서 일어난 가온은 몇 걸음 걷다가 익숙한 악취를 맡고 이맛살을 찌푸렸다.

'이건?'

몸에서 빠져나온 노폐물 냄새였다. 현실에서도 예지몽을 꾸고 난 후 한동안 맡았던 악취였기에 기억에 선명했다.

가온은 일단 옷을 벗은 후 카오스를 소환했다.

'카오스, 몸 좀 씻어 줘.'

아무리 정령이라도 알몸을 보이는 건 부끄러운 일이지만 그보다는 몸에서 나는 악취가 더 신경 쓰였다.

ㅡ알았어.

촤악!

카오스가 그를 껴안고 잘게 진동하기 시작하자 머리에서 부터 발끝까지 시커먼 물이 주르르 흘러내렸다. 아바타의 몸 안에 쌓여 있던 노폐물이었다.

그렇게 몸을 씻고 새 옷으로 갈아입은 가온은 마치 몸이 달라진 것과 같은 신선한 감각을 느꼈다.

'약술 때문인가?'

큰망치 일족의 담금주는 대부분 몸을 강건하게 만들어 주는 효과를 가진 약술이라고 들었다.

—술이 함유하고 있던 약력도 작용했지만 이 방이 노폐물의 배출을 촉진했어. 아마 반쪽 드워프들이 술이 가진 약효가 제대로 작용하도록 불을 땐 것 같아.

던전 안은 사시사철 밤에 이불을 덮지 않아도 될 정도로 온난하기 때문에 카오스의 의견이 맞는 것 같았다.

가볍게 몸을 풀고 연공을 해 보니 과연 몸 상태가 크게 개선되었다. 근육과 신경계는 물론이고 마나로드마저 넓어진 것 같았다.

문을 열고 밖으로 나오자 아직 입에서 술 냄새가 진동하는 보쿰이 그를 맞이했다.

"잘 잤소?"

"네. 아주 개운하게 푹 잤습니다."

"하하하. 아마 몸도 가벼워지고 힘도 세졌을 것이오. 우리 일족만의 비전으로 담근 술을 장복하면 그런 효과가 있는데, 대장님은 하룻밤에 효과를 크게 봤을 것이오."

"그렇군요. 감사합니다."

"우리가 대장님에게 받은 것이 얼만데 이 정도는 아무것도 아니오. 그나저나 어제 말했던 전사 파견 건인데 세 명까지 받아 주시오."

"세 명요?"

사실 전사 파견과 관련해서 무슨 애기를 나누었는지 기억이 나질 않았다.

"그렇소. 달쿤의 비약적인 실력 상승을 확인한 전사들이 아주 난리가 아니오. 대장님이 곤란하다고 하니 둘만 더 받아 주시오. 이전의 달쿤보다 검술도, 정령술도 뛰어난 전사들이오. 셋 모두 우리 일족을 이끌어 갈 재목이기도 하고."

"알겠습니다."

가온은 흔쾌히 보쿰의 부탁을 받아들였다. 어차피 실력자들이 더 필요하기도 했고, 무엇보다 큰망치 일족은 자신에게 부채 의식이 있어서 배신할 것 같지는 않았다.

'대체 어제는 내가 왜 전사 합류를 거부했던 거지?'

아무리 떠올리려고 해도 왜 그랬는지 기억이 나질 않았다.

"생각 같아서는 아침 식사를 같이하고 싶은데 벌써부터 비단숲 일족이 대장님을 모셔 간다고 세르나를 보냈소. 마을 입구에서 기다리고 있소. 아쉽지만 오늘은 이만 보내 드리고 내일 전사 마을에서 뵙겠소."

"네. 챙겨 주셔서 감사합니다."

그렇게 인사를 하고 마을을 빠져나오다가 생각해 보니 보쿰 족장이 왜 그곳에서 충혈된 눈으로 기다리고 있었는지 의아했다.

—이그! 그 반쪽 드워프가 밤새 불의 세기를 조절하고 있었던 거라고.

카오스의 의념을 듣고 생각해 보니 그의 뒤편에 불을 때는 아궁이가 있었던 것 같았다.

'족장이 직접 그 일을 했다고?'

─응. 술을 마실 수 없는 어린애들을 빼고는 다들 취해서 쓰러져 버렸거든.

어렴풋이 자신에게 술을 권하던 이들이 하나둘 술을 마시다가 쓰러져 잠이 들던 장면이 기억나는 것 같기도 했다.

'신세를 졌네.'

─그래. 반편이지만 굉장히 순수한 성정을 가지고 있더라고.

카오스가 아니었다면 그런 사실조차 몰랐을 것이다.

"술을 많이 드셨을 줄 알았는데 쌩쌩하시네요."

그를 반갑게 맞이한 세르나의 말에 가온이 피식 웃었다.

"쌩쌩하긴요. 아주 죽는 줄 알았습니다."

"호호호. 원래 큰망치 일족도 그렇지만 드워프의 피가 섞인 종족들은 정말 술을 좋아하더라고요. 일족의 일을 배우기 시작하는 아이들도 맥주 정도는 가볍게 마시니까요."

"그런 것 같았습니다."

"그럼 빨리 저희 마을로 가야겠네요. 백 종 이상의 약초와 열매 그리고 뿌리로 빚은 백초주로 해장을 하면 숙취가 싹 사라질 거예요."

"해장요?"

"네. 같은 술이기는 하지만 취하려고 마시는 것이 아니라 몸 상태를 회복하기 위해서 마시는 약술이에요. 흔히 세상에 엘프차라고 알려진 차보다 숙취를 해소하고 간의 기능을 회복하는 데 아주 탁월한 효과가 있죠."

"그래요? 그런 진귀한 술이 있다면 왜 소문이 나질 않았을까요?"

"진귀한 허브들이 재료라서 엘프라고 해도 모두 채취하는 게 힘들고 빚고 숙성시키는 과정이 어려워서 우리 선조들도 아주 특별한 손님이 아니면 꺼내지 않는 술이에요."

어제 한계 이상으로 술을 마셔서 그런지 술이라면 몸이 무의식적으로 거부반응을 일으킬 정도지만, 그런 술이라면 꼭 마셔 보고 싶었다.

"대장님, 라쟈 건은 어떻게 됐어요?"

"잘됐습니다."

보쿰은 막내딸인 라쟈의 고집이 얼마나 센지 잘 알기에 일부러 술을 잔뜩 먹게 만들었고, 원로 중 한 명에게 부탁해서 지하도를 통해서 북쪽의 산 깊숙한 곳에 있는 광산으로 데리고 가도록 했다고 했다.

"뭐, 우리 샤나처럼 처리를 했겠지요. 하도 붙어 다녀서 그런지 생각하는 것이나 고집이 센 것도 비슷해서 말로는 들어먹지 않을 테니까요. 그나저나 큰망치 일족은 어떤 선물을 준비했나요?"

샤나가 고집이 세다는 것은 금시초문이었지만 가온은 사

실대로 얘기를 해 주었다.

"역시 그럴 줄 알았어요. 그리고 전사는 몇 명이나 더 동행하기로 했어요?"

"이전의 달쿤 실력의 전사 두 명이 합류하기로 했습니다."

"그럼 오르넬과 로탄이겠네요."

비슷한 연배라서 그런지 세르나는 아직 가온도 보지 못한 두 전사를 추측했다.

초대형 던전에 대한 이런저런 얘기를 나누는 사이에 비단숲 일족의 마을에 도착했다.

'음. 엘프족의 후예들에게 딱 어울리는 마을이네.'

비단숲 일족의 마을은 밑동이 열 아름이나 되는 거대한 나무로 이루어진 숲 그 자체였다. 나무의 밑동에 큰 구멍을 파고 문을 달아서 멀리에서 보면 마을이라고 생각할 수 없을 정도였다.

다만 지금은 아침인데도 불구하고 마을 사람들 전부가 나와서 가온을 맞이했다.

어제처럼 비단숲 일족 사람들과 일일이 인사를 나눈 가온은 한참 후에야 하이리스 원로의 집에 들어갈 수 있었다.

하이리스 원로의 집은 생명의 아공간에 있는 모둔의 거처와 대체로 비슷했다. 몇 없는 가구는 자연미를 최대한 구현해서 만들었고, 실내에는 맡기만 해도 머리가 상쾌해지는 짙은 목향으로 가득했다.

따라 들어온 사람은 네 원로와 세르나가 전부였다.

"차보다 이 술을 한번 마셔 보세요. 진정한 친구에게만 대접하는 아주 특별한 술이랍니다."

세르나가 미리 말해 준 백초주일 것이다.

하이리스가 벽장과 같은 작은 장소에서 꺼낸 나무통에서 졸졸 나오는 술을 한 모금 마신 가온의 눈이 커졌다.

화아악!

청기와 성질이 비슷한 기운이 순식간에 온몸으로 퍼지며 온몸을 일깨웠는데, 맛과 풍미가 말로 표현하기 힘들 정도로 굉장했다.

가온은 도저히 참지 못하고 결국 단번에 잔을 비우고 말았는데, 입안에 남은 향은 여전했다.

"어때요?"

"굉장합니다."

지금은 사실 숙취가 있는 것도 아니지만 숙취를 한 번에 싹 날려 버릴 정도로 상쾌한 기운이 전신의 활력을 돋우었다.

"호호호. 가실 때 한 병 드릴게요."

"정말요? 그거 익는 데 50년이 걸리고 한 번에 세 병 분량

밖에 안 나오잖아요."

하이리스의 말에 세르나가 놀라서 물었다.

"우리 일족에게 수백 년 동안 지낼 안전하고 풍요로운 땅을 선물해 주셨으니 이 정도는 당연히 드려야지."

"아, 아니, 그 정도로 귀한 술은 받을 수 없습니다. 마음만 받겠습니다."

"아니에요. 그나저나 세르나에게 들으니 큰망치 일족에서 전사 둘을 보낸다지요?"

"정확한 신상은 듣지 못했지만 그러기로 했습니다."

"그럼 저희 일족에서도 두 전사를 딸려 보내면 될까요?"

"그렇게 해 주시면 귀하게 쓰겠습니다."

"아니에요. 짧은 기간에 비약적으로 성장한 세르나와 샤나에게 그랬듯 많이 가르쳐 주시고 험하게 굴려 주세요. 배우는 것이나 향상심은 세르나에 못지않은 아이들이니 대장님과 동행하면서 많은 것을 배웠으면 좋겠어요."

"……."

뭐라고 대답을 해야 할지 모르겠다.

"세르나를 통해서 큰망치 일족이 대장님에게 특별한 선물을 했다고 들었어요. 저희도 대장님의 은혜에 보답하기 위해서 작은 선물을 준비했어요."

그러면서 내민 것은 작은 유리병이었다. 포션병과 같은 크기였는데, 투명한 액체가 4분의 1 정도 채워져 있었다.

"이게 뭡니까?"

비단숲 일족에게 중요한 거라면 받을 생각이 없어서 그렇게 물었다.

"저희는 혼혈이라서 세계수는 모시지 못했어요. 다만 태어날 때부터 정성을 들여서 키우는 나무들이 있지요. 이건 '엘프목의 눈물'이라고 부르는데, 우리 일족이 생을 마감할 때 함께 죽어 버리는 운명의 나무가 자신의 모든 것을 담아서 남기는 미량의 눈물을 모은 것이랍니다."

"엘프목의 눈물이 한 방울이 되려면 일족의 원로와 운명을 같이하는 운명목 열 그루가 흘리는 눈물을 모아야 해요. 그리고 정령이 엘프목의 눈물을 복용하면 작게는 성장을 하고 크게는 격이 높아져요."

하이리스의 말이 끝나자 세르나가 조용히 설명을 했다.

비단숲 일족의 원로가 지금 이 자리에 있는 다섯 명 정도인 점을 고려하면 이 엘프목의 눈물이 가진 가치를 확실하게 알 수 있었다.

받은 포션 안에 있는 양은 적어도 열 방울은 될 것 같았다.

"이런 귀중한 것을 제게 주신단 말입니까?"

"이것보다 더한 보물이라도 드려야지요. 대장님 덕분에 이렇게 안전하고 풍요로운 곳으로 이주할 수 있게 된 걸요. 거기에 우리 일족이 앞으로 오랫동안 풍요롭게 살 수 있는 기반까지 마련해 주신 걸요."

"하, 하지만 이건 좀 과합니다."

욕심은 나지만 넙죽 받기엔 가치가 너무 높았다.

"대장님은 자연정령과 계약할 정도로 뛰어난 정령사임을 이미 알고 있어요. 자연정령은 저희가 계약하는 정령계의 정령과 달리 성장을 시키는 것이 극히 어렵다고 들었어요. 부디 도움이 되길 바라요."

하이리스의 말을 듣고 보니 차마 거절할 수가 없었다. 지금까지 세 정령은 운 좋게 한차례씩 진화를 했지만, 엘프목의 눈물이라면 더 성장을 시킬 수 있었던 것이다.

"너무 욕심이 나서 도저히 사양할 수가 없군요. 대신이라기에는 뭐하지만 비단숲 일족의 세 전사에게 특별히 신경을 쓰겠습니다."

가온이 해 줄 수 있는 건 그런 것밖에 없었다.

"그럼 순수한 인간으로 자연정령이 혹할 정도의 친화력과 20대 중반에 검기 완숙자의 실력을 가질 정도로 뛰어난 재능을 가진 피를 우리 일족에게도 나눠 주시길 바랄게요."

"그러겠습니다."

가온은 별생각 없이 하이리스의 부탁을 받아들였다.

"루의 이름으로 약속하신 거예요?"

"네."

"호호호! 불가능한 부탁이라고 생각했는데 흔쾌히 받아 주시는 것을 보면 우리 세르나가 잘 처신한 것 같아서 기쁘

네요.”

하이리스의 말이나 흐뭇한 미소를 짓고 있는 네 원로의 얼굴 그리고 터질 것처럼 새빨갛게 변한 세르나의 얼굴을 보니 뭔가 좀 이상했다.

'뭐지? 피가 그 피가 아닌가?'

이제야 뭔가 이상하게 돌아간다는 생각에 하이리스의 말을 곰씹던 가온은 눈을 질끈 감았다.

가온은 정말 순수하게 어떤 의식을 위해서 자신의 피를 달라는 줄 알았는데, 그게 아니었다.

'이런!'

자신을 쳐다보지 못하고 목덜미까지 새빨갛게 변해서 고개를 푹 숙이고 있는 세르나의 반응으로 보아 그건 확실했다.

가온이 막 오류를 뒤집으려고 할 때 하이신스와 네 원로가 자리에서 일어났다.

“오늘은 대장님이 떠나는 특별한 날이니만큼 모든 일족이 한자리에 모여서 식사를 하기로 했답니다. 이미 준비를 하고 있을 테니 함께 나가시지요.”

“그, 후유! 알겠습니다.”

아무리 오해를 했다고는 해도 루의 이름으로 약속을 한 게 바로 전이니 뭐라 할 말이 없었다.

물론 그렇다고 세르나를 대상으로 어떻게 하겠다는 마음

은 아니었지만, 시간을 두고 오류를 정정할 생각이었다.

  루시아를 떠나는 가온의 곁에는 달쿤과 세르나 외에 네 명
이 추가되어 있었다.

  큰망치 일족에서 파견한 전사 중 한 명의 이름은 로탄으
로, 달쿤과는 어릴 때부터 함께 자라고 경쟁해 온 사이이며
처음 달쿤을 만났을 때보다 더 뛰어난 검술 실력을 가지고
있는 거한이었다.

  그는 땅과 불의 중급 정령과 계약을 해서 정령술사로도 예
전의 달쿤을 능가했다.

  다른 한 명은 오르넬이라는 여전사로 인간의 기준으로도
뛰어난 미인이면서 오랫동안 단련한 몸 때문에 단단하면서
강인한 야성미를 가지고 있었다. 실력은 예전의 달쿤과 비슷
한 검광 실력자였다.

  그녀는 땅의 중급 정령과 불의 하급 정령과 계약을 했다.

  비단숲 일족의 전사 둘은 세르나와 사촌 사이의 쌍둥이 남
매로 오빠인 라테는 일족 최고의 궁사이면서 바람과 숲의 중
급 정령들과 계약을 했다고 했다.

  동생인 로테는 검술 실력은 이제 막 검광에 입문한 정도
였지만 물, 불, 나무, 바람의 중급 정령과 계약을 한 뛰어난
정령사로, 일족에서는 치료사로 성장하길 기대할 정도의 치
료 능력을 가지고 있었다.

비록 샤나와 라쟈가 빠져서 조금 섭섭하고 미안했지만 네 사람이 합류해서 무척 든든했다.

세르나와 달쿤의 말이 아니더라도 가온은 두 일족 입장에서 보면 굉장한 은인이기에 네 사람 모두 그에게 강한 호감을 드러내고 있었다.

말이 한 필이 부족한 관계로 잠시 고민했지만 세르나가 과감하게 자신의 말을 포기하고 가온과 함께 탔기 때문에 일행은 바로 출발했다.

'후우!'

가온은 자신이 미처 반응을 하기도 전에 말을 양보하고 자신의 뒤에 뛰어올라 앉은 세르나의 가슴이 등에 밀착되는 감촉에 속으로 깊은 숨을 내쉬었다.

세르나는 큰 키 때문에 마른 듯 보였지만 밀착되자 의외의 몸매를 가지고 있음이 확인되었다.

'방어구도 안 입다니!'

성숙한 여체가 바짝 몸에 밀착하는 것은 기분이 좋으면서도 굉장히 곤란했다.

가온은 그렇게 밀착된 것도 불편한데 천천히 걸을 때 마침 바람이 뒤에서 불어오자 그녀에게서 흘러나오는 향기에 정신을 못 차렸다. 싱그러운 풀냄새에 연한 꽃향기가 섞인 것 같은데, 향수는 아닌 것 같고 그녀 특유의 체향인 것 같았다.

당황한 가온은 할 수 없이 말을 재촉했고 아그레브에 도착했을 때는 출발할 때와 달리 말들이 굉장히 지쳐 있었다. 세르나의 감촉과 체향으로 인해서 제대로 휴식할 생각도 하지 못했기 때문이다.

드인 상단의 지부의 별관에 도착한 가온은 일단 여섯 명에게 여장을 풀도록 한 후 거메인을 찾아갔다.

"오셨군요."

거메인이 반색을 하며 반겼다. 가온에게 부탁한 일 때문이었다.

"다음 달 거래부터 포도주는 2배로 늘리고 새롭게 맥주도 출하하기로 했습니다."

"오옷!"

포도주의 출하량이 늘어난 것도 반갑지만 루시아에서 빚는 맥주라니 거메인의 얼굴이 환해졌다.

"맥주 맛은 어떻습니까?"

"시음을 해 봤는데 하면발효 효모를 사용하여 목 넘김이 좋고 깔끔한 맛과 시원한 청량감이 아주 인상적이었습니다."

"상면발효 효모가 아니라고요?"

탄 대륙은 비교적 상온에 가까운 고온에서 발효할 때 위로 떠오르는 효모를 사용하는 상면발효 효모 발효 공법을 사용한 맥주가 대부분이었다.

지구에서는 그런 맥주를 에일이라고 부르는데 쓴맛이 강

하고 탄산이 적으며 과일 같은 향긋함과 진하고 깊은 맛이 특징이다.

하지만 루시아에서 생산된 맥주는 큰망치 일족 비전의 하면발효 효모를 사용하는 발효 공법을 사용하는데, 10도 정도의 저온에서 발효하며, 발효 후 하면에 가라앉는 효모를 사용하기에 맛이 전혀 다르다.

하면발효 효모 방식으로 만든 맥주를 지구에서는 라거라고 부르는데, 저온에서 장기간 저장시켜 만들기에 과일향이나 깊은 맛은 없지만 부산물이 적어서 맛이 깔끔하고 시원한 청량감이 특징이다.

가온은 루시아 맥주가 처음에는 생소할 수 있지만 폭발적인 인기를 끌 것이라고 확신했다. 지구도 후자의 라거 맥주가 세계 맥주 시장의 80% 이상을 차지하니 말이다.

게다가 지금은 맥주를 만들 만큼 맥주 보리와 홉을 재배하는 농가가 없는 만큼 희소성까지 더해져서 엄청난 이익을 거둘 수 있었다.

"일단 한번 맛을 보시죠."

가온은 선물로 받아 온 맥주통을 꺼냈다.

포도주보다는 맥주를 좋아하는 거메인이 잽싸게 주석으로 만든 잔을 들고 왔다.

가온이 통 하단의 마개를 빼자 가느다란 술 줄기가 주석 잔 안으로 흘러 들어갔고 거품과 함께 잔을 채우기 시작했다.

그 모습을 본 상단 직원들이 하나둘 모였다. 그들 또한 맥주 가격이 워낙 급등한 관계로 한동안 마셔 보지 못해서 회가 동한 것이다.

"자, 루시아 맥주를 한번 맛봅시다!"

가온의 말에 다들 잔을 채운 맥주를 마셨다.

"카악!"

"오! 맛은 가벼운데 목 넘김이 좋습니다!"

"묵직한 맛은 아니지만 가볍고 청량해서 무척 시원합니다!"

처음에는 얼굴을 찌푸리는 이들도 있었지만 한 모금씩 더 마실 때마다 표정이 풀어지더니 잔이 비었을 때는 다들 눈이 초롱초롱해졌다.

"새로운 타입의 맥주인데 맛도 그렇고 느낌도 아주 신선합니다!"

이제까지 주로 마셨던 맥주와는 맛이나 풍미가 다르긴 했지만, 그래서 더 신선하게 느껴졌다.

"이번에도 대박이네요! 주류상들이 난리가 날 것 같습니다!"

거메인이 기대에 찬 얼굴로 말했다.

"포도주에 비해서 숙성시키는 시간이 길어서 당장 많은 양은 출하하지 못할 거라고 들었습니다."

"그럼 얼마나?"

대박 아이템이라고 확신했는데 양이 많지 않다고 하니 거메인은 초조할 수밖에 없었다.

"작은 통을 기준으로 한 달에 500통이 될 거라고 하더군요."

사실 원래는 2천 통 이상씩 출하하기로 했는데, 이번에 가온이 그 열 배를 구입하는 바람에 그 정도밖에 못 내놓는 것이다.

"그 정도로는 수요를 당해 낼 수가 없을 텐데……."

거메인은 이런 대박 아이템을 제대로 유통시킬 수 없다는 사실에 좌절했다.

"음, 그럼 이건 어떻습니까?"

"뭘 말입니까?"

"방금 전에 떠올린 생각인데 그 정도 양으로는 아그레브에도 깔지 못할 겁니다. 차라리 한 곳을 밀도록 하지요."

"한 곳을요?"

"퍼슨과 결혼할 분이 전에 여관을 운영했던 것은 알고 있죠?"

"그렇습니다."

"그분에게 이곳에서 술 전문점을 내도록 하는 겁니다. 물론 드인 상단에서 절반 이상의 지분을 가져야겠지요. 맥주는 그곳에 전량 넘기고요."

"술 전문점이라……."

수도를 비롯한 대도시는 전문적으로 술과 요리만 파는 곳이 있지만, 랑트는 물론 아그레브에도 그런 곳은 없다. 모두 여관을 끼고 술과 요리를 파는 것이다.

가온의 말에 거메인의 눈이 빛났다.

'그래! 루시아산 포도주도 그렇고 맥주도 이 정도 맛과 품질이라면 굳이 여관을 끼지 않아도 충분한 수익을 올릴 수 있어!'

그냥 도매상이나 여관에 넘기는 것보다 직접 팔면 수익은 극대화된다.

무엇보다 여관을 운영하는 데는 인력이 많이 들어간다. 여행객이나 상인 혹은 용병이 주로 이용하기 때문에 다양한 시설이 필요하고, 시설들도 꾸준하게 관리하고 유지해야 하기 때문이다.

그게 다 비용으로 잡히는데, 주점이라면 요리사와 서빙을 하는 점원만 있으면 된다. 숙박을 하지 않으니 가끔 용병들 때문에 발생하는 사건, 사고도 어느 정도 피할 수 있었다.

"좋습니다!"

거메인에게 동의를 받자 가온은 바로 마통기로 퍼슨과 통신을 했다.

마침 스톤이 퍼슨과 함께 있었는데 얘기를 듣더니 생각할 필요도 없다는 듯 제안을 반겼다.

랑트보다 아그레브가 더 안전하고 장사를 하기에 조건이 더 좋았기 때문이다. 그래서 결국 낸시 모녀는 물론이고 스톤의 여동생 가족까지 아그레브로 이주해서 주점 사업을 시작하기로 했다.

　루시아 포도주로 유명한 드인 상단에서 시작하는 사업이니 걱정할 필요가 없다고 판단한 것이다.

준비

그렇게 즉흥적인 결정이 일사천리로 진행되는 바람에 퍼슨 일행은 다음 날에나 아그레브로 오기로 했다.

나머지는 거메인에게 맡기고 숙소로 돌아온 가온은, 일행 모두 시장 구경이라도 나갔는지 방이 텅 빈 것을 확인하고 미뤄 두었던 자신의 볼일을 보기로 했다.

'갓상점 오픈!'

곧 초대형 던전에 들어가야 하니 실력을 올려야 했다. 그래서 더 이상 망설이지 않고 스킬 진화권을 구입하기로 했다.

다행히 오우거 던전을 클리어해서 50만 포인트를 더 획득해서 진화권 두 장을 추가로 구입할 수 있게 되었다.

가온은 그동안 시간이 날 때마다 어떤 것을 구입할지 고민해 왔고 결론을 내렸다.

'기본이 튼튼해야 해!'

마나와 마력을 사용하는 자라면 당연히 제대로 된 마나와 마력이 바탕이 되어야만 했다.

먼저 진화시킨 건 오행 마나 연공술이다.

'오오!'

진화권을 사용한 직후 가온의 머릿속에는 새로운 연공술의 요체는 물론 마나의 운행 경로가 떠올랐다.

일단 오행 마나 연공술이 오행신공으로 진화했다.

'호흡이 아니라 전신 모공으로 오행기를 받아들이고 있어!'

오행신공으로 진화하면서 가장 먼저 생긴 변화는 전신의 모공이 모두 열린 것이다. 아니, 이미 열려 있었지만 감각으로 느끼지 못했었는데 이젠 느낄 수 있었다.

새로운 마나의 운행 경로는 열 배로 길어졌지만 모공을 통해서 오행기를 흡수할 수 있게 되었기 때문에 연공에 소요되는 시간은 오히려 짧아졌다.

그것만이 아니다. 열 배로 확장된 운행 경로를 거친 오행기는 이전에 비해서 몇 배는 더 순화도가 높아졌고 한 번의 연공으로 축적할 수 있는 오행기의 양이 대여섯 배나 많아졌다.

시험 삼아서 바로 운공을 해 본 가온의 눈에서 폭발할 것 같은 오색의 안광이 폭사되었다.

'이 정도라니!'

정말 한 번의 운공으로 기존의 세 배에 해당하는 오행기를 축적할 수 있었는데, 더 놀라운 것은 이전처럼 수없이 많은 운공으로 순화를 시키지 않아도 자신의 것으로 순화되었다는 사실이다.

마나오션이 묵직했다. 토기를 중심으로 네 속성의 마나가 또아리를 튼 채 단단하게 압축되었는데, 생각과 거의 동시에 원하는 곳으로 움직일 수 있을 정도로 순화된 상태였다.

이 정도면 마나 운용력으로 기존의 두세 배에 해당할 정도로 효율적으로 사용할 수 있을 것 같았다.

시험 삼아서 단검에 마나를 주입해서 오러 블레이드를 구현해 본 가온은 활짝 웃었다. 이전에는 무리를 해야 겨우 만들 수 있었던 오러 블레이드가 제대로 구현된 것이다.

이전의 오러 블레이드와 다른 점은 본래 자연으로 돌아가려는 속성을 가져 일단 생성한 직후부터 마나가 빠르게 흩어졌는데, 그 속도가 체감상 5분의 1 정도로 줄어들었다.

순화, 즉 가온의 의지가 더 많이 깃들어져서 자연계로 돌아가는 마나가 그 정도로 줄어든 것이다.

그동안 마나가 꽤 많이 늘어나서 이젠 오러 블레이드를 5분 정도는 사용할 수 있을 것 같았다.

'좋아!'

가온은 내친김에 스킬 진화권을 한 장 구입해서 청류 마력 서킷도 진화시켰다.

'청류심공이라······.'

바로 진화한 청류심공을 운공해 본 가온의 눈이 튀어나올 듯 커졌다. 경유하는 마나로드는 두 배 정도 길어진 데 불과 했지만 축적되는 마력의 양이 기존의 다섯 배에 달한 것 이다.

가장 놀라운 변화는 마력의 순도였다.

기존의 마력까지 끌어내어 서킷을 돌린 결과 마력의 띠는 절반 정도로 가늘어졌지만 대신 순도, 즉 의지에 순응하는 정도는 세 배 이상 높아졌다.

시험 삼아서 파이어 마법을 시전해 보니 차이를 분명하게 확인할 수 있었다.

'구현 시간이 절반으로 줄었는데 위력은 세 배 이상 강해 졌어.'

불과 1서클에 불과한 파이어 마법이지만 그의 손끝에서 생성된 화염의 구는 파이어 볼에 해당할 정도로 크고 강한 열기를 뿜어내고 있었다.

이 정도 효율이라면 벼리가 아주 유용하게 사용할 수 있을 것이다.

'200만 포인트가 아깝지 않아!'

이렇게 되면 본신의 능력이 두세 배 이상 높아지는 것이니 기쁠 수밖에 없었다.

'남은 건 제대로 된 마나 검술이네.'

이젠 훈 검술로는 부족했다. 검기와 오러 블레이드를 제대로 사용할 수 있는 검술이 필요했다.

남은 포인트를 확인해 보니 20만이 좀 넘었다.

'더 열심히 사냥을 하자!'

이번 오우거 던전에서 얻은 명예 포인트가 무려 50만 점이라는 사실을 고려하면 점보 던전을 클리어하면 100만 정도는 얻을 수 있을 것 같았다.

그렇게 마음먹었던 일을 끝낸 가온은 이제 좀 더 가벼운 마음으로 갓상점을 둘러볼 수 있었다.

갓상점에는 오래 떠 있는 물건들도 있었지만 새로 등록되는 물건들도 많아서 매일 살펴봐도 흥미로운 것들이 많았다.

딱히 구매하고자 하는 물건은 없었지만 판매 상품들을 쭉 둘러보던 가온의 눈에 들어오는 게 몇 개 있었다.

'이건 흑검의 상위 호환이네.'

그의 눈이 가장 오래 머문 것은 거대한 도였다.

길이 12미터에 도신의 폭은 1미터에 달하는 대도의 재질은 '다크아이언'이라는 미지의 금속과 마나 전도율이 최고 등급인 미스릴의 합금이었는데, 거대화를 했을 때 사용하면 맞을 것 같았다.

'대체 이렇게 거대한 도를 누가 쓰는 거지?'

거인족이 존재한다면 몰라도 인간은 도저히 사용하거나 만들어 낼 수 없는 엄청난 무기였다.

가온이 거인족을 떠올리는 것은 이름 때문이었다.

'푸르스 레오라⋯⋯. 어울리는 이름이네.'

푸르스 레오는 라틴어로 '검은 사자'라는 뜻이다. 즉, 지구인이 붙인 이름이니 신기할 수밖에 없었다.

지구에도 고대에 거인족이 있었다는 이론은 상당한 지지를 받고 있다. 성서에서도 언급이 되었고 꽤 많은 증거들이 발견되었기 때문이다. 물론 주류 학계에서는 거인의 존재를 거부하고 있지만 말이다.

'현재의 훈 검술과 어울리는 건 검보다는 도지.'

가온이 익히고 개량한 훈 검술은 찌르기 초식도 있지만 베는 초식이 더 많았다. 상대가 마수나 몬스터이기에 찔렸다가 제대로 회수하지 못할 경우 치명상을 입을 수 있기에 베기에 해당하는 초식이 많았다.

'좋아! 사자!'

거대화를 했을 때 파르를 거대한 도나 검으로 변환시켜 사용할 수 있지만 오랫동안 파르를 자신의 피부와 밀착된 최종 방어막으로 사용해 온 가온은 새로운 무기를 원했다.

등급은 유일이고 마침 가격도 적당했다. 1만 포인트 정도는 별로 고민하지 않고 쓸 수 있을 정도로 보유한 명예 포인트는 많았으니 말이다.

가온은 푸르스 레오라는 이름 대신 흑사자라는 이름으로 부르기로 했다.

'아!'

그러고 보니 아이템과 스킬의 등급 업도 해야만 했다.

그동안 이런저런 보상으로 얻은 아이템 강화석은 여섯 개였다.

희귀 등급 이하의 아이템을 대상으로 3강까지는 100% 강화해 주는 강화석을 사용할 대상은 몇 가지밖에 없었다.

'흑검과 안전텐트는 일단 빼고.'

먼저 강화한 아이템과 굳이 강화할 필요 없는 방어구 세트를 빼니, 독 조제기와 포션 조제기가 남았다.

'좋아!'

두 개를 대상으로 각각 3강씩 강화했다. 기존에 비해 30% 정도 강화된 것에 불과했지만, 조제 효율이나 생산된 독과 포션의 등급은 더 향상되었을 것이다.

아공간에서 잠자고 있던 네 장의 스킬 강화권도 사용하기로 했다. 강화를 하면 E등급 이하의 스킬인 경우 레벨이 하나 올라가는 스킬 강화권은 워터, 그리스, 디그 마법과 질주 스킬에 사용했다.

이제 남은 것은 스킬 등급 업이다. 가온에게는 마나를 영구히 소모하여 스킬의 등급을 올릴 수 있는 특별한 스킬인 '스킬 클래스 업' 스킬이 있었다.

'그동안은 마나 때문에 쓰지 못했는데 이제 어느 정도는 사용해도 되겠지.'

소모한 마나를 보충할 수 있는 확실한 수단도 있으니 E등급을 D등급으로 등급 업시킬 정도의 여유가 생겼다.

그래도 많은 마나를 소모할 수는 없었기에 네 개의 E등급 스킬을 D등급으로 높였다.

대상은 파이어, 윈드커터, 버프, 힐 마법으로 앞으로 전투를 보조할 벼리에게 큰 도움이 될 것이다.

네 마법을 등급 업시키는 데 소모된 160의 마나는 이제 가온에게 큰 의미가 되지 못했다.

생각보다 마나 소모가 크지 않다는 사실을 확인한 가온은 고민한 끝에 자신이 그동안 많이 사용했던 은신 스킬을 A등급으로 등급 업시키기로 했다.

필요한 마나는 2,560이나 되어 부담스럽긴 했지만, 정보 길드 출신의 네 사람을 치료하는 과정에서 흡수한 마나가 2천 정도 되기에 큰 부담은 없었다.

단번에 2,500이 넘는 마나가 사라져서 잠시 허탈한 기분이 들기는 했지만, 허니비의 젤리와 꿀을 꺼내 먹은 가온은 금방 기운을 차렸다.

소모한 마나를 바로 회복할 수는 없지만 마나 증진에 도움이 되는 영약들을 먹으면 얼마 지나지 않아서 다시 채울 수 있었다.

가온은 내친김에 눈에 거슬리던 신성 마스터리에 있는 홀리큐어와 정화 스킬을 각각 10의 마나를 소모해서 공히 E등급으로 올리고 나서야 스킬 창을 닫았다.

'이제는 좀 더 강해진 거 맞겠지?'

가온은 뿌듯한 기분으로 진화한 오행신공과 청류심법을 다시 운공했다.

다음 날은 예상했던 대로 굉장히 바빴다.

꼭 챙겨야 할 물건들만 소지한 채 텔레포트 마법으로 아그레브에 건너온 퍼슨의 가족과 스톤을 챙겨야 했다.

그래도 드인 상단에서 이주와 새로운 상점의 개설과 관련한 문제를 해결하는 데 전적으로 돕기로 했기 때문에 가온이 직접 나설 필요는 없었다.

이곳에서 새로운 도전을 하기로 한 낸시 모녀나 스톤의 여동생 가족 그리고 랄프의 가족들은 처음에는 좀 불안한 얼굴이었지만, 지부장인 거메인이 다른 상단 직원들과 함께 그들의 정착 과정을 챙기자 안색이 많이 좋아졌다.

"루시아에서 새로운 대원들이 합류했습니다."

가온이 새로운 대원들을 소개하자 패터가 울상을 지었다. 마음에 두었던 샤나가 빠진 것을 확인했기 때문이다.

'생각보다 많이 좋아했나 보네.'

퍼슨과 세르나의 주도로 서로 소개를 하는 시간을 갖는 동안 가온은 침울해진 패터를 구석진 곳으로 데리고 갔다.

"정보 던전은 최소 3급 기사의 실력을 가진 토벌군의 2할이 죽거나 폐인이 될 정도로 흉험한 곳이야. 내가 일부러 샤나를 두고 온 이유는 위험해서야. 네가 아니었다면 굳이 샤나를 이런 식으로 챙기지도 않았어."

"……대장의 마음은 충분히 알지만 왠지 기운이 빠지네. 겨우 샤나가 내 고백을 받아 주었거든."

고백을 했고 샤나가 받아 주었다는 사실은 처음 듣기에 내심 좀 미안했지만 티를 낼 수는 없었다.

"더 실력을 키워. 지금 네 실력으로는 샤나의 일족에게 인정을 받지 못해. 알지?"

가온의 말에 패터가 고개를 끄덕였다.

비단숲 일족은 굉장히 배타적인 성향을 가지고 있었고, 패터도 그런 사실을 샤나를 통해 들어서 알고 있었다.

"최소한 2급 기사에 해당하는 실력자가 된다면 상황은 달라질 거야."

이건 하이리스 원로를 통해 직접 들은 사실이다. 비단숲 일족은 먼 친척 간이라도 혼인을 하지 않는다. 즉, 밖에서 배우자를 찾는 것이다.

그런데 그 조건이 아주 까다로웠다. 인성도 보지만 철저히 실력을 따져서 정하는 것이다.

그래서 결혼이 늦는 경우가 태반이지만 그래도 그게 전통이기 때문에 누구도 불만을 토로하지 않는다.

"너처럼 빨리 실력이 늘어나는 경우는 아주 드물어. 그건 알고 있지?"

"응. 대장만큼은 아니지만. 그래도 이번에 랑트에 갔을 때 아버지 지인들이 굉장히 놀라시더라고."

본격적으로 수련을 시작한 지 채 1년도 되지 않는 패터가 벌써 검광 실력자이니 놀랄 수밖에 없었다.

"그러니까 실망하지 마. 더 실력을 갈고닦아서 루시아로 찾아가."

"알았어! 준 것도 없는데 마냥 퍼 주는 대장도 있고, 이젠 갓상점도 이용할 수 있으니 해 볼게!"

그제야 겨우 기운을 찾은 패터의 눈이 이글거렸다.

그렇게 어느 정도 정리가 된 것은 늦은 오후였다.

"이제 떠나도록 하지요."

짧은 재회가 아쉬운 이들이 있었지만, 기대하지 않았던 방문이었기에 퍼슨이나 스톤 그리고 랄프는 아쉬움을 억지로 숨기고 다시 수도를 향해 출발했다.

수도로 귀환한 가온은 가장 먼저 정보 길드 출신 대원들의 상태부터 확인했다.

라이라를 포함한 네 명은 먹고 자는 시간을 제외하고는 종일 연공과 수련에 매진하고 있었다. 마론 부부가 고개를 절레절레 흔들 정도였다.

　'며칠 사이에 상태가 엄청나게 좋아졌네.'

　가온의 특별 지시를 받은 샐리가 매 끼니마다 콰르와 돌고렌스 고기를 챙겨서 먹인 덕분인지 네 사람은 이제 사람 꼴이 나고 있었다. 이전에 비해 살도 오르고 소실되었던 근육도 빠르게 생성되고 있었다.

　대련을 통해 확인을 해 보니 벌써 검광 완숙자에 해당하는 실력을 발휘할 정도였다. 오래된 내상 때문에 마나의 양이 많이 줄긴 했지만, 마나 운용력은 빠르게 회복되고 있다는 증거였다.

　"그동안 고생했습니다. 이대로만 수련하십시오."

　"넵!"

　스스로도 놀랄 정도로 빠르게 회복하고 있었기에 네 사람의 사기는 무척 높았다.

　헤븐힐 일행의 수련 성과도 확인을 해 봤다.

　"오우거 던전 클리어 보상으로 받은 스킬 강화권과 늘어난 마나 덕분에 버프의 효율이 크게 올랐어요."

　반갑게도 헤븐힐의 버프는 최대 열 명을 대상으로 3할의 전투력을 높여 주며 버프 유지 시간도 5분으로 늘어났다.

　그 대상이 가온까지 포함된다면 버프의 위력이 얼마나 강력한지 짐작할 수 있었다.

"저 역시 축복의 효과가 높아졌어요. 언니의 버프 스킬 효과와 비슷한 정도로요."

현실에서 가온의 조언을 들은 후 신실한 루의 사제로서 생활하고 있는 매디의 축복 스킬도 보상과 늘어난 마나로 인해서 버프와 거의 유사한 효과를 발휘했는데, 그것에 더해서 상태 이상이나 저주와 같은 공격에 면역까지 주어 대원들에게 큰 힘이 될 것 같았다.

"고생했네. 그런데 두 사람은 갓상점에서 뭘 구입했어?"

"저는 검기 공격을 세 번까지 막아 주는 앱솔루트 실드 매직북을 구입했어요."

"저도 언니와 상의한 끝에 비슷한 효과가 있는 홀리배리어 매직북을 구입했어요."

고심 끝에 선택했겠지만 가온은 훌륭한 선택이라고 생각했다. 아무래도 마법사나 사제는 방어 면에서 약하니 말이다.

"둘 다 잘 골랐네. 바로는?"

"전 던전 보상으로 나온 스킬 강화권으로 파이어 볼을 4레벨까지 올렸고, 갓상점에서는 파이어 스톰 매직북을 구입해서 익히고 있어요."

3서클부터는 특정 속성을 선택하는 것이 마법사로서 성장하는 데 도움이 된다. 이른바 한 길을 파는 것인데 바로는 불

속성을 선택한 것이다.

"지금 마나 양으로는 파이어 스톰을 펼치기는 힘들 텐데……."

파이어 스톰은 파이어 볼에 비해 범위가 넓은 공격 마법으로 위력은 열 배 이상 강력했다.

문제는 그만큼 많은 마나가 필요하다는 것.

"그렇긴 하지만 열심히 마력 서킷도 연공하고 있고, 대장님이 챙겨 주실 천연 영약을 믿으니까요."

파이어 스톰은 5서클에 해당하는 마법으로 다른 조건들도 충족을 해야 하지만, 많은 양의 마나가 소요되기 때문에 레벨 100이 넘는 초랭커들도 현재 수준으로는 펼치기 힘들 것이다.

그래도 시스템의 도움을 받는 플레이어이기 때문에 마나의 양만 충분하다면 얼마든지 구현할 수 있기는 하다.

"콰르와 플고렌스 고기는 아직 많으니까 부지런히 먹게 해 주지."

"하하하. 감사합니다!"

이제 내성이 생겼는지 먹을 때마다 조금씩 축적되는 마나가 줄어들기는 하지만, 그래도 아직까지는 마나 증가 효과가 있었다.

"일단 세 사람 모두 이것을 복용해."

가온이 따로 챙긴 포션병 세 개를 내밀었다.

"혹시 마나를 늘려 주는 비약입니까?"

눈치가 빠른 바로가 기대 어린 얼굴로 물었다.

"하하하. 그래. 이번 여행에서 잠깐 스승님께 들러서 받아 온 거야. 마나 증가는 물론이고 신체 능력까지 올려 주는 효과가 있더라."

가온의 설명에 세 사람의 눈이 초롱초롱해졌다.

세 사람이 이전에 알고 있던 비약은 허니비의 꿀을 희석시킨 것이지만, 이건 로열젤리를 희석시킨 것이라 플레이어의 전 스텟에 긍정적인 효과가 있었다.

세 사람은 지체하지 않고 바로 비약을 복용한 후 마력서킷을 운공했다.

얼마 후 깨어난 세 사람은 상태창을 살펴보고 깜짝 놀랐다.

"다, 단숨에 마력이 57이나 늘어나다니!"

"끼욧! 마력만이 아니야! 체력부터 시작해서 모든 스텟이 3에서 4가 올랐다고!"

"대체 이런 비약을 어떻게?"

세 사람은 너무 좋아서 펄쩍펄쩍 뛸 기세였다.

"이번에 들어가려는 초대형 던전의 위험성은 다들 잘 알고 있지?"

가온의 묵직한 말에 세 사람은 흥분을 가라앉히고 고개를 끄덕였다. 그 때문에 헤븐힐과 매디가 갓상점에서 방어 마법을 구입하지 않았던가.

"남은 시간 동안 최선을 다해."

굳이 당부를 하지 않아도 열심히 수련할 테지만 가온은 다시 한번 경각심을 돋우었다.

밤이 깊어지는 시간.

가온은 몸을 은신한 채 투명날개를 이용해서 수도를 벗어났다.

그가 향한 곳은 강 건너편에 있는 한 오우거의 둥지였다. 오우거는 가온에게 사냥당했지만 놈이 지내던 거대한 동굴은 그대로였다.

비록 오우거가 사라진 지 시간이 좀 흘렀지만 놈의 체취가 강하게 밴 동굴이라 어떤 동물도 감히 접근할 엄두를 내지 못하기 때문에 지금부터 할 일을 생각하면 아주 적당한 장소였다.

가온은 적당히 주변을 치운 후 모둔과 세 정령을 소환했다.

"너희들도 이게 뭔지 알지? 다들 한 방울씩 먹어."

─엘프목의 눈물이다!

─정말 우리를 주려고?

─역시 우리에겐 온밖에 없어!

마누는 너무 좋아서 춤을 추었고, 녹스는 충격을 받은 얼

예지몽으로
히든랭커

굴이었으며, 카오스는 그의 품에 날아들었다. 모둔은 오묘한 표정을 한 채 그를 쳐다보고 있었다.

사실 네 정령은 계약을 통해서 가온의 영혼에 귀속되어 있기에 마음만 먹으면 가온에게 일어나는 모든 일을 알 수 있었다.

그래서 비단숲 일족이 가온에게 선물한 엘프목의 눈물에 대해서도 알고 있었다.

하이리스의 설명도 들었거니와 보는 순간 자신들의 성장을 촉진할 수 있는 영약임을 알았지만, 네 정령은 가온의 처분만 기다려야만 하는 신세였다.

가온이 자신들을 얼마나 아끼는지 잘 알기에 기대는 했지만, 이렇게 빨리 엘프목의 눈물을 선물로 줄지는 몰랐기에 감동할 수밖에 없었다.

하지만 지금은 감동만 하고 있을 때가 아니었다.

카오스부터 시작해서 모둔까지 긴장과 기대감으로 가득한 얼굴로 조심스럽게 한 방울씩 마셨다.

'나도 한 방울만 먹자.'

정령 친화력을 높이는 데 큰 효과가 있다고 하니 먹어 두는 것이 좋을 것 같았다.

화아악!

청기보다 더 깨끗하고 맑은 기운이 입안부터 시작해서 전신으로 안개처럼 퍼져 나갔다.

'청기로 수십 차례나 전신을 씻어 낸 것처럼 청량한 기분이야.'

가온은 내친김에 청뇌 명상법부터 시작해서 오행신공과 청류심법, 그리고 마지막으로 뇌전신공까지 차례로 정성을 다해서 운공을 했다.

운공하는 데 걸린 시간은 대략 1시간 정도. 다른 때보다 심신이 최고조인 상태라서 그런지 집중도 잘되었고 마나와 마력 그리고 뇌전기의 운용이 쉽게 느껴졌기에 정성을 들였다.

반개했던 두 눈을 뜨자 시퍼런 뇌기가 번뜩이는 다섯 빛깔의 안광이 어두운 동굴 안을 밝혔다가 순식간에 사라졌다.

가온은 자신의 변화도 궁금했지만 엘프목의 눈물을 복용한 정령들의 변화가 더 궁금했다.

'어떻게 되었을까?'

그런 생각을 하며 막 시선을 주위로 돌리려고 했던 가온은 품 안으로 들어오는 부드럽고 물컹한 감촉에 화들짝 놀랐다.

"누, 카오스! 정말 너야?"

세 장의 날개를 달고 있는 카오스가 품에 안겨 그를 올려다보고 있었다.

그런데 뭔가 변했다.

"온 덕분에 다시 진화를 했어!"

카오스가 이제까지와 달리 의념이 아니라 음성으로 말

했다.

그러고 보니 그것만 변한 것이 아니다. 여전히 품에 안겨 있는 카오스는 실제 인간 여자와 동일한 크기로 성장했을 뿐 아니라 너무나 생생한 감각을 통해 인간과 동일한 육체로 자신을 구현한 상태였다.

그런데 그 미모가 그야말로 천상의 그것이라고 할 만큼 비현실적이고, 몸에서는 세상에 존재하는 모든 향기를 섞어 놓은 것 같은 향기를 은은하게 풍기고 있었다.

그렇게 아름답고 매혹적인 카오스가 자신에게 안겨서 자신을 올려다보고 있으니 마른침을 삼킬 수밖에 없었다.

"호호호! 나도 진화를 했다고!"

그러고 보니 양옆이 묵직했는데 왼쪽에서 자신의 팔을 붙잡고 있는 여자는 녹스였다. 카오스처럼 세 장의 날개를 가지고 있는 그녀 역시 물리적인 육체를 가지고 있었다.

눈처럼 하얀 속살이 은은하게 비치는 검은색 드레스 차림의 마누는 어딘지 위험하게 느껴지지만, 거부하기 힘든 매혹적인 미소를 짓고 있었다.

"이젠 온 님을 위해서 더 많은 것을 할 수 있게 되어서 너무 기뻐요!"

오른쪽 팔에 매달려 있는 마누도 존재감만큼은 두 정령에 떨어지지 않았다. 너무나 빠르게 명멸하기 때문에 그냥 푸른색으로 보이는 뇌전 드레스를 입고 있는 그녀 역시 다른 두 정령처럼 진화를 했다.

그런데 뭔가 묵직한 무게감이 등에서 느껴졌다.

막 돌아보려고 하는데 녹색 머리카락을 가진 얼굴이 그의 눈앞에 나타났다.

"온 님과 계약하길 정말 잘했어요. 비록 진화는 하지 못했지만 저도 큰 폭의 성장을 했어요!"

모둔이었다.

"마, 많이 달라졌네."

긴 녹색 머리카락과 녹색 눈동자를 가진 모둔은 초목의 정령임을 알려 주듯 무척이나 싱그러운 향기를 뿜어내고 있었는데, 수수한 듯 화려한 일면도 엿보이는 얼굴이 무척 매혹적이었다.

보아하니 네 정령 모두 진화 혹은 진화에 가까운 성장을 한 모양이다.

"모두 축하해!"

"이게 모두 온 덕분이야! 고마워!"

카오스가 입술에 뽀뽀를 하는 순간 가온은 몸을 부르르 떨었다. 예전에도 가끔 뽀뽀를 받았지만 지금은 인간 여자와 동일한 육체를 가지고 있어서 그런지 기분이 아주 이상했다.

"나도!"

녹스가 가온의 반응에 만족한 듯 고혹적인 미소를 짓는 카오스를 밀듯 떼어 내더니 그의 품으로 들어와서 뽀뽀를 했다.

'너무 사실적인 거 아니야?'

축축하고 따듯한 입술의 감촉은 물론 쏙 들어왔다가 나가는 혀의 움직임까지 너무나 생생하다.

하지만 그런 감각을 즐길 여유는 없었다. 이어서 마누와 모둔까지 고마운 마음을 담아서 뽀뽀를 해 주었는데, 그때마다 느껴지는 감각이 너무 달라서 정신을 차리지 못할 정도였다.

나중에 알았는데 이 야릇한 접촉으로 인해 가온의 정령력은 무려 1,600이나 증가했다.

엘프목의 눈물을 복용한 효과까지 합하면 무려 3천이 넘게 늘어난 것이다.

정령들의 뽀뽀 세례에서 겨우 정신을 차린 가온은 네 정령으로부터 진화의 결과를 들을 수 있었다.

"저는 이번 진화를 통해서 사용할 수 있는 뇌력이 열 배 이상 증가했을 뿐 아니라 새롭게 공간 이동 능력을 얻었어요."

마누가 신이 나서 말했다.

"공간 이동이라면 어느 정도나 이동할 수 있는 거야?"

"이전에 방문했던 장소는 물론이고 심상으로 구체적으로 떠올릴 수 있는 장소라면 거리와 상관없이 어디든 순식간에 이동할 수 있어요."

"너만?"

"당연히 아니죠. 온 님을 포함해서 셋까지는 가능해요."

엄청난 능력이다. 자신이 얻었으면 좋겠다고 부러워할 정
도로 말이다.

'잘됐다!'

돈 걱정을 할 필요가 없는 만큼 텔레포트 마법진을 이용하
는 것도 부담이 없어졌지만, 그래도 공간 이동에 비할 바가
아니다.

녹스의 경우 보통의 물이나 공기를 독으로 바꿀 수 있는
독 생성 능력과 함께 일정 거리 안에서는 독을 흡수할 수 있
는 능력을 얻었다.

거기에 어둠 속이라면 가온의 존재감을 감출 수 있는 수준
의 은신이 가능하다고 했다.

카오스의 경우 원소를 다루는 능력이 큰 폭으로 높아져서
5서클에 해당하는 거의 모든 속성 마법에 준하는 정령 마법
을 펼칠 수 있게 되었다.

마지막으로 모둔은 생기를 다루는 능력이 강화되어 일정
거리 안에 있는 모든 식물을 급속도로 성장시킬 수도, 순식
간에 말려 죽일 수 있게 되었다고 했다.

당연히 식물이 가진 에너지를 흡수할 수 있는 범위가 크게
확장되었다.

"이젠 넷 모두 육체를 가지게 된 거지?"

카오스에게 물었다.

"그렇긴 한데 오래 유지할 수는 없어. 지금은 온에게 보여 주려고 이렇게 나타난 것이고, 능력을 제대로 발휘하기 위해서는 정령체가 나아."

"그럼 육체를 구현했을 때는 얼마나 능력을 발휘할 수 있는 거야?"

"사흘 정도는 원래 능력의 80%를 발휘할 수 있는데, 시간이 더 지나면 발휘할 수 있는 능력치가 빠르게 떨어져."

그렇다면 아직은 이 모습으로 함께 다닐 수 없었다. 가온은 언제부터인가 자신과 늘 함께하는 정령들과 이렇게 말하고 함께하기를 원했기에 무척 아쉬웠다.

"온 님, 너무 아쉬워하지 마세요. 저희도 아쉽답니다. 하지만 다음 진화를 하면 인간의 모습으로 물질계에서 살 수 있어요."

너무 노골적으로 아쉬운 얼굴을 한 모양이다.

"알았어. 너희들이 또 진화를 할 수 있도록 나도 노력할게."

엘프목의 눈물보다 더 높은 등급의 영약을 구할 수 있는 기회가 온다면 어떤 위험이 있든 마다하지 않을 생각이다.

이 네 정령은 자신의 분신들이나 마찬가지이니 정령들이 진화를 하는 것은 자신의 능력이 올라가는 것과 다를 바가 없었다.

"아쉽지만 이젠 생명의 아공간을 돌아가서 새롭게 얻은 능력을 가온을 위해 언제든 쓸 수 있도록 수련을 할게!"

　그렇게 말한 녹스를 시작으로 네 정령이 생명의 아공간으로 돌아갔다.

정보 던전과 암류

정령들이 돌아간 후 동굴을 떠나려고 했던 가온은 미처 자신의 변화를 확인하지 못했다는 생각이 다시 자리에 주저앉았다.

일단 상태부터 확인했다.

'기대한 것보다 효과가 뛰어나네.'

이미 1차 진화를 이룬 정령들을 2차 진화로 이끌 만큼 대단한 영약이었기에 기대를 했는데 '과연!'이라는 생각이 들었다.

기본 스텟에서는 민첩과 감각 그리고 지력이 대략 30에서 40 가까이 높아졌다.

그것도 대단한 변화였지만 연공의 결과는 더욱 대단했다.

'마나가 17,204에 마력은 15,982, 재생력이 1,451, 정령력은 1만이 넘어 11,125가 되었고 뇌전기도 1만을 넘겼어!'

대체 엘프목의 눈물에 얼마나 강대한 에너지가 집약되었기에 이런 결과가 나왔는지 이해가 안 갈 정도로 대단한 성취였다.

하지만 변화는 그게 전부가 아니었다. 레벨업을 하거나 던전을 클리어해도 거의 변화가 없었던 속성력이 크게 높아졌다. 가장 높은 수 속성의 경우 95가 되었고 뇌 속성력은 92가 된 것이다.

내성 역시 변화가 있었다. 화염내성은 80을 넘겼고 독 내성은 92가 되었으며 그 밖의 내성도 공히 10이 높아졌다.

복용한 엘프목의 눈물이 한 방울이라는 점을 생각하면 어마어마한 효과였다.

'역시 인간의 선의를 가지고 살아야 해!'

별생각 없이 비단숲 일족과 큰망치 일족을 루시아로 불러들인 것이 이런 엄청난 기연을 얻게 해 주었다.

그나저나 앙헬이 걸렸다. 그녀보다 늦게 자신과 계약한 네 정령은 벌써 두 번이나 진화를 했지만 그녀의 능력은 별반 달라진 것이 없었기 때문이다.

─그렇게 미안하면 제게도 제대로 정혈을 흡수할 기회를 주세요.

기다렸다는 듯 곧바로 앙헬의 의념이 전해졌다.

'제대로 정혈을 흡수한다는 것은 상대가 죽을 정도인 거지?'

−네. 특히 루시아에서 처음 흡수한 놈들처럼 마이너스 파장을 가진 놈들의 정혈이 필요해요.

이를테면 나쁜 놈들이 그 대상이었다.

나쁜 놈들이야 이곳 탄 대륙은 물론이고 지구에도 허다하게 많지만, 법이라는 것이 있는데 앙헬로 하여금 죽게 만드는 건 자신이 직접 살인을 하는 것과 마찬가지라서 영 내키지가 않았다.

−만약 그게 어려우시다면 다른 방도도 있어요.

'그게 뭐야?'

가능하다면 다른 방도로 앙헬을 성장시켜 주고 싶었다.

처음에는 앙헬이 마족이라는 사실 때문에 꺼리는 마음이 있었던 것은 사실이었지만, 지금은 그런 것이 거의 사라진 상태였다.

−주인님의 정혈이라면 아주 조금이라도 도움이 될 거예요.

'내 정혈을?'

−네. 저와 영혼이 연결되어 있는 존재이기 때문에 제 성장에 미치는 영향이 아주 커요.

'그렇지만 정혈을 흡수하는 방법이 꿈을 통하는 건 마찬가지지?'

앙헬은 사체로부터 정혈을 흡수하기도 하지만 그런 경우 효율이 굉장히 낮다고 말했었다.

─지금은 제 능력이 낮아서 어쩔 수가 없어요.

아무리 꿈이라고 하지만 앙헬의 분신과 그 짓을 하는 건 영 내키지가 않았다.

'미안하지만 좀 고민을 해 볼게. 조금만 기다려 줘.'

─네에.

힘이 느껴지지 않는 앙헬의 대답에 마음이 아팠지만 내키지 않으니 어쩔 수 없었다.

오우거의 동굴에서 새벽까지 연공을 하고 여관으로 돌아온 가온은 잠 한숨 자지 못한 상태에서 대원들과 함께 새벽 수련을 했다.

땀을 흘린 후 씻고 개운해진 몸과 마음으로 아침 식사를 마친 대원들은 잠깐의 휴식을 위해 저마다의 방으로 돌아갔다.

가온 역시 방으로 들어가서 쉴 생각이었는데 얼마 후 라이라가 루크와 함께 찾아왔다.

"무슨 일입니까?"

"루크 선배가 대장님에게 은밀히 할 말이 있다고 해서요."

루크는 네 대원의 맏이로 정보 길드의 특작대장이었던 인물이다.

"중요한 이야기입니까?"

"네!"

"그럼 자리를 옮길까요?"

이곳은 왕실에서 운영하는 여관이라서 혹시라도 듣는 귀가 있을지 모른다는 생각이 들었다.

"안내하겠습니다."

역시 루크는 정보 길드 출신이라 가온이 의미하는 바를 캐치하고 앞장을 섰다.

그와 라이라가 안내한 곳은 3구역에 있는 한 주택이었다.

"이곳은?"

"저희가 예전부터 사용하는 안가입니다. 길드와는 무관합니다."

주택의 실내는 생각보다 넓었다.

하지만 루크와 라이라가 향한 곳은 지하였다. 응접실의 카펫을 걷은 후 교묘하게 감춰진 문고리를 들어 올려야만 나오는 계단이었다.

아래로 내려가니 위층보다는 좁았지만 꼭 필요한 가구가 다 갖춰진 큰 방이 나왔다.

"길드의 눈을 피해서 쉴 곳을 찾다가 발견했습니다. 여기라면 사람들의 눈과 귀를 피할 수 있을 겁니다."

"괜찮군요."

가온은 한쪽에 마련되어 있는 찻주전자와 도기 잔들을

가지고 테이블로 와서 앉았다. 그리고 아공간 주머니에서 물과 백화차를 꺼내 우리기 시작했다.

곧 실내는 백화차 특유의 향기로 가득했고 루크와 라이라는 침을 삼켰다. 이런 차향은 처음 맡은 것이다.

"됐습니다. 마십시다."

차를 한 모금 마신 루크와 라이라가 눈을 부릅뜨더니 이내 심각했던 얼굴이 풀어진다. 그만큼 백화차는 뛰어난 향과 풍미를 가지고 있었다.

"사실 말씀드리고 싶은 건 두 가지입니다."

"하나는 좀 더 많은 사람을 받아들이면 어떨까 하는 부탁이에요."

루크에 이어 라이라가 조심스럽게 말을 꺼냈다.

"우리 클랜에 말입니까?"

"네. 이런저런 이유로 길드에서 버림을 받은 이들이 많습니다. 저희처럼 내상으로 폐인이 된 경우도 있지만, 정보 공작이 실패하고 얼굴이 알려지는 바람에 빈민가에 숨어 사는 이들도 있습니다."

"어떻게 활용을 하려고요?"

내상을 입은 전투원들을 치료하는 건 녹스가 있기에 그리 어렵지는 않다. 시간이 많이 걸릴 뿐이었다.

하지만 다른 이들의 경우 마냥 받아 줄 수가 없다. 온 클랜이 현재 필요한 인재는 전투가 가능한 이들이었다.

"정보 길드와 연결이 되는 우리만의 비선을 만들었으면 합니다."

안 그래도 퍼슨을 통해 그런 정보 라인을 만들려고 했던 가온이기에 마음이 동했다.

"가능하겠습니까?"

정보 길드 측에서 가만히 지켜볼 리가 없었다.

"대장님이 자금을 지원해 주시면 가능합니다."

"얼마나 지원하면 되겠습니까?"

"일단 10만 골드면 필요한 내부 길드원들을 회유할 수 있을 겁니다."

10만 골드.

개인에게는 상상하기 어려운 거금이지만 거대 세력이라면 쉽게 조달할 수 있는 돈이다.

가온은 그 자리에서 바로 10만 골드를 내놓았다.

"헙!"

아무리 요청을 했다고 그 자리에서 그 엄청난 자금을 내놓을 줄 몰랐던 라이라와 루크의 눈이 튀어나올 것처럼 커졌다.

"던전에 관한 정보를 중점적으로 수집해 주십시오."

"금방 결과를 보여 드리겠습니다!"

루크가 자신하는 이유가 있었다.

정보 길드에는 두 세력이 존재했다. 하나는 정보를 다루는 능력으로 영입된 인물들이고, 다른 하나는 어릴 때부터 길드에 들어와서 재능에 따라 다른 업무를 맡은 이들이다.

루크와 라이라처럼 고아나 형편이 어려운 아이들을 키우는 방식으로 길드에서 양성된 이들은 길드의 핵심 직위를 맡고 있는 세력에 비해 자금이나 능력은 달리지만, 대신 동료 의식이 강하다.

후자가 전자의 세력에 비해 세가 약한 이유는 맡은 업무가 다르기도 하지만 죽음을 각오하는 임무를 수시로 맡기 때문에 선배가 후배를 끌어 주는 것이 어렵다는 것이다.

후자는 행정관이나 아카데미 출신의 전자에 비해서 인맥도 약하거니와 무엇보다 제대로 된 자금도 부족해서 후배를 끌어 주는 것이 어려웠다.

자신들이 이 자금을 사용해서 강제로 은퇴를 한 선배를 돕기 시작하면, 망설이던 이들도 합류하거나 최소한 도움을 거절하지는 않을 것이다. 그래야 본의 아닌 은퇴를 당할 경우 도움을 받을 수 있을 테니 말이다.

루크와 라이라는 10만 골드라는 거금을 눈앞에 두고 복잡한 심경에 빠져 있을 때 가온이 가볍게 테이블을 쳤다.

"자, 아까 말하려던 것을 들어 볼 수 있을까요?"

"큼! 알겠습니다. 사실 우리가 들어가려는 초대형 던전에 대한 정보를 입수했습니다."

"오! 그래요."

꼭 알고 싶었던 정보였다.

"일단 점보 던전의 규모가 상상 이상이라고 합니다."

"상상 이상이라……."

"게이트의 위치가 네룬산인데 알고 계시겠지만 네룬산은 5개국이 국경을 맞대고 있는 곳입니다."

머릿속으로 네룬산의 위치를 떠올린 가온이 고개를 끄덕였다.

이곳에서 말로 반나절 거리에 있는 네룬산은 알카스 소산맥에 속한 거대한 산으로, 전체적으로 옆으로 뻗은 타원형 지형으로 일곱 개의 거대한 봉우리를 가지고 있는데, 루크의 말대로 5개국의 중심에 위치하고 있었다.

"점보 던전이 특이한 점은 던전의 게이트가 다섯 개라는 겁니다."

"그럼 던전에도 5개국의 전력이 투입된 겁니까?"

"그냥 그런 전력이 아니라 경쟁적으로 정예를 투입했습니다. 그럼에도 불구하고 클리어를 하지 못할 정도로 각층의 규모가 어마어마하고 위험한 마수들과 몬스터들이 가득한 던전이라고 합니다."

5개국에서 투입한 정예 전력으로도 아직까지 클리어하지 못한 던전이 왜 예지몽 속에서는 늦가을 무렵에 일반 플레이어들에게 개방이 되었는지 모르겠다.

"던전은 총 5층으로 이루어져 있는데 각각 다른 게이트로 들어가야 합니다."

5개국에 있는 게이트는 각각 다른 층으로 연결이 된다는 얘기였다.

"모든 층에 알려진 토벌군의 전력으로 아직 클리어하지 못할 정도로 강력한 마수들과 몬스터들 있다는 겁니까?"

"그렇습니다. 한 층의 공간이 라이라와 대장님이 들어갔던 오우거 던전의 100배 정도라고 알려져 있습니다."

"그렇게 거대하다고요?"

오우거 던전만 해도 수도의 서너 배 크기인데 100배라니 거의 작은 소국에 해당할 정도로 광활했다.

"그렇습니다. 다만 환경의 차이는 좀 있습니다. 우리 아그레시아 쪽에 해당하는 1층의 경우 험준한 산악 지형이고 톨람 왕국 쪽의 2층은 광활한 습지 지형, 라티르 왕국 쪽의 3층은 추운 설원, 오트 왕국 쪽의 4층은 땅이 허공에 떠 있는 천공 지형, 마지막으로 드베인 왕국 쪽의 5층은 울창한 수림이라고 합니다."

"혹시 공략 진척도도 알려졌습니까?"

"우리 아그레시아 쪽의 1층이 그나마 가장 많이 공략되었는데, 대략 60% 정도인 것으로 알고 있습니다."

"토벌군의 전력으로도 아직 60%라고요?"

토벌군의 전력이나 토벌군이 편성된 시점이 대략 4개월 전임을 고려하면 던전 안이 아무리 넓다고 해도 진척도가 너무 느렸다.

"현재 토벌군이 상대하는 네크로멘서가 너무 강력하다고 합니다. 소환된 죽음의 군단이 수십만에 달하는 데다 데스나이트까지 출현했다고 하니까요."

"수십만이라니 정말 대단하네요."

아무리 왕국의 정예를 모았다지만 그 정도 숫자라면 상대하는 것은 지난한 일이다.

게다가 죽음의 군단을 이끄는 존재가 데스나이트라면 상황이 지지부진한 것은 당연했다. 데스나이트는 생전에 오러 블레이드를 사용하던 기사가 베이스이니 말이다.

"그래서 왕실에서 이계인들을 끌어들일 생각을 하고 있다고 합니다. 현재까지 클리어한 지역을 안정화할 필요도 있고 죽음의 군단도 상대해야 하니까요."

마수와 몬스터 창궐 사태로 인해서 쓸 만한 전력이 부족해졌다. 다들 자신의 영지나 도시를 지키기 위해서 고군분투를 하는 상황이라서 왕실에서도 병력을 더 충원하기가 힘들었다.

가온은 이제야 예지몽에서 초대형 던전이 개방된 이유를 알 수 있었다.

'그럼 클리어가 된 후 개방이 된 것이 아니었구나!'

즉, 아직까지 약하기는 하지만 빠르게 성장하는 이계인들로 하여금 죽음의 군단을 상대하게 하려고 던전을 개방한 것이다.

"그런데 5개국이 약속이나 한 것처럼 정보 던전을 공략하는 이유가 있는 겁니까?"

탄 차원인들은 플레이어들과 달리 사냥이나 던전 클리어에 대한 보상을 받지 못한다.

그래서인지 아그레시아 왕실은 그동안 수도와 가까운 오우거 던전을 제외한 다른 던전들은 거의 방치하고 있었다.

"그게 제가 대장님께 말씀드리려던 핵심 정보 중 하나입니다."

"그게 뭡니까?"

루크는 가온의 사고가 거기까지 미쳤다는 데에 감탄한 얼굴로 입을 열었다.

"혹시 갓상점이나 명예 포인트라는 단어를 들어 보셨습니까?"

왜 이게 루크의 입에서 언급되는지는 모르겠지만 일단 고개를 끄덕였다.

"들어 보셨다고요?"

물어본 루크가 오히려 더 놀라는 것 같았다.

"그렇습니다. 이전에 공략했던 던전에서도 명예 포인트를 받은 적이 있고, 이번에 오우거 던전을 클리어하고 나서도 받았습니다. 갓상점은 그 포인트를 사용할 수 있는 초월적인 상점이고요."

이미 라이라가 명예 포인트를 받은 사실을 알고 있었던 가온은 그렇게 설명을 하면서 그녀를 쳐다봤는데 놀라는 것을 보니 루크가 그녀에게는 아직 얘기를 하지 않은 모양이다.

"……알고 계신 줄은 몰랐습니다. 아무튼 그 명예 포인트를 대량으로 획득해야 한다고 들었습니다. 그리고 마지막으로 이건 확인되지 않는 정보인데, 점보 던전에 상위, 혹은 또 다른 차원으로 가는 통로가 있다고 합니다."

이번에는 가온이 놀랐다. 차원 통로에 대한 말을 들을 줄은 몰랐던 것이다.

"차원 통로라고요?"

일단 금시초문인 것처럼 반응을 했다.

"확실한 건 아니지만 마수와 몬스터가 창궐하는 것도, 수많은 던전이 생긴 것도 그 차원 통로 너머의 세상에서 생긴 문제로 인해서 발생했다고 합니다. 만약에 그 문제를 방치하면 우리 세상까지 멸망한다고 합니다."

"그럼 차원을 넘어가서 문제를 해결해야 한다는 겁니까?"

"그런 내용까지 듣지는 못했지만 다섯 왕국의 국왕들은 그렇게 생각하는 것 같습니다. 다섯 왕국뿐만이 아닙니다. 비밀리에 대륙에 존재하는 모든 국왕들이 만나서 뭔가 합의를 했다는 확인되지 않은 정보도 있습니다. 아무튼 거의 동시에 토벌군을 편성하고 점보 던전으로 들어간 것을 보면 최소한 다섯 왕국의 왕들이 합의한 것은 사실인 것 같습니다. 애초에 토벌대는 점보 던전을 클리어하는 것만이 목적이 아니라, 다른 세상으로 넘어가서 그곳의 문제를 해결하는 데 일익을 담당하기 위해서 파견했다고 합니다."

콜 일행이 한 말이랑 동일한 내용이다.

"하지만 확실한 건 아닙니다. 사실 믿기 힘든 내용이기도 하고요. 그래도 이계인들이 건너왔기에 어느 정도 납득을 하는 것이지 그게 아니었다면 헛소리로 치부했을 겁니다."

"일단 알겠습니다. 아! 정보 라인이 갖추어지면 가장 먼저 조사할 게 있습니다."

"말씀하십시오."

"혹시 천상차라는 차에 대해서 들어 본 적이 있습니까?"

"천상차요? 마수와 몬스터가 창궐하기 직전에 수도에서 잠깐 유명해진 적이 있습니다. 가격이 엄청났지만 맛과 향이 천상의 그것처럼 뛰어나고 건강에도 도움이 된다고 해서 귀족들이 다투어 구입했다는 소문은 들은 적이 있습니다."

"어디에서 나온 차입니까?"

"그게 좀 이상합니다. 당시 그 차를 유통하고 판매한 건 엘론 상단인데 그 직후에 상단 고위직이 사고로 줄줄이 죽어 나가는 바람에 망해서 천상차의 출처는 전혀 알려지지 않았습니다."

자신이 만난 세 영주가 천상차로 인해서 중병에 걸려 죽을 뻔했다. 그리고 그 바람에 그 세 영지는 마수와 몬스터의 창궐 사태에 제대로 대응을 하지 못하고 큰 피해를 입었다.

"많이 유통되었습니까?"

"그것까지는 모르겠습니다. 제가 기억하는 건 같은 무게의 금에 비해 서른 배가량 비쌌다는 점과 고위 귀족들이 많이 구입했다는 정도입니다."

"엘론 상단과 천상차에 대해서 좀 더 자세한 정보를 알아봐 주십시오."

"시간이 흐른 데다 취급했던 상단이 망하는 바람에 쉽지는 않겠지만, 한번 알아보겠습니다."

"그리고 최근 2년 사이에 원인 모를 병으로 급사한 영주를 포함한 귀족들도 좀 알아봐 주십시오."

"그건 어렵지 않을 겁니다. 영지를 가진 귀족이 사망을 하면 귀족원에 보고를 해야 하니까요."

그렇게 얘기를 일단락 한 가온은 다른 두 사람의 행방을 확인했다.

"부를까요?"

"연락할 수단은 있습니까?"

"대장님이 나눠 주신 마통기가 있지 않습니까."

생각해 보니 마통기가 있었다.

얼마 후 안가에 쿠엘린과 데릭이 도착했다.

네 사람이 모이자 가온은 품속에서 미리 준비했던 것을 꺼냈다.

"이건 내 스승께서 오랜 연구를 통해 최근에 만들어 낸 비약입니다. 마나를 증가시켜 주는 것은 물론 전체적인 육체 능력을 올려 주는 효과가 있으니 이 자리에서 복용하고 바로 연공을 하십시오."

"떠날 때 주신 비약도 아직 남았는데……."

라이라가 감동한 가운데서도 미안한 얼굴로 말을 하다가 흐렸다.

다시 예전 기량을 회복하겠다는 본인들의 의지가 워낙 강하기는 했지만, 비약이 아니었다면 이렇게 빠르게 재활할 수는 없었을 것이다.

네 사람은 오랫동안 수축되었던 온몸의 근육이 파열되어 끊어질 것 같고 뼈가 부러질 것 같을 때 가온이 주고 간 비약을 복용했다.

그러면 마치 거짓말처럼 피로감이 사라지고 근육은 빠르게 재생되었으며 뼈는 더욱 강건해졌다.

그래서 쉬지 않고 재활을 위한 수련에 매진할 수 있었고 그 결과는 스스로가 생각해도 놀라웠다.

그런데 그 비약들을 아직 다 복용한 것도 아닌데 추가로 다른 비약을 더 준다니 감사한 마음을 어떻게 전해야 할지 모르겠다.

"이것이 훨씬 더 효과가 클 겁니다. 점보 던전에 들어가기 전에 예전 실력을 최대한 되찾아야 하니 어서 드세요."

가온의 재촉에 할 수 없이 비약을 복용하고 바로 연공에 들어갔던 네 사람은 얼마 후 눈을 뜨더니, 누구는 환호성을 질렀고 누구는 눈물을 흘렸다.

"놀랍습니다! 마나가 급증했습니다. 이런 비약이 존재한다니!"

"로에니 언니가 말하길 대장님이 번 돈 대부분을 스승이신 볼코트 마도사께 보낸다고 하더니 이런 귀한 영약을 조제하는 데 사용된 거군요. 감사, 또 감사합니다!"

가온은 치료 과정에서 각자에게 거의 500에 가까운 마나를 얻은 것이 미안하고, 몸을 회복하는 데 도움이 될 것 같아서 준 것인데 네 사람은 가온의 호의에 크게 감격해 버렸다.

"점보 던전에 들어가기 전까지 매일 이 비약을 한 병씩 마시고 연공을 하세요. 네 사람이 빨리 예전 기량을 되찾아야 다른 대원들의 짐이 되지 않을 겁니다."

"감사합니다. 밤낮없이 수련해서 꼭 그렇게 되도록 하겠습니다!"

네 사람은 가온의 하해와도 같은 은혜를 갚으려면 최대한 빨리 예전 실력을 되찾아야겠다고 생각하고 수련에의 의지를 불태웠다.

가온이 원한 정보 라인은 금방 만들어졌다. 그동안 제대로 자금이 없어서 최소한으로 유지되고 있었을 뿐 작동은 하고 있었기 때문이다.

그날 저녁, 홀로 외출을 했던 루크가 가온의 방을 찾아왔다.

"대장님이 알아보라는 정보, 확보했습니다!"

힘과 자신감이 느껴지는 목소리를 보니 가온이 준 10만 골드의 가치를 제대로 활용한 모양이다.

"어떻게 이렇게 빨리 정보를 입수한 겁니까?"

"마침 정보 길드에서도 현재까지 조사를 해 오고 있었습니다."

마수와 몬스터 창궐 사태를 빼고는 최근 몇 년 사이에 가장 큰 사건이니 정보 길드에서 조사를 해 오고 있다고 해도 이상할 것이 없었다.

"일단 엘론 상단은 완전히 사라졌습니다. 단주를 포함해서 실무를 책임진 상두들이 모조리 사고사를 당해 죽었더라고요."

"그게 끝은 아닌 것 같은데요."

루크의 표정이 그랬다.

"맞습니다. 아무래도 엘론 상단의 배후에 3왕자가 있는 것 같습니다."

"3왕자요?"

가온은 자신이 플레이어라서 그런지 아그레시아 왕국에

아무런 관심이 없었다. 당연히 왕실에 대해서도 아는 바가 거의 없었다.

"네. 3왕자는 원래 어릴 때부터 몸도 약하고 명석하지도 못해서 왕재가 없다고 판명을 받았습니다. 존재감이 거의 없었는데 최근 1년 사이에 1왕자와 2왕자파에 비견되는 세력을 만들어 차기 왕좌를 노리고 있습니다."

"그런데 그가 어떻게 엘론 상단과 연관이 있다는 말입니까?"

"그의 휘하에 모여든 세력의 면면을 보면 마수와 몬스터의 창궐 사태 직후부터 죽거나 깊은 병에 걸린 선대 영주를 대신해서 영주가 되었거나 영주 대리가 된 이들입니다. 그리고 엘론 상단의 죽은 단주가 3왕자의 외삼촌이며 그가 죽은 이후 천상차 판매로 어마어마하게 벌어들인 상단의 재산 모두가 3왕자 쪽으로 이동한 정황도 있습니다."

그렇다면 3왕자가 천상차를 이용해서 돈도 벌고 세력도 만든 것일까?

"천상차의 출처는 밝혀졌습니까?"

"전혀요. 다만 다른 국가들에서도 같은 시기에 천상차가 판매된 사실과 그로부터 얼마 후 많은 수의 귀족들과 영주들이 죽거나 알 수 없는 병으로 자리보전을 하게 된 것은 아그레시아와 비슷했습니다."

그렇다면 천상차를 이용한 독살 사건은 대륙 전체에 걸쳐서 광범위하게 벌어졌다는 얘기다.

'대체 어떤 세력이?'

이전에는 신경을 쓰지 않아서 전혀 몰랐는데 대충의 정보를 파악하자 상황이 아주 심각했다.

마수와 몬스터의 창궐 사태와 지금도 계속 생성되고 있는 던전을 생각하면 탄 대륙인 모두가 힘을 합쳐도 부족한 판에, 무력을 약화시키고 집단을 분열시키는 모종의 세력이 암약하는 것이다.

그때였다. 전혀 예상하지 않았던 홀로그램이 눈앞에 나타났다.

─위기에 빠진 탄 차원을 더욱 수렁으로 몰고 가는 어둠의 세력을 인지했습니다! 탄 차원의 수많은 생명을 위해서라도 하루빨리 해당 세력을 박멸하십시오!

퀘스트였다.

가온은 딱히 퀘스트라고 생각되는 임무를 받아 본 적이 없었다.

잠깐 그 점이 이상하다고 생각은 했지만 자신이 등록되지 않은 플레이어이기에 퀘스트를 못 받는 것으로 결론을 내리고 대수롭지 않게 플레이를 해 왔다.

그런데 이 시점에서 퀘스트가 나오다니 이상했는데 벼리

가 설명을 해 주었다.

－오빠, 아무래도 히든 퀘스트 같아요.

히든 퀘스트라면 숨은 조건을 충족해야만 나타나는 퀘스트였다.

'안 해도 되는 거잖아.'

－그렇긴 해요.

가온은 던전에만 관심이 있었다. 천상차에 얽힌 문제는 우연히 알게 되어 관심을 가진 것에 불과했다.

굳이 루크에게 이 건을 알아보라고 한 것은 10만 골드를 투입한 정보 라인의 정보력을 확인해 보기 위함이었다.

그런데 퀘스트를 준 존재는 가온의 도움이 필요한 모양이다. 다른 내용의 홀로그램이 나타난 것이다.

－탄 차원의 위기는 곧 지구의 위기라고 할 수 있습니다. 어둠의 세력은 플레이어들에게도 침투해서 세력을 확장할 것이고, 지구 또한 비슷한 위기를 맞이하게 될 겁니다. 부디 수없이 많은 생명을 생각해서 어둠의 세력을 찾아내어 박멸하십시오!

'왜 나한테 이래?'

마치 퀘스트를 주는 미지의 존재가 그의 일거수일투족을 지켜보며 퀘스트를 강요하는 것 같아서 영 기분이 언짢았다.

'닥치면 하는 거지만 일부러 찾아서 할 생각은 없어!'

가온은 그렇게 마음먹었다. 일부러 위험 속으로 몸을 던질 생각은 없었다.

그러자 더 이상 홀로그램이 나타나지 않았다.

"현재 3왕자의 동태도 알 수 있습니까?"

"네. 세 왕자 모두 토벌군을 이끌고 점보 던전에 들어가 있는 상태입니다."

"왕위 계승권자들이 모두 던전에 들어가 있다고요?"

"네. 와병 중인 국왕이 그렇게 명했다고 합니다, 가장 큰 공적을 세운 왕자에게 왕좌를 물려주겠다고. 그래서 세 왕자의 외가에서 따로 전력을 더 보충했기에 토벌군이 처음 구상했던 것보다 전력이 훨씬 강해졌답니다."

그만큼 국왕은 점보 던전의 클리어가 중요하다고 생각했을 것이다. 그리고 차원 통로에 대한 내용은 사실일 가능성이 높았다.

"알고 싶은 건 대충 알았습니다. 정보 라인의 정비는 어떻습니까?"

오늘 자금을 주고 이렇게 물어보는 건 좀 우스웠지만 벌써 자신이 원하는 정보를 가지고 왔으니 묻는 것이다.

"자금 문제를 빼고는 이전부터 만들어져서 기능하고 있던 라인입니다. 대장님이 주신 자금으로 제대로 활동할 수 있게 된 것뿐입니다."

"그렇군요. 그런데 여러분이 던전에 들어가도 제대로 관리가 되겠습니까?"

"안 그래도 그것 때문에 부탁드릴 것이 있습니다."

"뭡니까?"

"라인을 제대로 총괄할 최고의 인재가 있는데……."

루크가 말을 하다가 난처한 얼굴로 말을 흐렸다.

"내상을 입은 겁니까?"

"네. 꽤 오래되었습니다. 길드장 자리를 두고 경쟁하던 세력으로부터 습격을 받았습니다. 저희가 모은 돈으로 구입한 중상급 포션을 복용했음에도 치료할 수 없을 정도로 심하게 내상을 입었습니다."

루크가 말하는 사람이 길드장 자리를 두고 경쟁을 했었다니 아마 고아 출신의 길드원들에게 구심점이 되는 인물일 것이다.

"일단 직접 봐야 치료 여부를 가늠할 수 있을 것 같군요."

"당장 데려올까요?"

"근처에 있습니까?"

"지금 안가에 있습니다."

루크의 말에 가온이 피식 웃었다.

"가 보도록 하지요."

녹스의 능력이 높아진 만큼 치료 가능성은 높았다. 그렇기에 가온은 담담한 얼굴로 루크를 재촉했다.

나디아와 앙헬

안가에서 가온은 기다리던 인물은 기이한 분위기를 가진 중년 여인이었다.

본래 금발이었던 것 같은 머리카락은 빛이 바래 있었고 얼굴에는 라이라처럼 한쪽 눈을 가로지르는 깊은 흉이 있어 인상이 굉장히 험한 그녀는, 기이하게도 사람을 끌어들이는 매력을 자아내고 있었다.

키도 굉장히 커서 거의 가온의 이마까지 올 정도였는데 내상 때문인지 대꼬챙이처럼 말랐다.

'눈빛이 아주 인상적이네.'

눈을 3분의 2나 채우고 있는 황금색 눈동자는 보석처럼 빛나서 한쪽 눈을 가로지르는 깊은 흉터와 자리를 잡기 시작한 주름의 존재를 지워 버릴 정도로 매력적이었다.

'그러고 보니 나이를 종잡을 수가 없네.'

얼굴이나 몸은 내상으로 인해 상태가 나빠질 수 있었다. 내상은 근육과 신경에 큰 영향을 주기 때문이다.

광대가 드러날 정도로 마른 얼굴이나 눈가의 주름 그리고 노회한 분위기를 보면 적어도 사오십은 넘은 것 같은데, 보석처럼 빛나며 사람을 홀리는 매혹적인 눈을 보면 30대인 것도 같았다.

"뵙게 되어 영광이에요. 나디아라고 해요."

"온 훈입니다."

"역시 생각했던 대로 영웅의 풍모를 가지고 계시군요. 대장님의 영웅적인 행적을 듣고 얼마나 뵙고 싶었는지 몰라요."

"절 말입니까?"

"네. 영웅이 간절하게 필요한 시대이니까요. 전 그 영웅의 옆에서 위대한 행보를 지켜볼 수 있는 기회를 가지게 되어 너무 행복하답니다."

혼자 너무 나가는 건 아닐까? 생각보다 적극적인 나디아의 태도에 적응이 되질 않았다.

"너무 뵙고 싶었는데 이런 식으로 만나게 되어 제가 너무 흥분했네요."

"하하하. 아닙니다."

어쨌거나 초면에 자신에게 강한 호감을 표시하는데 싫을 리는 없었다.

"루크 대원과는 어떤 사이입니까?"

"특별한 관계는 아니에요. 제가 고아 출신으로는 거의 유일하게 길드장에 가장 가까운 자리에 있었기 때문에 힘닿는 한도에서 같은 처지의 길드원들을 도운 것뿐인데, 이런 몸에 되어서도 각별하게 도와주시네요."

"나디아는 수백 년에 한 번 태어날까 말까 한 천재입니다. 특히 전혀 연관이 없을 것 같은 단편적인 정보들을 토대로 중요한 정보를 뽑아내는 희귀한 능력이 있었습니다. 제대로 된 교육을 받았다면 지금쯤 천재 마법사로 이름을 날리고 있었을 겁니다. 그런데 제가 지켜 내지 못했습니다."

보아하니 나디아의 호위를 루크의 특작대가 맡았다가 사고가 발생했던 것 같았다.

"칭찬이 언제나 과하시네요. 그런 능력 때문에 빠르게 승진하기도 했지만, 적을 너무 많이 만들어서 결국 이런 꼴이 되어 버렸잖아요."

묘한 것이 그렇게 말하는 나디아의 말이나 태도에서는 부정적인 느낌이 전혀 묻어 나오지 않았다.

'낙천적인 성격일까?'

그런 건 아닐 것 같은데 참으로 묘한 여자였다.

가온은 청기를 투사해서 나디아의 몸 상태를 대충 훑어

봤다. 일반인은 물론이고 마나를 다루는 이들의 몸도 청기는 배척하지 않기 때문에 기분이 좀 이상할 뿐 그가 하고 있는 일은 눈치채지 못한다.

그런데 가온의 눈매가 좁아졌다.

"나디아 씨, 혹시 마법을 배운 적이 있습니까?"

"그걸 어떻게?"

처음 만났을 때부터 분위기가 이질적이다 싶었는데, 그녀의 심장 주위에는 부서진 마나링이 희미하게 남아 있었다. 다시 구축하려면 얼마든지 가능할 정도였다.

"정말 마법을 익혔습니까?"

루크는 그 사실을 전혀 몰랐는지 경악한 얼굴로 물었다.

"사실이에요. 3서클까지 독학으로 익혔어요. 하지만 마법진을 주로 익혀서 제대로 된 마법은 쓰지 못했어요."

"흠. 마법만 익힌 것이 아니군요. 정령술도 익혔었군요."

그녀에게서 꽤 짙은 정령의 향기를 맡을 수 있었다.

"……그걸 어떻게?"

"물의 정령이겠군요. 정령의 향기로 보아서 적어도 중급 정령이겠고요. 그동안 내상이 악화되는 것을 정령이 막아 주고 있었네요."

"……."

이어진 가온의 말에 당사자인 나디아는 물론 그녀를 나름 알고 있다고 생각했던 루크마저도 경악한 얼굴로 입만 벌리고 있었다.

"내상의 후유증은 그리 심하지 않습니다. 중상급 포션 한 병이면 치료되겠네요. 왜 치료를 안 했던 겁니까?"

가온의 말에 루크가 나디아를 성난 눈으로 째려보았다.

"그, 그게…… 사실은 최근까지 길드에서 제 동향을 살펴보고 있었어요. 그래서 저도 그럴 거라고 예상은 했지만 저를 따르는 사람들이 다칠까 봐……."

대충의 상황은 이해했다.

'현 길드장과 경쟁하는 사이였던 모양이네. 현재 길드의 수뇌부는 그녀가 회복되어 능력을 발휘하는 것이 두려운 것이고.'

하지만 암살은 감히 시도하지 못했을 것이다. 그녀를 따르는 무리가 생각보다 컸기 때문이리라.

"최근까지라고 했는데 지켜보는 눈은 완전히 사라진 겁니까?"

"네. 긴가민가했는데 아무래도 정보 던전 쪽으로 전력을 많이 투사한 것 같아요."

왕실에서 세 왕자를 보내 토벌을 할 정도로 중요도가 높은 던전이라면 길드들도 중요시할 것은 불문가지였다.

"일단 치료부터 합시다. 내게 중상급 포션이 있으니……."

굳이 녹스의 능력을 빌릴 필요도 없었다. 기본적인 치료는 이미 되어 있는 상태였다.

"제게 정보 라인을 맡기신다고 들었어요."

"그렇습니다."

그렇게 정한 것은 아니지만 루크는 그렇게 이해한 모양이다.

"정보 라인은 단단하게 구축된 상태이기 때문에 필요한 자금만 있으면 누가 맡아도 안정적으로 관리할 수 있어요. 전 대장님을 따라가고 싶어요."

"미친! 토벌군의 2할이 죽거나 다친 던전이라는 것을 모르십니까!"

루크가 바로 격렬하게 반응했다.

"대장님 곁이라면 안심할 수 있을 것 같은데요. 그렇죠?"

가온은 어이가 없어서 피식 웃었다.

"내게 원하는 게 따로 있습니까?"

"네. 길지는 않지만 제 평생을 정보 길드 내에서 수많은 정보를 취급하면서 지냈어요. 이젠 세상을 경험하고 싶어요. 왠지 세상의 운명을 뒤흔들 태풍을 몰고 다닐 것 같은 대장님 곁이라면 많은 것을 보고 들을 수 있을 것 같아요. 아! 마법진 공부도 제대로 하고 싶고요."

가온은 잠시 고민하다가 결론을 내렸다.

"그렇게 합시다."

독학으로 3서클까지 마법을 익힌 천재다. 지금 능력으로는 클랜에 별 도움이 되지 않을 테지만, 매디를 제외하고는 제대로 머리를 쓰는 대원이 없으니 전략, 전술 면에서 도움이 될 것이다.

"보수에 대해서는 루크에게 들었지요?"

"네. 아주 만족해요."

그렇게 또 한 명의 대원이 추가되었다.

내상을 회복한 나디아는 사람이 완전히 달라졌다. 40대 중반으로 보였던 외모가 20대 후반으로 바뀐 것이다.

"흉터도 그렇고 몸이 어떻게 된 겁니까?"

한쪽 눈을 가로지르는 깊은 흉터가 안 보였다. 게다가 대꼬챙이처럼 말라 보였던 몸은 다소 풍만했지만 굴곡이 뚜렷한 몸매를 가진 20대 후반에서 30대 초반의 미인으로 변해 있었다.

"얼굴과 몸 전체에 환영 마법진을 새겼었어요."

치료 과정에서 다시 마나링을 구축하면서 환영 마법진이 풀렸다는 얘기였다.

어쩐지 그 부위의 마나 흐름이 이상하다 싶었는데 그게 마법진의 효과였다니.

"굳이 자신의 몸, 그것도 얼굴에 환영 마법진을 그릴 생각은 왜 했습니까?"

"호호호. 제가 생각보다 매력적이라서 내상을 잃고 일반인이 되면 욕심을 낼 인간이 많아서요."

나디아의 말이나 태도가 천연덕스럽긴 했지만 부인할 수는 없었다. 빛나는 황금색 머리카락과 혜안이 번뜩이는 황금색 눈동자만으로도 그녀는 충분히 매력적이었다.

　"필요한 건 뭐든 말해요."

　"다 들어주실 건가요?"

　"가능하면……."

　"그럼 마법진과 관련된 지식을 원해요. 루크 등에게 주신 비약도 필요하고요."

　너무나 당당한 태도에 루크가 고개를 절레절레 흔들 정도지만 가온은 그녀의 태도가 마음에 들었다.

　"그럼 일단 이걸 한 방울 먹도록 해요."

　가온은 내친김에 '엘프목의 눈물'을 꺼냈다.

　"뭐예요?"

　"운이 좋으면 나디아의 정령이 진화를 할 수도 있습니다."

　"헙!"

　엘프목의 눈물에 대한 설명을 들은 나디아는 뛸 듯이 기뻐했다.

　"제가 내상을 입은 후 가장 의지했던 존재가 바로 물의 중급 정령인 예리히였어요. 절 이 정도까지 회복시켜 준 것은 물론 암살자의 기척까지 감지해서 위험을 피할 수 있도록 해주었거든요."

　"좋은 친구를 얻었군요."

"맞아요! 제겐 대장님 다음으로 중요한 존재예요."

"네?"

"원래는 예리히가 가장 중요했지만 아까부터 대장님이 제가 가장 중요한 분이 되었어요. 제가 힘을 되찾게 해 주고 새로운 세상으로 이끌어 주셨잖아요."

그렇게 말하는 나디아의 황금색 눈동자에는 깊은 진심이 깃들어 있었다.

"일단 복용을 한 후 마력서킷을 운공해요. 그동안 소실되었던 마력도 일부 찾을 수 있을 겁니다."

"이것이 오색과부의 독이라고 해도 대장님이 권하시니 먹을게요."

오색과부는 한번 물리면 채 30초도 지나지 않아서 죽는 독거미의 별칭이다.

가온의 예상이 맞았다. 나디아가 예리히라고 이름을 붙인 중급 정령은 정령계의 정령으로서는 드물게 계급이 상승한 것이다.

"끼아아앗!"

인간의 형상을 하고 있는 예리히의 모습을 확인한 나디아는 펄쩍펄쩍 뛰며 좋아하다가 나중에는 가온의 품에 안기기까지 했다.

'곤란하네.'

솔직한 성격은 마음에 드는데 말만큼이나 행동도 직설적이며 거침이 없었다.

게다가 내상을 완치한 나디아는 내상으로 폐인이 되었던 루크 등과 달리 마법진으로 숨기고 있었을 뿐 본신을 드러내니 상당한 글래머였다. 그래서 품에 안기니 거북할 정도로 감촉이 남달랐다.

그래도 일부러 그런 건 아닌지 금방 떨어져서 얼굴이 벌겋게 달아올라 손으로 바람을 일으키며 떨어지는 나디아의 모습은 꽤나 매력적이었다.

'어쨌든 중상급 정령과 계약한 정령사이니 일행의 발목을 잡지는 않겠네.'

몸 상태로만 보면 루크 등보다 더 나았다.

"합류하기 전까지는 이곳에서 지내는 것이 낫겠습니다."

"저도 그렇게 생각합니다."

나디아에 앞서 루크가 그렇게 대답했다. 자신 때문이 아니라 나디아 때문에 그렇게 생각한 것이다.

"대장님, 그런데 며칠 후에 내무부 대신이신 시아킨 후작을 만난다는 말을 들었는데 사실인가요?"

이제야 본래의 신색을 되찾은 나디아가 진지한 얼굴로 물었다.

"그렇습니다. 상을 준다고 하더군요."

"어쩌면 대장님을 회유하려고 할 수 있어요."

"회유요? 뭘 어떻게 회유한단 말입니까?"

"시아킨 후작은 3왕자의 장인이에요."

"그렇습니까?"

자신을 만나자고 했던 인물이 어둠의 세력과 연관이 있는 것으로 의심되는 3왕자의 장인이라니 뭔가 수상한 냄새가 났다.

"본래 영지가 농경지밖에 없어서 후작이기는 하지만 경제력이 별로 없었거든요. 그런데 최근 1, 2년 사이에 가세가 마른 풀에 불이 붙은 것처럼 크게 일어났어요. 게다가 기사 전력도 폭발적으로 성장했고요. 대장님을 기사로 영입하려고 할 수 있어요."

"자신의 말을 안 들으면 해코지라도 할 수 있다는 말로 들립니다만⋯⋯."

"맞아요. 그러고도 남는 자예요. 어쩌면 곧 은퇴하실 나크훈 기사의 거취를 들먹이며 협박을 할 수도 있고, 대장님에게 실질적인 위협을 가할 수도 있어요. 단단히 대비를 하셔야 할 것 같아요. 아예 약속을 취소할 수 있으면 그게 더 좋고요."

세상만사가 자신의 뜻대로 돌아간다고 생각하는 자들이 있다는 소리는 들었다.

그런 자들일수록 자신의 뜻대로 되지 않으면 가진 힘을 휘둘러서 거역을 하는 상대를 짓밟으려고 한다.

'골치가 아프네.'

그렇다고 약속을 무시하고 점보 던전에 들어가면 앞으로 행동하는 데 제약이 생길 수도 있었다. 나디아가 말한 것처럼 스승인 나크 훈에게 해가 될 수도 있고.

"최선의 방책은요?"

"그가 수도로 돌아오지 못하게 만드는 것이 가장 좋아요."

지금 시아킨 후작은 알카스 소산맥에서 마수와 몬스터를 토벌하는 총책임을 맡고 있다.

'골치 아프네.'

알카스 소산맥의 마수들과 몬스터들이 난동을 부린다면 모를까 후작의 행보를 멈추게 하는 건 어려웠다.

그때 앙헬의 의념이 전해졌다.

─제 능력이 조금만 더 올라가면 그 문제는 충분히 해결할 수 있어요.

'어떻게?'

─던전에서 잡은 암컷 오우거의 사체에서 페로몬을 추출한 후 환영술과 페로몬으로 수컷 오우거들을 유인하면 돼요. 문제는 그러려면 현재 능력으로는 불가능해요.

가온은 잠시 고민을 하다가 결론을 내렸다.

"조언이 아주 마음에 드네요. 내가 알아서 처리를 하도록 하지요."

"다음에 만날 때는 편하게 대해 주세요. 목숨까지는 아니지만 제게 있어서는 루크만큼이나 큰 은혜를 베풀어주셨고, 평생 의지하기로 마음먹은 대장님이시잖아요. 나이 차이도 별로 없고요."

"그러지. 알았어, 나디아."

그런 건 사양하는 법이 없는 가온이다.

가온의 반말을 들은 나디아가 마음에 든다는 듯 생긋 웃었다.

꿈을 꾸었다. 말로 표현할 수 없을 정도로 뜨겁고 생생한 꿈이었다.

너무 짜릿하고 자극적이며 생생해서 꿈을 꾸었다는 사실을 인지했음에도 깨고 싶지 않을 정도였다.

미련을 애써 떨쳐 버리고 자리에서 일어난 가온은 가벼운 탈력감을 느꼈다.

'대체 얘는 내 정혈을 얼마나 흡수한 거야?'

아무리 나쁜 놈들이라고 해도 지난번처럼 야한 꿈을 통해서 모든 정혈이 빨려 미라가 된 채 죽이는 건 너무 마음에 걸려서 결국 꿈을 통해서 자신의 정혈 일부를 주기로 했었다.

가온은 그런 생각을 하면서 바지 앞섬을 들어 안을 들여다보다가 처음 듣는 목소리에 기겁을 했다.

"쳇! 얼마 안 돼요. 겨우 3%라고요. 주인님이 허니비 로열 젤리와 꿀로 금방 보충할 수 있는 수준이라고요. 그리고 그런 꿈을 꾼다고 해도 주인님의 경우에는 토정을 하지 않았으니 바지를 버릴 일도 없다고요."

그렇게 말한 건 바로 앙헬이었다.

'엇! 너?'

"호호호. 짠! 주인님의 순수한 정혈 덕분에 저도 마침내 진화를 했답니다."

모습을 드러낸 앙헬은 가온의 가슴 위까지 올 정도로 성장한 상태였고 만져 보니 정령들처럼 물리적인 육체를 가지고 나타나서 음성으로 대화를 나눌 수 있었다.

꼬리는 더 길어졌는데 끝에는 빨간 하트 모양의 혹이 달렸고 날개도 한 쌍이 더 늘어났는데 지금은 얌전히 접혀 있었다.

"내 꿈에 나타난 그 여자, 정말 네 분신이 아닌 거지?"

"당연하죠."

후유. 앙헬의 분신이 아니어서 다행이다. 비록 계약으로 자신에게 귀속된 존재이긴 했지만, 어젯밤 꿈속에서 만나 진하게 사랑을 나눈 그 여자가 앙헬이라면 다시는 못 볼 것 같았다.

'정말 꿈에서나 존재할 법한 아름다운 여자였어.'

자신이 무의식중에 가장 이상적으로 여기는 여자의 모습

이라고 하더니 정말 그랬다.

보자마자 반할 정도로 아름답고 매력적이며 무수한 매력을 가진 여자였다.

'가만! 내 이상형이 하나가 아니었나?'

생각해 보니 어제 꿈속에서 사랑을 나눈 여자는 세르나와 매디, 헤븐힐, 그리고 어제 만난 나디아와 부분적으로 유사한 외모나 행동을 보였다.

"이제 네가 말한 대로 할 수 있는 거지?"

"당연하죠. 바로 움직일까요?"

"아니. 얼마나 오래 걸릴지 모르니 대원들에게 미리 얘기는 해 둬야지."

"알았어요. 전 주인님 아공간에 들어가서 암컷 오우거로부터 페로몬을 추출할 테니 적당한 곳에 도착하면 절 다시 불러 주세요."

오우거 던전에서 사냥한 암컷 오우거 보스의 사체는 아공간에 넣어 두었다.

어떻게 페로몬을 추출하는지는 알 수 없지만 한창 발정기인 암컷 보스였으니 양은 충분할 것이다.

대원들과 새벽 수련을 마친 가온은 아침 식사를 하며 외출 사실을 알렸다.

별관의 후원에 있는 나무 세 그루 사이의 그늘로 들어간 가온은 은신 스킬을 발동하고 투명날개를 장착한 후 바로 하늘로 날아올랐다.

목적지는 알카스 소산맥 방향으로 저공비행을 하면서 아래쪽을 매의 눈으로 훑으면서 천천히 날아갔다.

트롤이나 샤벨 타이거와 같은 놈들은 간간이 눈에 들어왔지만 오우거는 보이지 않았다.

'스무 마리나 한꺼번에 던전에 들어가서인가, 어째 안 보이네.'

오우거는 워낙 영역이 넓었기에 사실 찾는 것은 쉽지 않았다.

그래도 알카스 소산맥에서 멀리 떨어지지 않은 곳에서 오우거의 흔적을 발견할 수 있었다. 놈이 주먹으로 부러뜨린 나무들로 인해서 만들어진 공터가 눈에 들어왔다.

'앙헬, 나와 봐.'

앙헬은 이번에는 예전처럼 주먹 크기로 나타나서 그의 어깨 위에 앉았다.

'페로몬 추출은 다 했니?'

ㅡ네, 주인님. 양이 많아서 수컷 오우거 스무 마리 정도는 충분히 유혹할 수 있을 것 같아요.

'잘됐네.'

이번에는 세 정령을 소환했다.

ㅡ무슨 일이야?

세 정령 역시 굳이 에너지가 많이 소모되는 물리적인 육체가 아니라 처음처럼 작은 정령체로 현신했다.

'너희들이 할 일이 있어 나무가 부러진 흔적을 보니 오우거가 한 짓 같은데 각자 한 방향을 맡아서 오우거를 찾아 줘.'

행여 동굴과 같은 둥지에서 잠이라도 자고 있다면 가온 혼자로는 놈을 발견하기 힘들었다, 시간도 많이 걸리고.

세 정령은 바로 세 방향으로 흩어졌고 가온도 다른 방향으로 움직였다.

얼마 후 녹스로부터 의념이 들어왔다.

―여기에서 자고 있어!

녹스의 의념을 따라 달려가 보니 거대한 암반과 땅이 만들어 낸 균열 사이에 거대한 오우거의 두 발이 보였다.

'수고했어, 녹스. 일단 돌아갔다가 다시 부르면 날 좀 도와줘.'

―같은 일이야?

'응.'

―그럼 어려울 게 없지. 알았어.

녹스는 물론이고 다른 방향을 수색하던 마누와 카오스도 생명의 아공간으로 돌아가 버렸다.

'앙헬, 이제 네 차례야!'

―알카스 소산맥 쪽으로만 보내면 되는 거죠?

'응. 그중에서도 저쪽으로.'

가온이 손가락을 가리키는 곳에는 던전까지 동행했던 반 홀랜드가 이끄는 용병단을 포함해서 시아킨 후작이 이끄는 토벌대의 본대가 머무르고 있었다.

앙헬이 오우거를 유인해서 알카스 소산맥 방향으로 사라진 후 가온은 잠시 생각에 잠겼다.

'몇 마리면 되려나?'

한창 토벌을 하고 있는 이들에게 피해를 입히고 싶지는 않았다. 그저 총책임자인 시아킨 후작의 발을 붙잡아 놓기만 하면 되니 말이다.

혼자 생각해 봐도 답이 나오질 않아서 벼리에게 물어봤다.

─그건 너무 약한 생각 같아요, 오빠.

'뭐가?'

─그 정도 권력자라면 토벌을 핑계로 오히려 오빠를 자신이 있는 곳으로 부르지 않을까요? 또는 더 기다리라고 할 수도 있고요.

생각해 보니 자신이 너무 쉽게 생각했다.

'어떤 자인지 먼저 확인을 해 봐야겠네.'

─맞아요. 오빠가 비록 탄 차원인은 아니지만 이곳 사람들에게 위해한 자라면 과감하게 손을 쓰는 것도 생각해 봐야 해요.

'위해하다는 것을 어떻게 확인하지?'

상대의 성격이나 말의 진위를 알아볼 수 있는 심안 스킬이 있기는 하다. 하지만 급소나 실력을 파악하는 용도가 아니라 그런 용도로 심안 스킬을 사용할 경우 엄청난 두통을 수반한다.

벼리는 그게 지구에서 말하는 상단전, 이곳 용어로는 어퍼 오션이 열리지 않아서 그렇다고 했다.

—앙헬이 있잖아요. 진화까지 했으니 꿈을 통해서 그의 정체나 생각을 제대로 파악할 수 있을 거예요.

생각해 보니 그랬다. 서큐버스는 워낙 꿈을 매개로 인간의 정혈을 흡수한다는 이미지가 강해서 그렇지 정신과 관련된 거의 모든 능력을 가진 마족이다.

거기에 앙헬은 1차 진화를 한 서큐버스 퀸이다.

'좋아! 한번 확인해 보자.'

트롤과 와이번이 가장 위험한 몬스터와 마수인 알카스 소산맥의 토벌을 총지휘하느라 대형 숙영지를 건설하고 들어앉아서 이런저런 지시를 내리고 있는 시아킨 후작은 점심을 배불리 먹고 언제나처럼 오수를 청했다.

알몸인 그의 몸 옆에는 이제 갓 열 살 정도 되는 두 어린아이들이 역시 알몸으로 눈만 말똥말똥 뜬 채 숨을 죽이고 누워 있었다.

시아킨 후작의 나이는 쉰을 갓 넘겼지만, 젊을 때 워낙 방탕한 생활을 해서 더 이상 밤일은 하지 못했다. 그래서 두 여자아이는 그냥 몸을 데우는 용도에 불과했다.

아무리 후작이라고 하더라도 이렇게 어린아이들에게 몹쓸 짓을 하면 금방 소문이 나고 귀족들에게 손가락질을 당한다.

늙은 귀족들 중에는 이런 식으로 보들보들하고 따뜻한 체온을 가진 어린아이들을 끼고 자는 경우가 태반이다. 그럼 회춘을 한다는 믿음 때문이었다.

식사를 하면서 반주까지 거하게 마신 시아킨 후작은 막사가 떠나가라 코를 골았고 벌린 입 밖으로 형용하기 힘들 정도의 악취가 나서 두 여자아이는 울상이 되었지만 꼼짝도 하지 못했다.

그렇게 한참 낮잠을 자다가 불현듯 잠에서 깬 시아킨의 얼굴이 좀 이상했다.

'회춘을 하려나?'

오랜만에 아주 좋은 꿈을 꾸었다. 비현실적인 외모와 몸매를 가진 미인과 꿈속이지만 뜨거운 시간을 보낸 것이다.

그래서인지 오늘은 어린 두 여자아이를 희롱할 생각도 들지 않았다. 언젠가부터 물건이 제 기능을 하지 못하면서 대신 변태적인 행위로 만족을 하곤 했는데 오늘은 아예 그쪽으로는 생각도 없었다.

"당장 나가라!"

시아킨의 호통에 그의 다리 한 짝에 해당할 정도로 마른 두 여자아이가 알몸으로 벌떡 일어나서 침대를 빠져나가 대충 옷을 걸치고 도망치듯 막사를 벗어났다.

그러자 호위기사 둘이 들어왔다.

"의복을 준비할까요?"

"아니다. 오전에 오우거 때문에 신경을 많이 썼더니 머리가 아프구나. 한숨 더 자야겠다. 신호를 할 때까지 깨우지 말거라."

"네, 각하."

기사들이 나가자 시아킨은 다시 누웠다. 잠이 안 오더라도 잠을 청할 생각이다.

'꿈이라도 좋다! 그런 미인과 다시 사랑을 나눌 수 있다면!'

시아킨은 난봉꾼으로 살면서 숱한 여인을 만나고 직접 안았지만, 그런 여자들과는 비교할 수 없을 정도로 아름다운 미인과의 뜨거운 사랑을 다시 할 수 있기를 바라며 잠을 청했다.

'그러니까 흑화회라는 세력이 탄 차원에서 암약을 하고 있다는 거지?'

앙헬이 꿈을 통해서 시아킨에게 알아낸 정보를 말해 주었다.

―네, 주인님. 시아킨이라는 돼지는 아그레시아 지부의 자금책이고 지부장은 3왕자였어요.

'흑화회의 목적은?'

─시아킨은 탄 차원을 아우르는 제국을 건설하는 거라고 믿고 있어요.

'탄 차원을 아우르는 거대한 제국이라…… 그런 것치고는 이름이 좀 이상한데.'

─그러게요. 아무튼 아그레시아 지부의 흑화회 회원이 꽤 많아요. 귀족만 148명이고 영주는 23명이나 되니까요.

아그레시아 왕국의 귀족이나 영주에 대한 정보는 잘 모르지만 적지 않은 숫자인 것만은 확실하다.

─거기에 블랙펄이라는 상단을 통해서 엄청난 자금을 벌어들이고 있어요.

'블랙펄 상단?'

들어 본 적이 있다. 소금과 무구, 마수와 몬스터의 부산물을 취급하는 상단으로 아그레시아 왕국 내에서 다섯 손가락 안에 들어가는 거대 상단이다.

'3왕자가 뒷배인가?'

─공식적으로는 대륙 전체에 영향력이 높은 대지의 마탑에서 운영하는 상단이에요.

'대지의 마탑이라…… 세네.'

탄 대륙에는 많은 마탑이 있다. 보통은 색깔을 나타내는 이름을 가지고 있지만 물, 불, 바람, 대지, 태양, 달이라는 단어를 마탑 앞에 붙인 여섯 개의 마탑은 거의 종주라고 할 수 있다.

 －상단 수익의 일부를 정기적으로 기부라는 형식으로 바치기는 하지만 뒷배일 뿐 상단 경영에는 간섭을 하지 않는 것 같아요.

 '그런데 3왕자도 끼었다는 거지?'

 －네. 블랙펄의 수익 일부를 받는 것은 물론이고 블랙펄을 통해서 흑화회 회원인 영주들로부터 분기별로 일정액을 상납받고 있어요. 그런데 세상에 알려진 것과 달리 블랙펄은 대도시의 암흑가에서 활동하는 어둠의 조직을 통해 마약을 유통하고 있었어요.

 마약이 지구의 그것과 같다면 엄청난 수익이 나올 것은 분명했다.

 대륙 차원에서 활동하는 대규모의 상단이 뒷구멍으로 마약까지 취급을 하며 3왕자에게 막대한 자금을 지원한다니 왠지 악취가 나는 것 같다.

 '날, 아니 온 클랜을 어떻게 하려는지도 알아봤어?'

 사실 그것 때문에 앙헬로 하여금 시아킨의 꿈속으로 들어가게 한 것이다.

 －확실하지는 않지만 던전에 들어가 있는 3왕자를 지원하게 하려는 것 같아요. 3왕자가 던전에 들어가기 전에 자신이 책임을 지지 않으면서도 자신의 전공을 빛나게 해 줄 뛰어난 용병들을 알아보라고 했어요.

어떤 생각인지 알 것 같았다.

'더 이상의 정보는 없고?'

─제 존재를 의심하지 않는 수준의 꿈이라면 이 정도 정보밖에 못 얻어요.

'그럼 죽어도 상관이 없으니까 모두 알아내. 암약하는 흑화회 회원들의 정보부터 천상차와 엘론 상단에 대한 정보, 그리고 3왕자의 정보까지.'

─그럼 정말 죽을 텐데요.

'죽어도 상관없다고 했어.'

─호호호. 알겠어요. 그런 허접한 자의 정혈은 제게 큰 도움은 안 되지만 그래도 없는 것보다는 낫겠지요.

'그럼 사인은 어떻게 되지?'

─여자가 옆에 있다면 복상사겠지만 그게 서지 않아서 아예 못 하고 산 지 몇 년이나 되니 심장마비겠지요. 성욕을 식욕으로 풀어서 엄청난 과체중이거든요.

'오케이! 처리해!'

어제 나디아에게 들은 시아킨에 대한 정보의 10분의 1만 사실이라고 해도 놈은 죽어 마땅한 자였다. 살아 있는 것 자체가 이 세상 사람들에게 해로운.

그가 저지른 악행은 일일이 열거할 수 없을 정도였다. 작위를 물려받기 위해서 수십에 달하는 형제자매와 사촌까지 모조리 암살한 것은 물론이고, 어릴 때부터 여자와 도박에 빠져 수많은 이들을 불행하게 만들었다.

지구라면 그래도 법이 어느 정도 놈을 단죄할 가능성이 있지만 탄 차원은 아니다.

그러니 자신이라도 놈에게 벌을 내리고 싶었다.

다음 권으로 이어집니다